토베 스나호
Sunaho Tobe

베니오
Benio

Ponkan

퐁칸⑧/일러스트레이터. 담당작으로 『역시 내 청춘 러브코메디는 잘못됐다.』 시리즈 (가가가 문고), 『학생회 탐정 키리카』 시리즈(코단샤 라노벨 문고) 외에 「SHIROBAKO」의 캐릭터 원안 등이 있다. (권두 일러스트 p1)

Shirabii

시라비/일러스트레이터. 담당작으로 『용왕이 하는 일!』 시리즈(GA 문고), 『무채한의 팬텀 월드』 시리즈(KA 에스마 문고), 『86 에이티식스』 시리즈(전격 문고), 삽화 p27) 등이 있다. (권두 일러스트 p2~3, 삽화 p27)

Benio

베니오/일러스트레이터. 담당작으로 『숫자로 구하는! 약소국가』 시리즈(전격 문고), 『친구 캐릭터는 어렵습니까?』 시리즈(가가가 문고), 『슬라임을 잡으면서 300년, 모르는 사이에 레벨MAX가 되었습니다』 시리즈(GA 노벨) 등이 있다. (권두 일러스트 p6~7, 삽화 p88)

Sunaho Tobe

토베 스나호/일러스트레이터. 담당작으로 『인류는 쇠퇴했습니다』 시리즈(가가가 문고) 외에 『뿌요뿌요 4』의 캐릭터 원안, 『Riviera~약속의 땅 리비에라~』의 캐릭터 일러스트 등이 있다. (권두 일러스트 p4~5, 삽화 p112)

Ukami

우카미/일러스트레이터, 만화가. 만화 『청춘 구가부』(전격 코믹스 EX), 『가브릴 드롭아웃』(전격 코믹스 NEXT)을 그렸으며, 그 외의 담당작으로 『쓰레기와 천사의 2회차 생활』 시리즈(가가가 문고) 등이 있다. (삽화 p175)

Contents

역시 치바의 하이라인은 잘못됐다. —— 013
시 라 토 리 시 로
삽화: 시라비

요시테루의 야망 · 전국판 —— 065
다 테 야 스 시
삽화: 베니오

일본판 오리지널 디자인 : numata rina

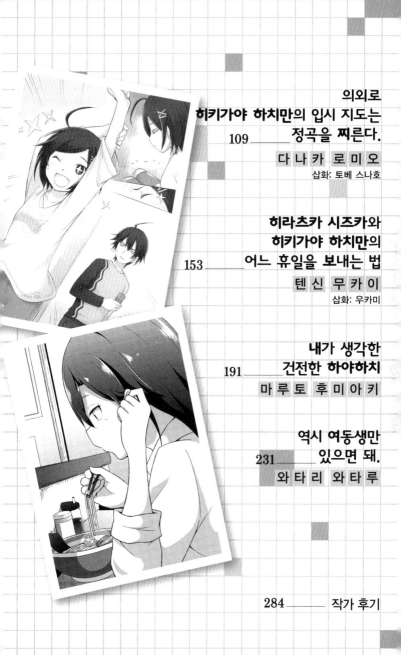

**의외로
히키가야 하치만의 입시 지도는
정곡을 찌른다.**
109
다 나 카 로 미 오
삽화: 토베 스나호

**히라츠카 시즈카와
히키가야 하치만의
어느 휴일을 보내는 법**
153
텐 신 무 카 이
삽화: 우카미

**내가 생각한
건전한 하야하치**
191
마 루 토 후 미 아 키

**역시 여동생만
있으면 돼.**
231
와 타 리 와 타 루

284 _____ 작가 후기

역시 치바의 하이라인은 잘못됐다.

시 라 토 리 시 로
삽화: 시라비

"하치만~!"

개찰구 저편에서 천사가 손을 흔들었다.

……엇, 이상한걸?

난 분명 오늘 여기서 남자 동급생과 만나기로 했건만……
천사가 있잖아?

나는 걸음을 멈추고 눈을 쓱쓱 비볐다.

……엇, 이상한걸? (이하 반복)

"하치만~! 이쪽이야! 여기라고!"

멈춰 서서 눈을 비비적거리는 나를 향해 천사가 깡충깡충 뛰
며 열심히 손을 흔들었다. 아아, 가슴이 깡충깡충 뛰누나…….

아니다.

천사가 아니다.

저건 내 동급생…… 토츠카 사이카다.

"이야, 엄청난 미소녀잖아……?"

"설마 저 눈매 험악한 남자의 여자 친구인가? 말도 안 돼…….."

개찰구를 통과하던 사람들이 웃으며 손을 흔드는 깡충깡충
토츠카에게 경악과 선망의 눈길을 보냈고, 뒤이어 내 얼굴을
보고 의혹과 질투의 시선을 던져왔다.

토츠카 사이카는 신체적으로는 남자인 것으로 되어 있다.

물론 그건 내 착각일 수도 있다. 그 증거로 지금 이 역의 이용자 가운데 토츠카를 남자라고 여기는 사람은 한 명도 없으리라. 누구나 독보적인 미소녀라고 믿어 의심치 않을 터였다.

그럼 토츠카는 사실상 여자인 거 아니냐?

"하치만~! 뒤! 뒤에 사람들 기다리잖아! 왜 개찰구 앞에 우두커니 서 있어?! 얼른 와!"

좋아, 간다! 전부 받아들이라고!!

만난 지 2초 만에 합체…… 아니, 합류하고자 마음을 가다듬고 천사 곁으로 한 발짝 걸음을 내디뎠다. 거의 가버릴 뻔했습니다…….

개찰구를 빠져나온 나는 토츠카에게 살짝 고개를 숙였다.

"늦어서 미안하다."

"아냐, 하치만은 제시간에 왔어. 내가 하치만이랑 놀러간다고 생각하니까 너무 신나서, 하나 빠른 전철을 타고 왔거든!"

그렇게 말하고 토츠카는 조금 부끄러운 기색으로 에헤헤, 웃으며 고개를 수그렸다.

"큭?!"

위험했다…….

충동적으로 와락 끌어안고 고백할 뻔했다고…….

나는 빨개진 얼굴을 들키지 않도록 옆을 보며 화제를 돌렸다.

"어, 그 뭐냐……. 소가(蘇我) 역, 원래 이런 느낌이었나?"

"아하하, 귀엽지?"

귀여운지에 관해서는 의견이 엇갈릴 테지.

개찰구를 나서기 전부터 역사 안은 축구로 도배되다시피 한 상태였다.

벽에는 팬들의 응원 문구가 적힌 팀 깃발이 걸려 있었고, 사방이 팀 컬러인 노란색과 녹색과 빨간색으로 가득했다.

굳이 따지자면 무미건조한 회색빛이 대부분을 차지하는 JR 역 중에서 이곳 소가 역만이 유독 색다른 분위기가 감돌았다.

역 안 빵집 아주머니조차도 노란 유니폼을 입고 계산을 하는 풍경은 빈말로도 귀엽다고 하기 어려웠다. 뭐랄까…… 아무리 봐도 억지로 입은 것 같은 인상을 풍긴다고나 할까, 강권하는 느낌이 났다.

심지어 아까 승강장에서 언뜻 내다보니 역 앞 광장에는 마스코트 동상까지 설치되어 있었다. 강아지 두 마리가 신나게 축구공을 차는 조형물이었다.

복잡해진 내 표정을 조심스레 올려다보는 자세로 토츠카가 물었다.

"하지만……. 혹시 소가 역에 내린 게 처음이야?"

헉…… 셔츠 옷깃 사이로 가슴이 보일락 말락 하잖아?! 나는 토츠카의 가슴께를 흘끔거리며 고개를 옆으로 돌린 채 다소 무뚝뚝한 말투로 대꾸했다.

"소가는 환승할 때도 거의 이용하지 않는 통과역일 뿐이니까. 게다가 휴일에는 전철 자체를 잘 안 타고."

"난 동아리 때문에 가끔 오거든. 쉬는 날이면 유니폼 입은 사람들이 역이나 전철에서 간간이 눈에 띄기도 하고."

"하긴 학교에서 가깝다면 가까운 편이지."

그렇다.

소부 고등학교에서 가장 가까운 역인 이나게해안 역에서 이곳 소가 역까지는 겨우 두 정거장 거리다.

게다가 소가는 치바 역까지 5분, 도쿄 역까지 약 40분으로 대도시권과도 가깝고, 우치보선과 소토보선, 케이요선, 케이요 임해철도 임해본선까지 네 개 노선이 지나가는 교통의 요지다.

그런 입지 조건으로 인해 소가 역 주변 지역은 치바 도심과 마쿠하리 신도심을 잇는 제3의 도심으로서 계속 발전해갈 예정이라고 한다. 즉 제3신(新)치바 도심인 셈이다.

……그러나 적어도 지금은 공장만 잔뜩 들어선 살풍경한 장소라는 인상이 강했다.

그렇게 평소에는 별 인연이 없는, 근처에 사는 친척 같은 소가 역으로 우리를 불러들인 것은 바로…….

"애들아, 와줘서 고마워."

서글서글한 미소와 함께 소리 없이 나타난 그 인물을 본 순간, 나는 무심결에 윽 소리를 낼 뻔했다.

하야마 하야토.

축구부 부장이자, 토츠카와 나를 이곳 소가 역으로 부른 장본인이었다.

여태까지는 교복이든 사복이든 맵시 있게 소화해내는 리얼충……이었으련만, 오늘은 노란색 일색이다시피 한 축구 유니폼 차림이었다. 목에도 마찬가지로 노란 머플러 같은 것을 두르고 있었다.

전체적으로 차분한 복장을 선호하는 타입인 하야마치고는 상당히 튀는 차림새였다.

"앗, 하야마! 레플에 응원 타월까지 완전히 갖춰입었네! 서포터라는 느낌이 나. 역시 축구부다워!"

"레플……?"

"레플리카 유니폼을 말하는 거야."

어리둥절해하는 내게 서글서글하게 설명하고, 하야마는 「히키타니, 와줘서 고마워」라고 재차 인사했다.

"그래. 나 스스로도 놀랍다만."

나는 솔직하게 인정했다.

축구 시합을 경기장에서 직관하다니, 참으로 리얼충스럽기 그지없는 행위다.

그거 인싸들이 떼 지어 올레올레 외쳐대는 거 아냐? 올래올래라니 어딜 오라는 거냐. 새우잡이 배? 내 장기는 소중하거든?

"JR 동일본도 치바의 스폰서 중 하나니까."

"엉?"

갑작스런 화제 전환을 따라가지 못하고 얼빠진 반응을 보이자, 하야마가 되물었다.

"소가 역 이야기하던 중 아니었어?"

"들었냐?"

"아니. 그냥 분위기가 그런 것 같아서."

이번 일의 발단은 토츠카와 내가 주말에 어디 놀러나 갈까 하고 이야기하던 중에, 하야마가 느닷없이 끼어든 것이었다.

무료입장권이 있으니까 같이 축구 보러 가자. 학교에서도 가까우니까. 무서워할 필요는 전혀 없으니까……. 그렇게 끝내주는 말발로 설득당해서, 이렇게 기묘한 삼인조로 휴일을 보내게 되고 말았다.

하긴 자이모쿠자나 카와 어쩌고 양과 얽히는 것보다야 낫지만…… 가능하면 토츠카와 단둘이 어딘가 멀리 가고 싶었다. 아무도 없는…… 둘만의 공간으로…….

그런 탓에 내 마음은 무진장 복잡했다.

하지만 이 상황에서 내가 집에 가버리면 토츠카가 하야마와 단둘이 남게 되어버릴 테고…… 그랬다가는 하야마가 토츠카에게 반해버릴 게 틀림없다. 토츠카와 단둘이 있는데 그 매력에 저항할 수 있는 인간이 이 땅에 존재할 리 없잖아!

내가 그렇게 치열한 내적 갈등을 겪는데도 아랑곳없이, 토츠카는 해맑은 얼굴로 하야마에게 물었다.

"근데 하야마, 축구 보는데 밀폐용기는 왜 가져오라고 한 거야?"

"그건 가보면 알아."

하야마는 미스터리한 미소를 짓더니, 반 발짝 앞장서서 우리를 이끌며 경기장으로 걸어가기 시작했다.

그때 깨달았어야만 했다.

오늘…… 아니, 우리에게 축구를 보러 가자고 한 순간부터 하야마는 조금 이상했다는 사실을.

× × ×

역에서 쭉 가다 보면 경기장이 나오지만 거리는 조금 된다고 해서, 셋이 이야기를 나누면서 걸었다.

그렇지만 평소에 이렇게 셋이서 외출하는 일은 거의 없는데다, 뭔가 공통된 관심사가 있는 것도 아니다.

그러다 보니 오가는 대화 역시 어딘가 어색했다. 체육 시간에 축구를 할 때 돌리는 패스마냥 어색했다.

"……참, 너희는 평소에 축구 봐?"

억지로 화제를 쥐어짜낸 느낌이 풀풀 나는 하야마의 질문에 토츠카와 나는 각각 대답했다.

"난 국가대항전 정도? 월드컵은 밤새워 챙겨보게 돼!"

"나도 치바은컵 정도려나?"

치바은컵이란 그 이름에서 알 수 있듯 치바은행 그룹이 메인 스폰서로 있는, FIFA 월드컵&UEFA 챔피언스 리그와 어깨를 나란히 하는 세계 3대 축구대회 중 하나다.

더 구체적으로 설명하자면 치바와 카시와의 구단이 치바 현축구의 왕좌를 놓고 거의 매년 시행하는 최강 결정전이다. 사실상 세계 최강전인 셈이니까 월드컵과 동급으로 놓기에 손색이 없다고!

 ……그렇게 인터넷에서 자주 접하는 농담을 했을 따름이건만, 내 대답을 들은 하야마는 번쩍 눈을 빛내며 득달같이 되물었다.

 "치바은컵을 본다고?! 그럼 치바 선수도 잘 알겠네. 누구를 좋아하는지 물어봐도 되겠어?"

 "리트바르스키다만."

 "굉장한걸?! 히키타니, 꽤 오래 전부터 치바를 응원했나 보지?"

 "야, 리트바르스키는 우리가 태어나기도 전 선수잖아……. 그냥 적당히 아는 이름을 댄 것뿐이라고……. 눈치 좀 채라……."

 하야마는 오늘따라 이상하게 적극적이라고 해야 하나, 내 빈정거림이나 농담이 통하지 않을 만큼 스스럼없이 반응해서 거리감을 조절하기 힘들었다.

 참고로 리트바르스키는 20년 이상 전에 치바에서 활약했던 독일인 선수로, 일본에서 은퇴한 후에는 감독을 맡기도 했다고 인터넷인지 어딘지에서 봤다. 두 번째 부인은 일본인으로, 배우 하기와라 켄이치의 첫 번째 부인이었다고 한다. 리트바르스키 본인도 일본어를 잘한다. 여기까지는 치바 사람이라면 누구나 아는 기초지식이라 할 수 있다.

 그 말을 듣고 나서야 마침내 하야마는 내가 축구 관전에 썩 의욕적이지 않다는 사실을 알아차렸다.

 "히키타니, 혹시…… 축구 싫어해?"

"축구가 싫다기보다는 시부야에서 설쳐대는 족속[#1]들이 싫어. 시합에 이겨서 선수들이 기뻐하는 거야 이해가 가지만 생판 남이 이겼다고 날뛰는 이유를 모르겠고, 남에게 피해를 줘도 된다는 사고방식은 더 이해가 안 간다고."

한때 국회의원이었던 자칭 후카다 쿄코 닮은꼴인 착각녀[#2]가 일본 굴지의 빅 클럽 팬과 마찰을 빚었을 때 이런 말을 한 바 있다.

『남에게 자아를 의탁하지 마.』

진리란 때로는 쓰레기의 입에서 나오기도 하는 법이다.

왜냐하면 쓰레기가 하는 말에 조금이나마 공감했다면, 그 말이 멀쩡한 사람 입에서 나올 경우 더더욱 반론하기 어려워지기 때문이다.

아무튼 그런 이유로 나도 상당히 가시 돋친 말투로 받아쳤으나……

"그렇지. 나도 전적으로 동감이야."

뜻밖에도 하야마는 내 의견에 동조했다.

"즐기는 방식은 사람마다 다를 테지만, 나도 구장 밖에서 소란을 피워서 민폐를 끼치는 팬은 싫어해. 같은 서포터로 취급받는 것도 싫고."

"그래?"

#1 시부야에서 설쳐대는 족속 일본에서는 축구 대표팀 경기가 끝나면 팬들이 시부야로 몰려나와서 광란의 축제를 벌이는 경우가 많음.
#2 후카다 쿄코 닮은꼴인 착각녀 전직 중의원 우에니시 사유리. 학생 시절 후카다 쿄코 닮은꼴이었다고 주장해 빈축을 샀으며, 축구팀 우라와 레즈를 비난하여 물의를 일으킨 적이 있음.

"애초에 난 국내 구단의 시합은 안 보면서 대표팀이나 해외파만 응원하는 것 자체가 별로야. 안심하고 성장할 수 있는 국내 리그란 환경이 있기에 해외 무대에도 도전할 수 있는 거니까. 히키타니 너도 그렇게 생각하지 않아? 모처럼 생긴 기회니까 국내 리그의 높은 수준을 그 두 눈으로 똑똑히 확인하고 갔으면 해. 좋은 선수들이 많거든."

"어…… 그, 그러냐? 그래, 알았다."

역시 오늘의 하야마하고는 적절한 거리를 유지하기가 힘들구만…….

하야마에게서 시선을 떼고 주위를 둘러보자, 몸 어딘가에 노란 물건을 착용한 사람들이 같은 방향으로 줄줄이 걸어가는 모습이 보였다.

마치 성지 예루살렘을 향해 나아가는 순례자들 같았다. 사실 순례자를 직접 본 적은 없지만, 십중팔구 이런 분위기일 테지.

그 행렬을 물끄러미 바라보며, 나는 혼잣말처럼 중얼거렸다.

"노란색이 치바 팬…… 축구는 서포터라고 부르던가?"

"맞아. 이쪽으로 걸어가는 사람들은 대부분 그렇다고 보면 돼. 다른 일로 이 근방에 올 때는 대개 차를 이용하니까."

축구는 서포터, 농구는 부스터.[3]

사전에 하야마에게 들은 설명에 따르면 축구 응원은 박수를 치거나, 『챈트』 또는 『콜』이라고 부르는 개사곡 같은 것을

---

[3] 부스터 일본 등에서는 농구 팬을 「열광적인 지지자, 후원자」라는 뜻의 부스터(booster)라고 부름.

북소리에 맞추어 부르는 게 주류인 모양이다.

　TV로 일본 대표팀 경기를 보면『오오~ 닛뽀~ 니잇뽀~ 니
잇뽀~ 니잇뽀~』하고 염불 외는 것 같은 소리가 들려오는데,
그게 바로 챈트라고 했다.

　토츠카가 흥분한 기색으로 말했다.

　"나 유튜브로 챈트 듣고 좀 외워왔어!"

　"그런 것도 올라와 있냐?"

　내 질문에 또다시 하야마가 열성적으로 설명해주었다.

　"서포터즈가 녹음해서 올리는 거야. 응원은 어디까지나 서포
터즈가 자율적으로 하는 거니까. 토츠카, 어떤 걸 외워왔어?"

　"으음, 함께~ 걸어가자~ 하는 거."

　"아하, 어메이징 그레이스인가? 그건 선수들이 입장할 때
불러."

　무슨 이야기인지는 전혀 못 알아들었지만, 토츠카의 노래
를 조금이나마 들을 수 있었으므로 무척 바람직한 대화였다
고 생각합니다.

　그야말로 천사의 노랫소리가 따로 없었다. 경기 시작 전에
국가 독창을 부탁하고플 정도라고.

　하지만 내가 불러야 한다면 이야기가 달라진다. 나는 하야
마에게 물었다.

　"그거, 꼭 불러야 되냐?"

　"관전하는 장소에 따라 달라. 우렁차게 부르는 걸 당연시하
는 구역이 있는가 하면, 지나치게 큰 소리를 내는 걸 불편하

게 여기는 구역도 있거든. 다양한 사람들이 보러 오니까."

흐음, 직관하러 올 정도의 팬이면 다들 난리법석을 피울 줄 알았는데, 딱히 그렇지도 않은가 보구만.

"골대 뒤가 가장 맹렬하게 응원하는 구역인데, 그쪽은 기본적으로 계속 서서 봐야 하고 시합 보기에도 불편하니까 첫 직관에는 적합하지 않아."

"보기 불편하다고? 어째서?"

"축구는 가로 방향에서는 양쪽 골대가 다 보이지만, 세로 방향에서는 어느 한쪽 골대밖에 안 보이니까."

아하, 그렇군.

"사실 선수로 뛸 때는 기본적으로 세로 방향으로 보게 되니까, 나한테는 그것도 공부가 되긴 하지만 말이야."

평소에는 TV로만 경기를 봐온지라, 축구를 어떤 각도에서 보는 게 좋은지는 생각해본 적도 없었다.

경기장을 향해 걸어가는 사람들을 보며 토츠카가 불쑥 중얼거렸다.

"다들 응원 용품을 갖고 있네. 이러면 우리만 경기장에서 겉도는 거 아닌가……?"

"둘 다 원하면 내 걸 빌려줄까?"

"우와! 진짜?!"

신이 나서 귀를 쫑긋 세우는 강아지처럼 토츠카가 환호성과 함께 눈을 반짝였다.

그러나…….

나는 왠지 기쁨보다 경계심이 앞섰다.

「빌려줄까?」라는 하야마의 제안에서 마치 개미가 함정에 빠지기를 기다리는 개미지옥 같은 울림이 느껴졌기 때문인지도 모른다. 아마 착각이겠지만.

강아지처럼 기뻐하던 토츠카도 다른 이유로 표정이 어두워졌다.

"아…… 근데 그럼 하야마가 쓸 게 없어지잖아?"

"그러게. 그러면 미안하니까……."

내가 미처 말을 끝맺기도 전에 하야마가 가방에서 노란 유니폼을 꺼냈다.

"걱정 마. 유니폼은 홈 게임용과 어웨이 게임용, 그리고 골키퍼용도 홈과 어웨이가 있으니까 해마다 적어도 네 벌은 구입하거든. 당연하잖아?"

"어, 그래……. 그러냐……?"

한 벌이면 충분한 거 아니냐?

그렇게 대꾸하고픈 마음이 굴뚝같았지만, 남이 취미에 얼마를 쏟아 붓든 함부로 비판하는 건 예의가 아니다. 나만 하더라도 집에서 코마치한테 「오빠가 읽는 라이트노벨이라는 거 표지가 다 똑같던데, 같은 책을 그렇게 사모아서 뭐에 쓰게? 뭐? 이게 전부 다른 작품이라고?」라는 말을 들으면 아무래도 열 받으니까.

"좀 헐렁한데…… 어때? 어울려?"

하야마의 유니폼은 토츠카에게는 사이즈가 커서, 셔츠 위로 목만 쏙 꿰는 식으로 입었다.

그리고 토츠카는 우리 앞에서 휘리릭! 한 바퀴 돌았다.

"괜찮은 거 같은데? 안 그래? 히키타니."

"그래…… 최고야!"

여자가 큼직한 야구 유니폼을 입으면 이상하게 귀여워 보일 때가 있는데, 지금 토츠카가 딱 그런 느낌이었다. 싹트려던 하야마에 대한 경계심은 유니토츠카가 내뿜는 성스러운 빛에 소각되고 말았다.

토츠카가 귀여우니까 오늘은 토츠카 기념일.[#4]

× × ×

"우와! 시작하려면 아직 두 시간이나 남았는데 벌써부터 이렇게 줄을 선 거야?!"

경기장 부지 안으로 들어서자, 눈앞에 믿을 수 없을 만큼 긴 행렬이 출현했다.

미친…… 이거 한 만 명은 되는 거 아니냐?

놀라는 우리에게 하야마가 설명했다.

"경기 시작은 두 시간 후지만, 그라운드 연습은 한 시간 전부터 시작되거든. 그러니까 실질적으로는 한 시간 남은 셈이지."

""???""

알쏭달쏭한 논리를 태연하게 내세우는 바람에 토츠카와 나

#4 토츠카 기념일 타와라 마치의 시집 『샐러드 기념일』의 패러디.

는 한순간 당황했지만, 하야마가 그렇게 말한다면 그렇겠거니 하는 신뢰가 더 강했으므로 꼬치꼬치 캐묻지는 않았다.

"구장에 따라 다르지만, 꼭 봐야겠다고 결심했을 때는 날짜가 바뀌는 순간 줄을 서기도 해."

"야, 하야마……. 우리도 저기 줄 서야 되는 거냐?"

"그럴 필요는 없어. 맨 앞줄에서 보려면 그래야 되지만, 오늘은 그냥 경기장 분위기 자체를 만끽해주었으면 하니까."

살았다……. 예스라는 답변이 돌아오면 우향우해서 집에 가야겠다고 결심한 참이었다고…….

하야마가 빌려준 응원 타월(타월만 빌림, 유니폼은 사양했음)로 식은땀을 닦으며 주위를 둘러보자, 바람에 실려 식욕을 돋우는 냄새가 솔솔 풍겨왔다.

"자, 그럼 우리 입장하기 전에 먼저 요기부터 할까?"

하야마가 점심은 경기장에서 먹자고 했기에 먹거리는 아무것도 챙겨오지 않았지만, 그 제의 역시 개인적으로는 썩 끌리지 않았다.

"근데 이런 데서 파는 음식은 비싸기만 하고 맛은 그저 그런 경우가 많은 게 일반…… 적……?!"

가성비 최강을 달리는 사이제의 발상지인 치바 주민은 음식의 가성비에서만큼은 타협을 불허하는 엄격함을 지녔다.

그러나 그렇게 깐깐한 내 마음을 순식간에 녹여버린 존재가 있었다.

그것은 바로…….

"카츠우라 탄탄면?! 카츠우라 탄탄면 아냐?!"

B급 맛집임에도 전국적으로 그 이름을 떨친 카츠우라 탄탄면까지 매장을 내다니, 이쯤 되면 무시할 수 없는 수준이다.

요즘은 치바 시내에서도 맛볼 수 있게 됐다지만, 여전히 카츠우라 시민 외에는 접하기 힘든 환상의 라면……. 여기 온 걸 후회하기 시작했던 나도 단박에 신이 났다. 카츠우라 탄탄면은 그만한 잠재력을 지녔다고! 히라츠카 선생님이 보면 쌍코피가 터지겠는데?

그런 노점 하나하나에 관해서도 하야마는 훤히 꿰고 있었다.

"저쪽은 카모 강에서 직송한 신선한 해물 꼬치를 파는 집이고, 저기서는 매번 치바 특산물로 만든 볶음국수를 팔아. 하나같이 맛집 페스티벌에서 입상한 적이 있는 쟁쟁한 실력파들이지."

"난 그냥 축제에 오는 노점상 같은 느낌일 줄 알았더니…… 완전 제대로 갖춰져 있잖아?"

"요새는 스타푸드도 경쟁이 치열하니까."

참고로 스타푸드란 『스타디움 푸드』의 준말이라고 한다.

우리는 가까이 가서 노점을 살펴보았다.

"이야! 이거 귀엽다!"

어정쩡하게 웃는 강아지 얼굴 모양의 풀빵을 발견한 토츠카가 반사적으로 탄성을 질렀다.

귀여……운가……?

"제피 빵은 구단 마스코트를 모델로 만든 대인기 상품으로,

종류는 단팥, 초코, 커스터드 세 가지가 있어. 굽는 데 조금 시간이 걸리니까, 비교적 한산한 이 시간대에 사두는 편이 낫지 싶은데."

일일이 끼어드는 하야마의 장황한 설명도 풀빵 강아지의 얼굴에 어린 미묘한 미소가 적당히 중화해주어 크게 거슬리지 않았다.

"으음, 세 종류라……. 고민되네……."

끄응 눈썹을 모으고 갈등하던 토츠카가 나를 돌아보며 물었다.

"하치만은 뭐가 좋아? 초코? 커스터드?"

"당ㅅ…… 단팥."

「제가 좋아하는 건 당신입니다!」라는 말을 꾹 삼키고 얼버무리느라, 별로 좋아하지도 않는 단팥을 시키고 말았다. 코마치한테 선물로 가져다줄까……?

"하야마, 네가 추천하는 집은 어디냐?"

"난 여기야."

하야마가 가방에서 밀폐용기를 꺼내더니, 보란 듯이 탁탁 두들겼다.

저기, 영문을 모르겠다만…….

그러자 하야마는 경쾌한 발걸음으로 철판 위에서 소시지를 산더미처럼 볶고 있는 노점상으로 다가가서, 가져온 밀폐용기에 소시지를 담아왔다.

"저 『키사쿠(喜作)』라는 집은 이렇게 용기를 가져가면 넣을 수 있는 데까지 한껏 담아주거든. 대단하지?"

야, 그거 아무리 봐도 너무 많이 담았잖아……. 야구부 도시락 속의 쌀밥마냥 꽉꽉 욱여넣었잖아……. 소시지가 밥알처럼 보일 지경이라고…….

어정쩡하게 웃는 강아지 풀빵을 손에 넣은 흐뭇함에 미소가 어렸던 토츠카의 눈이 커다래졌다.

"우와, 굉장하다. 그래서 밀폐용기를 가져오라고 했던 거구나."

"토츠카, 밀폐용기 가져왔지? 사오는 게 어때?"

"응. 근데 난 이렇게 많이는 못 먹으니까……."

"그럼 히키타니는?"

"어, 그게…… 난 깜빡하고 안 가져왔다만."

"꼭 번듯한 그릇이 아니어도 상관없어. 봐, 저렇게 샌드위치를 포장했던 박스를 이용하기도 하잖아."

"완전히 도가 텄구만……."

경험 풍부한 서포터들은 도로 건너편에 있는 쇼핑센터에서 케이스에 든 간식을 산 다음, 그 빈 상자에 소시지를 넘쳐흐를 만큼 잔뜩 담아서 케첩을 콸콸 끼얹었다.

"하지만 기왕이면 난 저 빨간 카츠우라 탄탄면을 먹겠어!"

단호하게 선언함으로써 하야마의 끈질긴 권유를 뿌리치고, 탄탄면 가게 앞에 줄을 섰다.

축구팬들 사이에서도 카츠우라 탄탄면의 인기는 드높은지, 웨이팅이 있었다.

그러나 참깨 베이스의 탄탄면에서는 맡을 수 없는 카츠우라 탄탄면 특유의 고추기름 향…… 항구 마을 카츠우라에서 일하는 어부와 해녀의 차가워진 몸을 데워주던 심홍의 국물 냄새를 음미하다 보니, 기다림의 시간은 눈 깜짝할 사이에 지나갔다.

"이게 카츠우라 탄탄면……. 꼭 보석 같은데!"

대량의 고추와 고추기름이 들어간 국물은 야외에서 보니 루비처럼 반짝반짝 빛났다.

그럼 우선 국물부터 맛을 좀 볼까……?

나는 싸구려 플라스틱 용기 속에 담긴 보석을 후루룩 들이켰다.

"컥?! 생각보다 맵잖아……? 하지만 맛있어!!"

참깨 베이스의 순한 풍미는 전혀 느껴지지 않았다. 타협 없는 매운맛이 혀를 찔렀다. 그리고 그 자극과 동시에 강렬한 감칠맛이 터져 나온다!

단숨에 카츠우라 탄탄면의 포로가 되어버린 나는 정신없이 면을 흡입했다. 매워서 한꺼번에 많이 먹기 힘들다! 그렇지만 맛있어!!

그렇게 무아지경으로 탄탄면을 먹어치우는 사이, 별안간 주위가 소란스러워졌다.

"……어라?"

누군가 확성기를 써서 연설을 하고 있는 모양이었다.

목소리가 들려오는 쪽을 돌아보자, 확성기를 들고 접사다리 위에 올라선 머리 긴 아저씨…… 아니, 이미 초로의 범주에 접어든 인물이 오늘 시합을 두고 「결코 질 수 없다」, 「죽기 살기로 응원하자」라고 호소하는 중이었다.

그 근처에는 헬멧과 응원 타월로 얼굴을 가린 혁명가 같은 인종까지 있었다.

기본적으로는 축제 분위기에 가까운 경기장에서 그곳만이 꽤나 비장한 인상을 풍겼다. 아하, 그래. 저게 바로 그 훌리건이라는 건가?

"코어 서포터야."

무한하게 느껴질 정도로 많은 소시지를 경이로운 스피드로 바닥낸 하야마가 어느새 탄탄면을 먹는 내 옆으로 다가와서 설명했다.

"골대 뒤에서 응원을 주도하는 사람들이지. 딱히 폭력을 휘두르지는 않지만…… 히키타니 넌 저런 타입은 역시 껄끄러울 테지?"

"솔직히 그렇다만. 소란스러운 건 영 거북해서……. 게다가 응원이란 남이 강요해서 하는 게 아니잖아?"

"가차 없는걸?"

하야마는 쓴웃음을 지었다.

"하지만 그렇게 따지면 봉사부 활동도 비슷하잖아?"

"달라."

"어디가?"

"우리는 선생님이 시켜서 하는 거다만, 너희는 좋아서 하는 거니까."

"후홋, 넌 정말…… 가차 없구나."

미소를 짓기는 했지만, 하야마의 눈에는 아까까지와 다르게 웃음기가 없었다.

그 변화를 민감하게 감지한 토츠카가 허둥지둥 조금 떨어진 곳을 가리키며 물었다.

"이, 있잖아, 하야마! 저 건너편에 모인 사람들은 뭐야?!"

"저건…… 버스 대기조네."

"버스 대기조?"

"선수단이 타고 오는 버스를 기다리는 거야. 시합 전부터 응원해서 사기를 북돋울 목적으로."

그런 일까지 한단 말인가.

아이돌 세계에는 출근길이나 퇴근길 같은 용어가 있다고들 하지만, 버스 밖에서 응원한다는 이야기는 들어본 기억이 없다.

"흐음, 그래? 효과는 있냐?"

다소 심술궂은 말투로 묻자, 뜻밖에도 하야마는 자세히 설명해주었다.

"필드에 나가면 선수는 오로지 공에만 집중하니까 응원 소리도 안 들리는 법이거든. 하지만 버스에 타고 있을 때는 아직 바깥을 볼 여유가 있으니까, 오히려 버스에 있을 때 응원하는 게 더 효과적이라고 주장하는 사람도 있어."

"……다 이것저것 생각해서 하는 거구만."

"생각하는 것 말고는 할 수 있는 게 없으니까. 서포터의 애환이지."

그 말에 나는 희미한 위화감을 느꼈다.

하야마는 축구부 소속인 데다 상당한 실력자다. 하야마 정도는 아닐지라도 축구 경험자라면 대부분 본인의 체험에 비추어가며 이야기하고 싶어 할 터였다. 이를테면 토베라든가.

그러나 하야마는 지금까지 쭉 방관자 입장에서만 이야기했다. 이상하게 수다스럽기는 하지만 그 시선만큼은 방관자의 시점을 고수했다. 그 점에서는 결코 흔들림이 없었다.

마치…… 학교에서의 나 같은 느낌이라고나 할까?

이윽고 버스가 도착했는지, 모여선 서포터 집단이 뭔가 외쳐대는 소리가 쩌렁쩌렁하게 울려 퍼졌다.

"뭐라고 하는 거야?"

토츠카의 질문에 하야마는 아련한 눈빛이 되어 짤막하게 대답했다.

"WIN BY ALL."

×　×　×

입장 게이트를 지나 경기장 안으로 발을 들여놓은 순간, 눈앞에 별세계가 펼쳐졌다.

"오오……!"

저절로 탄성이 터져 나왔다.

쨍한 녹색의 그라운드와 예상보다 가깝게 보이는 푸른 바다. 게다가 축구장은 전체적으로 사발 모양이어서, 우리가 있는 위치가 생각보다 높게 느껴졌다.

몸을 떠미는 거센 바람을 느끼며, 나는 무심코 중얼거렸다.

"……생각보다 경사가 가파르구만."

"그, 그러게……. 조, 조금 무서운 것 같기도 하고……."

토츠카는 내 귓가에 대고 속삭이듯 말하더니, 조막만한 손으로 내 소맷자락을 꼭 움켜쥐고는 애처로운 미소를 지었다.

"그래도 하치만이 같이 있어주니까 괜찮아!"

……축구, 완전 끝내주는데? 확 시즌권을 사버릴까?

3인용 좌석을 확보한 하야마가 물었다.

"처음으로 축구장에 와본 소감이 어때?"

"끝내주는데(토츠카가). 무진장 상쾌해(토츠카가)."

"그렇게 말해주니 데려온 보람이 있는걸?"

하야마는 뿌듯한 기색이었다. 잘됐다! 모두 행복하구나!

자리에 앉아서 경기장 안을 둘러보던 나는 곧 한 가지 이상한 점을 발견했다.

"야, 하야마. 메인 스탠드가 텅 비었다만."

"아, 치바는 메인 쪽 가격이 좀 센 편이거든. 그래서 주로 백 스탠드에 앉지. 오늘은 그나마 널럴한 편이야."

"이게……?"

우리가 있는 백 쪽은 이미 관중이 빽빽하게 들어찬 데다 아직도 사람이 들어오는 중이었다. 이러다 더 혼잡해져서 토츠카와 밀착 상태가 되어버리는 거 아냐……? 끝내주는데?

"어라? 쟤 토베 아니냐?"

그라운드 한컨에는 익숙한 맞춤 유니폼을 입은 집단이 있었는데, 그중 낯익은 얼굴이 내 눈에 띄었다. 상대방도 우리를 발견한 눈치였다.

토베 카케루. 하야마와 같은 축구부로, 평소에 자주 어울려 다니는 멤버이기도 했다.

"앗~! 하야토~! 워후~!"

촐랑이 토베는 껑충껑충 뛰어오르며 우리를 향해 막 손을 흔들어댔지만, 하야마는 쓴웃음을 머금고 가볍게 손을 들어 보이기만 했다.

토베뿐만 아니라 다른 축구부원들도 하야마를 향해 손을 흔들거나 꾸벅 고개를 숙여 보였다.

"쟤네들 우리 학교 축구부 맞지? 왜 필드 안에 있어?"

토츠카가 의아한 기색으로 묻자, 하야마가 대답했다.

"지역 축구부원들이 돌아가면서 경기 운영을 보조하거든. 볼보이라든가 들것 담당을 맡는 식으로."

"아하, 그렇구나! 프로 경기에 참여할 수 있다니 좋겠다! 테니스부에도 그런 게 있으면 좋을 텐데……."

개인적으로 교습을 받을 만큼 테니스에 빠져 사는 토츠카는 프로와 교류할 수 있다는 사실이 몹시 부러운 눈치였다.

나도 궁금했던 점을 질문했다.

"하야마, 너도 저기 있어야 되는 거 아니냐?"

"나는 중학교 때 해봤으니까. 그리고 이런 건 하급생 때 경험해두는 편이 좋아. 프로와 같은 그라운드에 설 기회가 주어지는 건 대개 동아리 활동에 대한 의욕으로 직결되거든."

하야마의 설명은 모범답안 그 자체였다.

마치 미리 준비해둔 것 같은, 반론의 여지라고는 추호도 없는 답변이었다. 하야마는 언제나 완벽하지만, 그 철두철미함이 지금은 오히려 마음에 걸렸다.

선수들의 연습이 끝난 그라운드에서는 다양한 경기 전 행사가 진행되었다.

지자체 소속인 높으신 분의 인사말, 특산품 기부.

스폰서 기업의 청년 사원이 주도하는 응원 연습에서는 관중석 전체가 응원 타월을 휘두르며 경기장 전체를 노랗게 물들였다. 꽤나 장관이었다. 특히 타월을 휘두르며 신나하는 토츠카가.

이벤트는 하나같이 호화로웠고, 놀라울 만큼 호응도 좋았다.

어쩐지 위화감이 들 만큼.

그러다 마지막으로 구단의 마스코트 캐릭터인 강아지 두 마리(인형 탈)의 손을 잡고 등장한 초등학생 어린이가 페어플레이 정신이라는 글을 낭독한 다음, 씩씩하게 덧붙였다.

『치바는 제가 태어난 뒤로 한 번도 승격한 적이 없으니까, 올해야말로 꼭 승격했으면 좋겠습니다!』

그 순간 후끈 달아올랐던 경기장에 침묵이 내려앉았다. 아이들의 솔직한 발언은 늘 어른들의 가슴을 후벼 파는 법이지…….

게다가 치바가 2부 리그에서 보낸 세월 동안 무럭무럭 자란 아이의 모습을 목도해버린 탓에 서포터는 경기 전부터 정신적인 타격을 입은 눈치였다. 시종일관 위세 좋게 응원하던 치바의 골대 뒤가 다소 얌전해졌다고나 할까, 풀이 죽은 느낌이 들었다.

"하야마."

"응?"

"치바는 왜 1부로 못 돌아가는 거냐?"

나는 단도직입적으로 물었다.

그렇다. 치바는 1부 리그가 아니라 2부 리그 소속이다.

내 위화감의 정체는 바로 그것이었다.

2부인데 왜 이렇게 뜨거운 분위기가 연출되는 거냐는 의문.

"멋모르고 하는 소리라면 미안하다만, 치바는 더 강한 팀이었잖아? 지금도 이렇게 경기장을 찾는 팬이 많고, JR이 스폰서를 할 정도니까 재정적으로도 탄탄할 테고. 더 시골이 연고지인 가난해 보이는 팀도 1부에서 뛰잖아? 근데 왜……."

"그래. 네 말대로 예전에는 치바도 강했지. 국내 리그 최강이기까지 했으니까. 동유럽에서 온 어느 명장의 지도력에 힘입은 바가 크기는 했지만……."

"하야마, 그 명장이란 일본 대표팀 감독도 맡았던 그……."

"……명장의 이름은 언급하지 않겠어. 입에 담으면 미련이 생기니까. 치바는 과거의 영광에 매달리지 않고, 긍지만을 가슴에 품고 앞으로 나아가야 해……."

축구를 잘 모르는 토츠카와 나도 하야마가 말하는 감독이 누구인지는 막연하게나마 짐작이 갔다.

우리가 어렸을 때, 치바에서 축구가 폭발적인 인기를 누렸던 시기가 있었으니까.

그랬기에 하야마처럼 『학교에서 제일 운동 잘하는 애』나 토베처럼 『학교에서 제일 촐랑대는 애』가 죄다 축구부에 들어간 거겠지.

동아리에도 계층은 존재한다.

그리고 그 계층 구조에서 축구부는 최상위에 위치한다. 따라서 잘나가는 일등시민 하야마가 활동할 동아리로 손색이 없다……는 사실은 본인한테는 십중팔구 중요하지 않았을 테고, 그냥 축구가 취향에 맞았던 거겠지.

하야마 하야토는 축구를 사랑한다.

그래서 축구와 관련된 모든 것이 하야마에게는 애틋하고 특별한 것이리라.

토츠카와 나는 무심하게 입에 올릴 수 있는 이름이지만, 하야마나 이 구장에 모인 서포터를 자칭하는 이들에게는 함부로 입에 올릴 수 없을 만큼 소중한 존재인 셈이다. 가슴속에 고이 간직해두고 싶을 만큼 소중한 보석인 거다.

그것은 어쩌면 아무리 오랜 시간이 흘러도 빛바래지 않는, 사랑과도 같은 감정이기까지 한 게 틀림없다.

하지만 그러면 나한테는 오리모토 같은…… 으음, 그쪽은 그냥 짜증나니까 이야기하고 싶지 않을 뿐이로군요…….

그래서 나도 그 이름을 언급하는 대신 화제를 돌렸다.

"오늘 경기 상대는…… 기후(岐阜)라고 했던가? 어떤 팀이냐?"

사실 애초에 기후가 어디 붙어 있는지도 잘 모른다. 으음……
나고야 현^{#5}의 식민지던가?

"글쎄, 강호라고 하기는 어려운 팀……이랄까?"

누구에게도 상처 주지 않는 하야마다운 설명이었다.

"1부 승격 경험은 없어. 거의 매년 2부 최하위를 다투고, 실
제로 지금도 최하위야. 그렇지만 재미있는 축구를 했었지. 얼
마 전에 감독을 교체한 후로는 현실적인 노선으로 방향을 튼
모양이지만."

"약팀인데 재미있을 수도 있냐?"

"이상을 관철하는 축구……라고 표현하면 되려나? 아무튼
패스가 많고, 축구다운 축구였지. 경기를 보면 분명 이해가
갈 거야."

"흐음……."

축구다운 축구라…….

"그럼 축구답지 않은 축구도 있냐?"

"넌 정말…… 아픈 곳만 골라가며 찌르는구나."

하야마는 쓴웃음을 지었지만, 눈에는 웃음기가 없었다.

그리고 『축구답지 않은 축구』의 예시를 들었다.

"골문 앞에 사람을 잔뜩 세워놓고 철통같이 지키다가, 볼을
빼앗으면 상대 골 앞으로 롱 볼을 공급해서 역습을 노리는
플레이. 그런 스타일은 아무래도 보기에 따분하겠지."

"합리적이라는 느낌은 든다만."

#5 **나고야 현** 나고야는 현(県)이 아니라 시(市)임. 아이치 현 나고야 시.

골문 앞에 선수를 모조리 세워놓으면 절대로 골이 안 들어가는 거 아냐?! 라는 생각은 축구 초보라면 누구나 한 번쯤 해보기 마련이다.

한동안 잠자코 우리의 대화를 듣고 있던 토츠카가 감자를 오물오물 먹으며 물었다.

"하야마, 그럼 치바는 어떤 전술을 써?"

"하이라인."

"하이……라인?"

생소한 용어에 토츠카가 후웅? 하고 고개를 갸웃했다. 후으응…… 귀여워어…….

아니, 이럴 때가 아니지. 하이라인이라뇨? 그게 뭡니까?

"디펜스 라인을 높이는 거야. 즉 수비에 할애할 전력까지 모조리 공격에 투입하는 전술이지."

흐음…….

거참 중2병의 마음을 제대로 자극하는 전술이구만. 이름도 SF의 거장[6] 비스무리하고.

"다만 제대로 소화하려면 여러 가지 조건이 갖추어져야 하고, 위험부담도 대단히 커. 그래서 지금은 봉인해둔 환상의 전술이라고나 할까? 처음 실시했을 때는 상당히 주목받았고 성적도 좋았지만, 대책을 마련해오면 잘 풀리지 않는 경우가 많았거든."

"난 축구 전술은 잘 모른다만……."

그렇게 전제를 단 다음, 머릿속에 떠오른 아이디어를 이야

---

[6] SF의 거장 「스타쉽 트루퍼스」 등으로 유명한 로버트 A. 하인라인을 말함.

기해보았다.

"그냥 상대편 골문 앞에 키 큰 선수를 배치하면 유리한 거 아니냐? 농구처럼."

"그 방법은 이미 써봤어……."

"써봤구나……."

한순간 얼굴이 환해졌던 토츠카가 탄식하듯 중얼거렸다.

"신장 204센티미터. 리그 사상 최장신의 외국인 선수를 북유럽에서 스카우트해와 골대 앞에 세웠지."

2미터가 넘는 키에 북유럽이라니, 스펙만 들어도 가슴이 설렜다. 나는 몸을 내밀며 물었다.

"참고로 그 해의 순위는 어땠냐?"

"6위였어. 승격하려면 3위 안에 들어야 하니까……."

하야마의 설명에 따르면 처음에는 호조였으나 부상을 당하는 바람에 일이 꼬인 모양이었다. 한 번 더 시도해보지 그래?

이번에는 토츠카가 제안했다.

"그럼 아예 과감하게 같은 감독한테 몇 년간 쭉 맡겨보는 건 어때?"

"그 방법은 이미 써봤어……."

"그것도 써봤구나……."

슬픈 눈으로 토츠카가 고개를 떨구었다.

그전까지 성적이 나쁘다 싶으면 팍팍 감독을 잘라댔던 치바는 이래서는 안 되겠다는 사실을 깨닫고, 유망해 보이는 감독을 데려와서 육성할 작정으로 몇 년간 팀을 맡겨보았다고 했다.

"그래서? 순위는 어떻게 됐냐?"

"3위→9위→11위."

"도리어 갈수록 악화됐구만……."

"결국 3년차 도중에 경질됐지……."

참고로 축구계에는 감독을 해임하면 일시적으로 성적이 오르는 『감독 해임 부스트』라는 수수께끼의 법칙이 있다고 한다. 믿거나 말거나.

어쨌거나 감독을 바꿔봤는데도 계속 그 모양이라면…….

"그래도 안 될 정도면…… 차라리 선수를 몽땅 갈아치워 보는 건 어떠냐?"

"뭐?! 하, 하지만……. 아무리 그래도 너무 과격해! 축구는 팀 스포츠잖아. 그러면 팀이 전부 따로 놀게 되어버릴 거야!"

"그 방법은 이미 써봤어……."

"그것도 써버렸구나……."

토츠카의 얼굴에는 기막힘을 넘어 안쓰러움마저 감돌기 시작했다.

말 꺼낸 사람이 할 소리는 아니다만, 그렇게 마구잡이로 갈아치워서 될 일이었으면 다들 뻔질나게 물갈이를 해댔을 테지.

"축구는 열한 명이 하는 경기잖아? 아홉 명이 하는 야구조차도 유기적인 연계가 중요하다고. 단기간에 그 능력을 키울 수 있을 것 같지는 않다만."

"물론 그 점에 관해서는 전력강화 팀도 대책을 강구했지."

"흐음, 어떤 대책을?"

"『기량이 비슷한 선수라면 치바 사랑이 강한 쪽을 택한다』는 강화 방침을 밀어붙임으로써 팀 내의 연계성 부족을 커버하려고 했대."

"MAX 커피 뜯어먹는 소리 하고 앉아 있네……."

치바를 사랑한다고 축구를 잘하게 되면 재규어[7]도 J리거가 될 수 있을 거라고. 파이팅! 파이팅! 치바!

이쯤 되니 슬슬 해결책이 떨어지기 시작해서, 나는 약간 자포자기한 분위기로 입을 열었다.

"그럼 이건 어떠냐? 먹는 것부터 바꿔본다든가."

"그 방법은 이미……."

"써봤구나……."

반복되는 이 리듬. 벗어날 수 없는 어둠의 루프.[8] 어느덧 토츠카의 목소리에서도 놀라워하는 기색이 사라졌다.

"대체 어떻게 바꿨는데? 밥 말고 빵이라도 먹였대냐?"

"전부 현미로 했대."

"시노다 마리코[9]하고 결혼이라도 할 작정이냐고……."

얼마 전에 화제가 되었던 현미혼.

현미로 시작되는 만남이 있다는 사실이 충격을 선사했고, 쌀밥을 먹는 사람 모두에게 희망을 안겨준 결혼이었다. 나도 날마다 백미를 먹으니까 백미 먹는 연예인하고 결혼할 수 있

#7 재규어 치바 사랑으로 유명한 지역 연예인. 「파이팅! 파이팅! 치바」라는 노래를 불렀음.
#8 반복되는~어둠의 루프 퍼퓸의 노래 「폴리리듬」의 가사 패러디.
#9 시노다 마리코 전 AKB 멤버. 결혼 발표를 할 때 예비 신랑과의 공통점이 「현미를 먹으며 자란 것」이라고 해서 현미혼(玄米婚)이라는 신조어가 생김.

겠지? 못 한다고? 그렇겠지.

"그래서 결과는 어땠냐?"

"선수에 따라서는 효과를 본 모양이지만, 순위에는 별 영향이 없어서 지금은 그만뒀어."

"그래……? 하긴 엄청난 효과를 봤다는 말보다는 납득 가는 결과다만."

"이적한 선수들이 타팀에도 현미식을 알리고 있는 게 유일한 위안이라면 위안이랄까……."

"그건 그냥 웃음거리로 삼은 거 아니냐?"

현미 법사로 불렸던 그 감독이 3년차 네 번째 시합에서 잘리고, 결국 2부로 강등되었을 때의 감독이 다시 지휘봉을 잡게 된 것이 지금의 상황이라고 했다.

그것이 치바가 10년간 걸어온 길이었다.

감독을 갈아치우고, 프런트를 갈아치우고, 선수를 갈아치우고, 음식마저 갈아치웠다.

그럼에도 성과를 내지 못했다.

"줄곧 고민해왔어. 치바가 망가뜨린 것을 되찾을 방법을. 하지만……."

고뇌하던 하야마는 고통스러운 목소리로 이렇게 말했다.

"……결국 다시 똑같은 곳으로 돌아오고 말았어."

기묘하게도 우치보선과 소토보선을 잇는 소가 역과 마찬가지로, 이 경기장도 원환의 이치에 지배당하는 모양이다.

×　×　×

킥 오프의 순간은 생각보다 싱겁게 지나갔다.

"엉? 벌써 시작한 거냐?"

경기 시작 전부터 양팀 서포터가 펄쩍펄쩍 뛰며 응원전을 펼치다 보니 딱히 『시작했다!』라는 실감이 나지는 않았다. 「어라? 어느새 공 차고 있네?」라는 느낌에 가까웠다.

응원전은 홈팀인 치바의 압승이었다.

기후 측 응원단도 소수정예로 최선을 다했으나, 아무래도 지방의 하위권 팀인지라 이런저런 면에서 역부족이 두드러졌다.

다만 중요한 경기 내용은…… 치바나 기후나 거기서 거기였다.

볼을 점유하는 시간은 치바가 기후보다 길었지만, 패스만 돌릴 뿐 슛을 할 기미가 없었다.

기후 역시 골문 앞에 찰싹 붙어서 치바의 공격에 대응하는 데에만 집중했다. 역습을 노리는 건가? 그런 것치고는 공을 빼앗은 후의 움직임이 둔하다만.

일진일퇴의 코등이싸움[#10] 같은 전개가 이어졌지만, 검도라면 또 모를까 축구 시합에서 코등이싸움을 해봐야 지루하기만 할 뿐이다.

정확히 경기 전에 하야마가 말한 『축구답지 않은 축구』가 눈앞에서 펼쳐지고 있다는 사실에 무심코 쓴웃음을 지었을 정도였다.

#10 코등이싸움 칼과 칼을 맞댄 채 상대를 밀어내는 기술.

처음에는 「우와!」, 「가랏~!」 하고 신나게 함성을 지르던 토츠카도 중간부터 부쩍 말수가 줄어들었고, 이제는 아예 경기보다도 골대 뒤에서 응원하는 서포터즈만 쳐다보는 중이었다.

"서포터즈는 열심인데. 양쪽 다 계속 소리 높여 응원하고⋯⋯ 대단해."

토츠카의 말처럼 응원은 대단했다.

경기장 분위기는 최고였다. 라이브 콘서트를 방불케 하는 박력이 느껴졌다.

다만 그 열띤 분위기가 오히려 공허함을 더하는 시합 전개임에는 틀림없었다. 양팀 모두 백패스를 되풀이했고, 골문 앞까지 와도 좀처럼 슈팅을 하지 않았다.

차분하게 지켜보던 주위 관중들도 30분이 경과할 무렵부터는 답답한 기색을 드러냈고, 점차 응원 대신 욕설과 야유가 난무하기 시작했다.

"뭐하는 거야?!"

"슛을 안 하면 못 이긴다고!!"

전반전 종료를 알리는 휘슬이 울리자, 철수하는 선수들을 향해 관중석에서 비난의 목소리가 가을비처럼 쏟아져 내렸다.

×　　×　　×

"⋯⋯어때? 전반전을 보고 난 소감이."

전반전 종료 호루라기가 울리고 얼마 후, 하야마가 쥐어짜

내는 듯한 음성으로 그렇게 물었다.

그라운드에는 교체 선수들이 나와서 출전에 대비해 몸을 푸는 중이었다.

"어……."

하야마의 질문에 토츠카는 조심스럽게 말을 골랐다. 그 반응이 곧 대답이나 다름없었다.

나는 느낀 바를 가감 없이 말했다.

"솔직히 재미없더만."

"하, 하치만……."

토츠카는 안절부절못하며 허둥댔다. 경기보다도 이 모습을 계속 보고 싶다. 그게 내 솔직한 심정이었다. 허둥대는 토츠카, 최고.

"개인적으로는 스포츠를 보면서 불만을 토로하는 게 썩 마음에 들지는 않아. 더 열심히 해라? 관중보다야 선수가 더 열심히 하겠지. 마음을 다해라? 마음을 표현하는 스포츠를 원하면 피겨 스케이트나 체조를 보던가. 대충 그런 입장이다만……."

거기까지 쭉 설명한 다음, 나는 이렇게 덧붙였다.

"하지만 오늘 시합은 양팀 모두 뭘 하고 싶은 건지 통 감이 안 잡혔고, 프로로서 돈값을 하는 플레이는 아니지 싶던데. 내 생각이 틀렸냐?"

"……아니, 올바른 평가라고 봐."

공짜로 보러 온 주제에 잘난 척 지껄여댔다는 자각은 있었지만, 하야마는 그런 내 말을 진지하게 받아들였다.

하야마는 나보다 더 하고 싶은 말이 많을 게 틀림없다.

그럼에도 하야마는 치바를 옹호하려 애썼다.

"치바 입장에서는 홈경기에서 최하위 팀에게 질 수는 없다는 압박감이 있겠지. 그래서 찬스를 반드시 살려야 한다는 생각에 결정적인 순간이 올 때까지 슛을 하지 않아. 하지만 그런 망설임이 도리어 슈팅 찬스를 없애버리는 거지."

"악순환이구나……."

토츠카는 시무룩하게 중얼거렸다. 시무룩해진 토츠카는 미친 귀여움을 자랑했으므로, 그런 토츠카를 볼 수 있었다는 것만이 전반전의 유일한 수확이었다.

평소 같으면 그것만으로도 대만족일 테지만…… 가능하면 경기에 이겨서 기뻐하는 토츠카도 보고 싶었다.

"하야마, 이 상황을 타개하려면 어떡해야 되냐?"

"움직임이 둔한 선수를 교체하고, 포메이션 그 자체를 손보는 게 가장 간단하겠지."

"아하."

"다만 전반전은 내용은 지루했을망정 어쨌거나 치바가 주도권을 쥐고 있었으니까. 그런 만큼 어디를 어떤 식으로 바꿔야 할지 파악하기 어렵고, 애초에 지금이 바꿔야만 할 타이밍인가의 문제도 있어. 지금의 감독이 과연 그런 판단을 할 수 있을지……."

하야마의 우려는 적중했다.

선수를 친 쪽은 전반전에서 불리함을 깨달은 상대팀이었다.

"엇? 야, 후반 들어 갑자기 기후의 움직임이 좋아지지 않았냐?"

"하치만 말이 맞어! 어떻게 된 거지?!"

후반전 시작 휘슬이 울린 순간부터 치바는 핀치에 몰렸다.

전반전에서는 분명 호각 이상으로 싸웠는데, 어째서……?

자리에 앉아서 그라운드를 관찰하던 하야마가 조용하지만 확신이 깃든 목소리로 그 답을 제시했다.

"……포지션이야."

""뭐?""

"기후는 후반전에 돌입하면서 전술에 변화를 줬어. 봐, 아까는 최종 디펜스 라인에 세 명이 있었는데 지금은 네 명이 됐잖아?"

듣고 보니 정말 기후의 최종 방어선은 네 명이 질서정연하게 하나의 선을 그리듯 유기적으로 움직이며 치바의 포워드를 농락하듯 볼을 빼앗고 있었다.

"수비를 바꿨는데…… 공격이 활성화된다고?"

"축구에서 공격은 수비수가 볼을 빼앗는 데서부터 시작된다는 말도 있으니까. 그렇게 해석할 수도 있다는 거지."

"……아하, 방어가 공격의 첫걸음이 된다는 소리구만."

재미난 발상이다.

그렇게 생각하면 전반전에서 양팀의 슈팅 수가 적었던 것도 이해가 간다.

그때는 말하자면 적진에서 수비를 했던 셈이다.

하야마의 설명에 토츠카가 난감한 듯 살짝 처진 눈썹으로 물었다.

"근데…… 그럼 치바는 어떡해야 돼?"

"고민되는 부분이기는 하지."

하야마는 팔짱을 끼고 신음했다.

"최선책이 뭔지는 나도 몰라. 다만 결코 해서는 안 되는 거라면……."

그 순간.

공기를 가르듯 새된 호루라기 소리가 울려 퍼졌다.

"아뿔싸! 말 꺼내기가 무섭게……!"

하야마가 벌떡 몸을 일으키며 외쳤다.

보아하니 치바 수비진의 순간적인 빈틈을 뚫고 골문 앞으로 파고든 기후의 포워드에게 치바 선수가 태클을 한 눈치였다.

"응? 뭐야? 어떻게 된 거야?"

하야마의 설명에 집중하던 토츠카는 그 순간을 놓쳤는지 다소 당황한 기색이었다.

"헉, 파울?! 치바가?!"

"그래. 득점 기회 저지…… 노마크로 골문 앞까지 간 포워드에게 뒤에서 태클을 했어. 카드가 주어질 건 분명해. 문제는 어떤 색 카드가 주어지느냐지."

그전까지의 소란스러움이 거짓말이기라도 한 것처럼 경기장이 고요해졌다.

그러나 심판이 뽑아든 카드 색을 본 순간, 분위기가 돌변했다.

"단번에 레드라고?!"

"제정신이냐, 주심?! 눈깔이 삔 거 아냐?!"

그때까지는 얌전히 앉아서 지켜보던 백 스탠드 쪽 관중들이 일제히 일어나서 아우성을 치며 야유와 손가락 휘파람으로 심판에게 항의하기 시작했다.

치바 선수단도 심판을 에워싸고 격하게 항의했다. 감독마저 주심이 든 레드카드를 가리키며 가까이 있는 부심을 향해 언성을 높였다. 그리고 그 옆에서 들것 요원으로 대기하던 토베도 「잠깐! 저건 넘하잖어!」 하고 감독에게 합세해 부심에게 따지고 들었다. 야, 너 그러다 퇴장 당한다.

그러나 주심은 들은 척도 하지 않았고, 판정이 번복될 기미는 없었다.

"주심이 이상한 거냐?"

"……아니, 정당한 판정이야."

하야마의 목소리는 놀라울 만큼 냉정했다.

"저건 절대 해서는 안 되는 행동이지만…… 저 상황에서라면 필요한 카드이기는 했어. 그냥 내버려뒀으면 틀림없이 점수를 내줬을 테니까."

"거참 무서운 소리를 하는구만. 규칙을 위반해도 상관없다 이거냐?"

"그게 축구니까. 규칙 위반도 규칙 범위 내거든. 너라면 알 거 아냐?"

"……."

솔직히 오늘 하루 만에 하야마의 인상이 크게 달라졌다.

그리고 축구에 대한 개인적인 인상도 크게 달라졌다.

규칙을 숙지함과 더불어, 그것을 어기는 행위가 전략적으로 요구되다니……. 내가 그동안 해온 일들과 같지 않은가.

그 사실에 형언할 수 없는 감정을 맛보는 나와는 대조적으로, 토츠카는 오로지 치바를 걱정하느라 여념이 없었다.

"애들아! 카드 받았어! 빨간색이었어! 이제 어떻게 되는 거야?!"

"한 명이 퇴장하고, 치바만 열 명으로 뛰게 돼."

"그럼 엄청 불리한 거 아니야?!"

"불리하지. 하지만 이제야 비로소 재미난 경기가 되지 않을까?"

"응……?"

토츠카의 얼굴에 의아함이 어렸다.

하야마가 한 말의 진의는 이내 밝혀졌다.

그라운드를 관찰하던 나는 눈앞에서 펼쳐지는 새로운 공방을 이렇게 표현했다.

"……의외로 좋은 경기가 된 것 같다만?"

"한 명이 줄어든 탓에 치바는 팀 전체가 『우리가 불리』하다는 공통된 인식을 갖게 됐으니까. 그전까지는 『우리가 유리』와 『호각』이 혼재되어 있다 보니 아무래도 공수 전환에서 딜레이가 생기곤 했거든. 하지만 지금은 그게 없지."

"한마디로 기후를 얕잡아봤다는 뜻이냐?"

"네 표현은 언제나 노골적이구나."

쓴웃음을 지으며, 하야마는 그렇게 내 말을 긍정했다.

그나저나…….

"인원이 줄어서 유리해지는 경우도 있구만……."

"재미있지 않아? 의식이 통일되지 않은 열한 명보다 통일된 열 명이 강하다는 게."

"그러게. 재미난데?"

안 돼. 점점 더 축구가 좋아져버리잖아.

저 푸른 잔디 위에서 펼쳐지는 것은 장대한 실험이다. 어떤 의미로는 인간을 사용하는 체스 같기도 했다.

그렇다. 체스다.

그렇다면 이 싸움의 귀추는 자명하다. 치바는 일시적으로 밀어붙이는 것처럼 보이지만…….

"단지…… 이 상태로는 못 이기겠다만."

"넌 언제나 가장 빠르게 본질을 꿰뚫는구나. 맞아. 이래서는 못 이기지."

나와 하야마의 대화에 토츠카가 놀란 표정을 지었다.

"뭐? 왜?"

"그야 냉정하게 따져보면 기후가 유리하니까."

단순한 계산이다.

"치바는 의식을 통일해서 강해졌지? 그럼 기후도 의식을 통일하면 그만이거든."

"어떻게?"

"말을 걸면 돼. 저렇게."

나는 그라운드를 가리켰다.

노란색 주장 완장을 찬 선수가 최후방에서 힘껏 목청을 돋워 뭔가 소리쳤다.

승리의 예감에 들떠서 통일감을 잃었던 기후의 포메이션이 다시 단단해졌다. 동시에 치바의 공격이 막히기 시작했다.

"히키타니 말이 맞아. 커뮤니케이션 부족은 저런 식으로 보충하면 되거든. 그렇지만 줄어든 선수는 보충할 수 없으니까."

"그, 그럼 하야마! 이제 우린 어떡해야 돼?!"

"……."

토츠카의 말에 하야마는 뭔가 골똘히 생각하는 기색으로 침묵하더니, 눈을 감았다.

그러다 이윽고 조용히, 천천히 눈을 떴다.

그 두 눈에는 기이한 빛이 감돌았다.

"……역시 다시 한 번 하이라인을 시도해봐야 하지 않을까?"

"하야마."

"그렇잖아! 이론상 하이라인은 최강의 전술이라고! 공격이야말로 최대의 방어라는 논리는 애들도 이해할 수 있잖아?!"

흥분한 하야마는 딱 봐도 이성을 잃은 얼굴로 「맞지? 너도 이해되지?!」 하고 뒷자리에 앉은 가족 중 어린아이에게 동의를 구했다.

아이는 놀라서 어쩔 줄 모르는 기색이었다. 당연한 반응이다.

"지, 진정해, 하야마!"

"그래, 하야마! 너답지 않게……."

"나답지 않다고? 네가 나에 대해 뭘 아는데?"

하야마는 냉소를 짓더니, 180도 돌아서 열변을 토했다.

"무모한 게 뭐 어쨌다는 건데?! 아무리 남에게 부정당할지라도 포기하지 않고 도전하는 것! 그게 치바의 긍지잖아?! 우리가 오심#11에게서 이어받은 정신은 그런 것 아니었냐고!!"

결국 오심이라고 말해버렸잖아…….

하야마 하야토는 전부 다 가졌다.

본인은 부정했지만, 하야마라면 선수든 프런트 직원이든 일반적인 수준 이상으로 소화해내고 말 테지.

치바에 다시 한 번 우승컵을 안기는 일조차도 불가능하지는 않으리라. 하야마 하야토에게는 그럴 만한 스펙이 있다.

하지만 하야마는 그렇게 하지 않는다.

주인공이 될 수 있는 남자는…… 그 역할을 받아들이기를 거부하지 않았던 남자가, 이 경기장에서만큼은 일개 엑스트라로 행동하는 쪽을 택했다. 간단한 운영 보조 일에도 고집스레 참여하지 않으려 들 만큼.

그렇기에 이토록 열광한다. 이토록 열망한다.

혼자만의 힘으로는 어찌해볼 수 없는 존재를 만났기에, 하야마는 이토록 진심이 될 수 있는 거겠지.

그런 대상이 존재하다니…… 어쩐지 부러운 마음마저 들기 시작했다.

"아니…… 아니지. 하야마뿐만이 아닌가……?"

나는 무의식중에 육성으로 중얼거리고 말았다. 옆에 있던

#11 오심 이비차 오심. 유고슬라비아 출신으로 2003년 치바 감독을 맡아 팀을 우승시켰으며, 일본 대표팀 감독도 역임함.

토츠카가 「하지만……?」 하고 걱정스러운 기색으로 나를 돌아보았다. 볼에 시선이 느껴졌다. 볼을 콕콕 찌르는 것 같아서 기분 좋은걸……?

내가 아닌 누군가에게 기대하는 것.

전심전력으로 타인을 응원하고, 그 대가를 바라지 않는 사람들이 존재한다는 것.

내가 그동안의 인생 경험에서 이끌어낸 결론을 이 경기장이라는 공간이 부정해주기를 은근히 기대하고 있는 나 자신을 발견했다.

아니다.

이건 처음 경기장을 찾은 내 이기적인 망상이다. 『이랬으면 좋겠다』라는 희망사항에 지나지 않는다. 그것을 강요하는 것은 잘못이다. 지금은 이렇게 응원하지만, 이 사람들도 경기에 지면 선수들에게 욕을 퍼부을 게 분명하다. 시부야 스크램블 교차로에 모이는 무리들과 마찬가지로 승리라는 쾌감을 좇아 멋대로 흥분하고, 선수들에 대한 배려라고는 없이 무책임하게 『무조건 이겨라』라고 외쳐댈 게 틀림없다.

그렇게 생각한 순간.

"어라? 이 곡은……?"

최대의 핀치를 맞이한 치바의 서포터가 고른 챈트는…… 격렬한 곡도, 경쾌한 곡도 아니었다.

그 곡조가 나직한 선율이 되어 내 귓가로 스며들었다.

경기장으로 오는 길에 나는 그 곡의 이름을 들은 바 있었다.

"어메이징 그레이스……?"

그것은 싸움이 아닌, 기도의 노래였다.

어떤 고난의 길일지라도, 아무리 괴로운 시간일지라도 함께 걸어가자고 이야기하고 있었다.

지금 어떤 상태일지라도 결코 외면하지 않겠다고 말하고 있었다.

전력상으로나 전술적으로나 쌓아올린 것이 붕괴되어, 어드밴티지는 사라져버렸는지도 모른다.

2부 리그 내에서는 압도적이었던 자금력마저도 잃어버렸을지 모른다.

하지만, 그래도.

그래도 단 하나, 결코 사라지지 않는 것이 있다.

바로 결코 잊을 수 없는 추억과 긍지.

그렇게 뜨거운 자존심을 가슴에 품고 계속 싸워나가자는 결의를 잔잔한 선율에 실어 노래하는 사람들.

그 존재 자체가 기적이나 다름없었다.

그리고 그것이 그라운드에 또 다른 기적을 낳았다.

"앗! 하치만, 저것 봐! 하치만!!"

"저, 저건……?! 야, 하야마! 저게 대체 뭐냐?!"

"디펜스 라인이…… 올라간다……?"

믿을 수 없는 광경을 본 것처럼 눈을 커다랗게 뜨고, 하야마는 비틀비틀 일어섰다.

다른 관중도 하나둘씩 일어났다.

토츠카와 나도 덩달아 몸을 일으켰다.

그라운드 위에 출현한 『기적』을 이 두 눈으로 똑똑히 확인하기 위해.

"하, 하치만…… 이건…… 이건!!"

"그래. 아마도 이게…… 하이라인!"

틀림없다.

나는 이 순간 기적을 목도했다. 봉인되었을 터인 환상의 전술을.

한낮에 나타난 용처럼, 디펜스 라인은 그라운드 위를 쭉쭉 힘차게 올라가기 시작했다. 마치 하나의 생명이 깃든 것처럼 의지를 지닌 움직임으로.

그리고 마침내 골키퍼마저도 자신이 지켜야 할 골문 앞을 완전히 이탈했다.

페널티 에어리어마저 넘어서, 거의 하프라인 근처까지 전진했다.

아무리 그래도 너무 앞으로 나왔다.

골키퍼의 등 뒤로 광활한 녹색 잔디밭이 펼쳐졌다. 아무도 없는 공간이.

"이거…… 진짜 축구 맞아……?"

아직 눈에 들어오는 광경이 믿기지 않는지, 토츠카는 불안한 기색으로 내 옷자락을 꼭 움켜쥐었다. 나도 아직 믿기지 않는다고……. 이렇게 귀여운 애가 남자라는 게……!

"WIN BY ALL!! WIN BY ALL!!"

응원단장이 확성기를 거머쥐고 골대 뒤편의 호응을 유도하자, 그곳을 진원지로 삼아 경기장 전체가 격렬하게 요동쳤다.

인간의 목소리가 이토록 거대한 진동을 만들어낼 수 있다는 사실을 이때 처음 알았다.

서포터즈의 목소리가 뒤흔들었다.

공간을.

그리고…… 마음을.

"이게 바로 치바다! 우리들의 긍지다!"

"함께 싸우자! 그 무엇도 두려워하지 말고!"

주변 관중들도 흥분한 기색이 역력했다.

응원 타월을 머리 위로 높이 치켜들고 일어서서, 속속 어메이징 그레이스의 합창에 가세했다.

토츠카도 불렀다. 갓 외운 챈트를.

하야마는 노래하며 눈물을 흘렸다.

그리고 그 노래가 힘이 되어, 치바 선수들의 등에 날개를 달아준다!

"굉장하다……! 굉장해, 하치만! 전반전이랑은 전혀 다른 팀이 된 것 같아!"

"그래, 기후를 완전히 압도하고 있어……!"

이게 치바의 진정한 파워란 말인가?

수적으로 열세인 상황이건만…… 오히려 상대팀보다도 더 많은 인원으로 볼을 돌리는 것처럼 보이기까지 했다. 그야말로 초토화 모드였다.

그 경이로운 마술의 트릭을 하야마가 공개했다.

"골키퍼가 볼 돌리기에 합류함으로써 부족한 인원을 보충한 거지. 그게 바로 하이라인의 진면목이거든."

"아하……! 그래, 그래서 골키퍼도 저기까지 나온 거였구만!"

나는 여태까지 골키퍼를 골문 앞에서 움직이지 않는 존재로만 여겼다. 붙박이니까 가장 편한 포지션이라고 생각했다.

그래서 체육 시간에 축구를 할 때도 자진해서 골키퍼를 맡고는 했는데…… 이 치바 골키퍼로 인해서 그 고정관념이 산산조각 나고 말았다.

페널티 에어리어를 완전히 벗어나서 손을 사용할 수 없으므로 다이빙 헤드로 볼을 처리한다. 코너킥 찬스가 오면 상대팀 골문 앞까지 올라가서 직접 득점을 시도하는 등, 키퍼와 포워드 양쪽의 역할을 소화해낸다. 그 모습은 그라운드 위의 어느 누구보다도 분주해보였다.

골키퍼의 움직임에 정신이 팔린 나를 재미있다는 듯 바라보며 하야마가 말했다.

"히키타니, 경기 전에 넌 내가 골키퍼 유니폼까지 갖고 있다는 걸 이상하게 여겼지?"

"엇, 아니, 그건……."

"현대 축구에서 기술적인 면이 가장 많이 요구되는 포지션은 누가 뭐래도 골키퍼야. 저 키퍼 덕분에 치바는 하이라인을 선택할 수 있는 거지."

혼자만 다른 색 유니폼을 입고 어느 누구보다도 종횡무진 그라운드를 누비는 그 모습을 보니, 하야마가 골키퍼 유니폼을 사들이는 이유를 알 것 같았다. 누군가의 유니폼을 한 벌 고르라고 할 경우, 나도 지금 같으면 저 키퍼의 유니폼을 선택할 테니까.

한편 기후의 외국인 골키퍼는 고래고래 고함을 지르며 신들린 세이빙을 선보였지만, 잡지는 못하고 쳐내는 데 급급했다.

그리고 그렇게 흘러나온 공을 번번이 치바가 잡아서 또다시 공격한다. 그런 패턴이 줄기차게 반복되었다.

하지만 여전히 골은 들어가지 않았다.

얼추 스무 번째 슈팅이 막히자, 토츠카가 머리를 감싸 쥐며 외쳤다.

"아악! 왜 안 들어가는 거야?!"

하야마가 나직한 목소리로 믿을 수 없는 말을 했다.

"기후가 경기할 때는 기후 출신인 마술사 미스터 매릭이 일본 어디에 있든지 반드시 사념을 보내오기 때문에 골키퍼가 한계 이상의 실력을 발휘한다……는 이야기가 있지."

핸드 파워입니까?![#12]

"하지만 그건 미신에 불과해! 이 리듬을 반복해나가면 이길 수 있어!"

확신을 담은 하야마의 말에 토츠카와 나도 고개를 끄덕였다.

경기가 시작된 지 90분이 지나고 로스타임(요즘은 추가 시간이라고 하는 모양이다)에 돌입한 후에도 우리는 치바의 승리를 믿고 계속 목청을 돋웠다. 한 명 한 명의 목소리는 작을

#12 핸드 파워입니까 미스터 매릭이 만든 유행어 「핸드 파워입니다!」의 패러디.

지라도 서포터의 마음은 그라운드로 전해질 것을 믿으며. 이 충동은 마치 사랑 같구나.[13]

득점 찬스에서는 나도 어느새 하야마가 빌려준 응원 타월을 미친 듯 휘두르고 있었다. 이루 말할 수 없는 일체감을 맛보며. 시부야에서 설쳐대는 놈들은 이해가 안 가지만, 경기장에서 손뼉을 치고 함성을 지르는 이유는 알 것 같았다.

최후의 순간까지 치바의 맹공은 멈추지 않는다! 반복되는 공격의 리듬! 쳐내면 다시 반복되는 파상공격! 공은 기후의 골문 앞을 돌고 돌기를 반복한다[14]!

그러다 상대팀이 고육지책으로 차낸 롱 볼이 그라운드에 무지개 같은 포물선을 그리며 하프라인까지 전진한 치바 골키퍼의 머리 위를 훌쩍 넘어 그대로 골대로 빨려 들어갔다. 그것이 결승골이 되어 치바는 졌다. 하야마는 실이 끊어진 마리오네트처럼 의자에 털썩 주저앉았고, 경기가 끝난 후에도 한동안 일어서지 못했다.

플라스틱 같은 수비다.[15] 역시 하이라인은 잘못됐다.

(끝)

#13 한 명 한 명의~사랑 같구나 퍼퓸의 노래 「폴리리듬」 가사 패러디.
#14 반복되는 공격의 리듬~돌고 돌기를 반복한다 「폴리리듬」 가사 패러디.
#15 플라스틱 같은 수비 「폴리리듬」 가사 패러디.

요시테루의 야망·전국판

다 테 야 스 시
삽화: 베니오

본관의 이름은 자이모쿠자 요시테루(材木座義輝)라 한다.

「모쿠자이자(木材座)」나 「자이모쿠야(材木屋)」로 착각하는 사람이 많으나, 정확히는 자이모쿠자다.

심할 때는 「그 뭐더라? 그 왜 목공소 같은 이름[#16]인 애」라고 불리지만, 본관의 이름은 자이모쿠자다.

참고로 성좌(星座)를 조사해봤지만, 자이모쿠자라는 성좌는 존재하지 않았다. 하는 수 없군. 설령 있다 해도 성의(聖衣)는 목제일 테지. 화염계 공격을 당하면 끝장일 테지.

……내 진명이 그토록 올바르게 인식되지 않는 데는 이유가 있다.

그것은 바로 이 자이모쿠자 요시테루가 고독하기 때문이다. 무리를 짓지 않는 한 마리 외로운 늑대이기 때문이다.

본관은 교실에서 동급생이라는 자들과 이야기를 나누는 경우가 거의 없다. ……조금 허세를 부렸다. 전혀라고 해도 과언이 아닐 만큼 없다. ……여전히 허세를 부렸다. 제로이다 못해서 전무하다.

십중팔구 검호 쇼군인 본관의 강맹한 오라에 일반 학생들

[#16] 목공소 같은 이름 자이모쿠야에는 목재상(木材商)이라는 뜻이 있음.

은 본능적으로 두려움을 품고 마는 것이리라.

이는 「엔(円)」이라 불리는 넨 능력에 가까운 힘으로, 그 영향권은 무려 반경 4미터에 이른다. 그 만화, 다음 신간은 언제쯤 나오려나?

그리하여 본관 주위에는 아무도 접근하지 않는다. 놀라울 만큼 접근하지 않는다. 「그 목공소, 얼마 못가 망하는 거 아냐?」하고 수군거리는 소리가 들려올 만큼 얼씬도 하지 않는다.

허나 그것도 어쩔 수 없는 일이다.

본관은 현세에 재림한 검호 쇼군이다. 지나치게 강대한 힘을 지녔기에 끊임없이 싸워야 하는 숙명을 짊어진 자다.

다른 이들은 평화로운 일상을 만끽하면 된다. 본관은 세계를 지키기 위해 오늘 밤도 잡다한 마물들을 베어 넘길 따름이다. 슬슬 골드가 쌓였으니 수경의 방패를 살 뿐이다.

아무튼 그리하여.

이처럼 숭고한 나날을 보내는 본관이나, 그로 인한 대가도 치러야 한다.

등하교, 쉬는 시간, 점심시간…… 그런 학교생활의 각종 국면에서 본관은 항시 단독 활동을 강요당한다. 무엇을 하든 단신으로 돌파해야 한다.

그중에서도 가장 고역인 것은 다름 아닌 체육 시간이다.

의외일지도 모르나, 본관은 땀이 많은 체질이다. 남보다 발한기능이 뛰어나다. 탈진도 빠르나, 그 까닭은 오른팔에서 흘러넘치는 오라를 억제하느라 체력을 소모하기 때문이다.

아니, 그런 문제는 중요하지 않다.

체육 시간의 고충은 체력적인 부분이 아니라, 오히려 정신적인 부분이기에……

"좋아, 그럼 원하는 사람과 짝을 지어라."

체육 교사의 무자비한 지시는 본관에게는 악몽이나 다름없다.

자랑은 아니나 이런 상황에서 본관은 99퍼센트 낙오된다. 나머지 1퍼센트는 선생님하고 짝이 된다. 오호라, 자랑이 아니라 자학이로군.

혹여 오늘은 정신 나간 누군가가 다가와주지 않을꼬? 하고 번번이 기대해보지만, 공교롭게도 그런 구세주가 나타난 적은 한 번도 없었다. 참으로 각박한 속세로고.

"이 악독한 풍습, 어찌해볼 수 없나?"

모두가 학급의 경계마저 넘어서 잇달아 콤비를 결성해가는 모습을 보며, 싸늘한 하트로 홀로 선 사일런트 서바이버,[17] 다시 말해서 본관.

어둠속에 흔들리는 불꽃처럼 가만히 서 있는 사이, 빠른 속도로 대부분의 콤비가 결성되었다. 이 검호 쇼군을 제외하고.

"흐음……. 남은 자는 이제 열 명가량인가?"

그렇다. 본격적으로 정신이 마모되는 것은 지금부터다.

남겨진 인간은 이른바 공개처형을 당하는 셈이다. 「나는 친

#17 싸늘한 하트로 홀로 선 사일런트 서바이버 「북두의 권」 오프닝 곡 「사일런트 서바이버」의 가사 패러디.

구가 적다」라고 광고하는 꼴이나 다름없다. 사춘기 청소년에게는 지극히 수치스러운 일이다.

고로 낙오된 이들은 초조해하며 필사적으로 파트너를 물색한다. 타협에 타협을 거쳐 적당한 상대와 억지로 짝을 짓는다.

그 모습은 흡사 아귀지옥에 빠진 망자를 방불케 한다. 이 시점에 이르렀음에도 아직 본관에게 말을 거는 이가 없다니 대체 어인 일이란 말인가? 황송함에 몸 둘 바를 모르는 것인가?

"거참 이놈이고 저놈이고 하나같이 구차하기 짝이 없도다. 홀로 남는 게 그리 싫은가? 모두 히라츠카 교원을 본받도록 하여라."

네놈들에게는 자존심도 없나?

아니, 자존심이 강하기에 고독을 기피하는 것인가. 자신을 헐값에 내놓으면서까지.

어쨌든 이 단계까지 오면 「원하는 사람과 짝을 짓는다」는 취지는 퇴색된 지 오래다. 처음부터 출석번호 순으로 짝을 지으라고 했으면 아무도 상처입지 않을 터인데.

"애초에 이 힘든 세상살이, 반드시 원하는 이와 맺어진다는 보장은 없거늘. 그런 까닭에 NTR이라는 장르가 일정한 인기를 누리는 게 아닌가?"

무심코 그렇게 저주 같은 말을 내뱉었을 때였다.

본관의 눈이 한 남자를 포착했다.

그는 본관과 마찬가지로 여전히 혼자 우두커니 서 있었다. 파트너를 찾는 기색도 없이, 지박령마냥 흔들림 없이 자리를 지켰다. 어둠의 오라를 뿜어내며.

"훗, 뼛속까지 외톨이인가? 가련한지고……."

그 역시도 체육 시간에 횡행하는 악습의 피해자인 셈이다. 친우(친구)도, 강적(친구)도, 지인(친구)도, 어쩌다 인사하는 사람(친구)도 없는 독신귀족이라고나 할까?

"아니, 저 신통찮은 생김새로 보아 독신평민인가? 쇼군인 본관의 파트너라는 역할은 버거울 터이나, 이 또한 인연일지니. 너그러이 자비를 베풀어주겠노라."

방황하는 어린양에게 구원의 손길을 내밀어주고자, 본관은 은근슬쩍 그에게로 다가갔다.

썩 내키지는 않으나, 약자를 내버려둘 수는 없는 일. 본관이 네놈의 구세주가 되어주겠노라. 그러니 얌전히 기다리거라! 아무하고도 짝이 되지 마! 짝을 정하면 울어버린다! 부디 자비를!

기도가 통했는지, 외톨이는 변함없이 외톨이였다. 그리고 이내 스멀스멀 접근해오는 본관의 기운을 감지한 눈치였다.

"……."

"……."

2미터쯤 떨어진 위치에 멈추어선 본관을 외톨이가 미심쩍은 기색으로 응시했다.

그 눈이 유별나게 탁한 게 인상 깊었다. 흡사 죽은 생선 같았다. 어젯밤에 먹은 볼락 조림의 눈알이 저랬더랬지.

"……."

"……."

결투라도 벌이듯 대치한 채로 몇 초간 침묵이 흘렀다.

피차 말은 없었다. 본관이 접근한 이유는 짐작이 가련만, 상대는 철저하게 기다릴 태세였다. 고얀 놈! 여기까지 와줬는데 오퍼는 그쪽에서 하는 게 도리이지 않은가!

"……."

"……."

영겁처럼 느껴지는 눈싸움이 다시 3초쯤 이어졌다.

상대는 계속 침묵을 지켰다. 나도 침묵을 지켰다. 이렇게 되면 끈기 승부다.

저기, 나랑 파트너 안 할래? ……그 한마디를 꺼내는 것을 서로가 거부했다. 제안하는 쪽이 지는 것 같은 기분마저 들었다.

"……."

"……."

이래서야 결론이 안 나겠다고 판단하고, 선공에 나서기로 했다.

발을 질질 끌며 슬금슬금 거리를 좁혀 적에게 압박을 가했다. 무심코 속으로 「카바디, 카바디, 카바디」[18] 하고 중얼거리고 말았다.

그러나 적은 유혹에 넘어오지 않았다. 줄어든 거리만큼 뒤로 물러나서 같은 간격을 유지했다. 흡사 신기루처럼.

#18 카바디 남아시아 스포츠로 피구, 술래잡기, 격투기가 혼합된 형태. 공격 팀 선수가 카바디라고 외치며 적진에 들어가 상대팀 선수를 터치하면 아웃되는 식.

……이 녀석, 제법인걸?

허나 본관에게 심리전을 감행하다니 가소롭기 그지없다. 평민이 쇼군을 이겨보겠다니, 꿈도 크구나.

허면…… 하고 본관은 가볍게 헛기침을 해보였다. 그리고 이어서 흘끔흘끔 주위를 둘러보아 「봐, 다들 짝을 지었다고. 남은 사람은 우리뿐이라니까?」 하고 정신공격을 퍼부었다.

그러나 적도 여간내기가 아니었다. 천천히 쪼그려 앉는가 싶더니, 신발 끈을 고쳐 묶기 시작하는 전략으로 나왔다. 이놈, 속보이는 연기 하지 마라. 신발 끈 안 풀렸잖느냐.

……이 외톨이, 외톨이라는 사실이 두렵지 않은 것인가?

그렇다면 가공할 멘탈의 소유자다. 그야말로 외톨이의 달인이다. 카바디도 달인이면 어쩌지?

허나 본관 역시 검호 쇼군 아닌가. 무패전설에 오점을 남길 수는 없다. 그런 까닭에 대놓고 안광으로 호소했다. 적의 썩은 눈을 향해서.

—외톨이여, 부질없는 저항은 그만두어라. 네놈에게는 더 이상 시간이 없으니.

—그건 너도 마찬가지잖아.

—말해라. 파트너가 되어달라고 말하는 거다! 상대를 고를 처지가 아니잖으냐!

—그러니까 그건 너도 마찬가지라고.

—오기 부릴 것 없다! 이제 그만 편해져라! 너는 잘 싸웠노라!

—뭔가 귀찮은 놈이 나타났구만…….

아마 다른 사람들 눈에는 친구 없는 놈들끼리 미적대는 모습처럼 보였을 테지.

그러나 실상은 그렇게 열띤 전음이 오가는 중이었다. 아마도.

살얼음판을 밟는 듯한 견제가 그 후로도 5초가량 이어지다가, 승부는 예상을 벗어난 형태로 막을 내렸다.

"너희들, 언제까지 꾸물댈 거냐? 둘이 같이 해라."

참을성이 바닥난 체육 교원이 냉큼 사태를 수습해버리고 만 것이다.

네 이놈, 체육 교원! 따지고 보면 네놈 탓이잖으냐! 게다가 격전에 찬물을 끼얹기까지 하다니 무슨 짓이냐! 이왕이면 더 빨리 찬물을 끼얹지 못할까!

그리하여 본관은 눈이 썩은 외톨이와 한 팀이 되었다.

외톨이의 이름은 히키가야 하치만.

훗날 본관과 무수한 지옥(=체육)을 함께하게 되는 자다.

"오늘은 친우가 결석해서 말이다. 마침, 우연히, 기적적으로 짝을 찾지 못하였다."

본관이 처음 그에게 건넨 말은 그렇게 허세 쩌는 변명이었던 기억이 있다.

이래봬도 본관은 검호 쇼군. 한낱 평민에게 얕보일 수는 없다. 아니다. 외톨이를 두려워하지 않는 이 남자의 배짱을 생각하면 무사인지도 모른다. 하급 무사인지도 모른다.

"아, 딱히 상관없어. 그딴 변명 안 해도 돼."

그러나 상대는 관심 없다는 듯 심드렁한 말투로 무례한 언사를 하는 데 그쳤다. 여전히 썩은 눈으로. 사흘 전에 먹은 붕어빵의 눈이 저랬더랬지.

조별로 준비운동을 하라는 지시가 떨어졌기에, 주위를 따라 우리도 꾸물꾸물 스트레칭을 시작했다. 우선 외톨이가 다리를 벌리고 앉은 본관의 등을 뒤에서 꾹꾹 눌러주었다.

"너 몸이 왜 이렇게 뻣뻣하냐? 꿈쩍도 안 하잖아."

"뱃살이 막고 있으니까. 신경 쓸 것 없다. 체육과 전투는 다름이니. 본관은 후자가 전문이다."

"그 배, 전투할 때도 방해될 거 같다만."

하급 무사가 물고 늘어지는 바람에 본관은 무심코 그읏, 하고 신음했다. 잠시 후에 교대해서, 이번에는 본관이 외톨이의 등을 눌러주었다.

"그보다 네놈, 필시 이름 있는 외톨이지 싶은데……."

"집어치워, 외톨이로 유명하다니 최악이잖아."

"어이쿠, 본관의 불찰이로군. 본관은 자이모쿠자 요시테루라 한다. 무로마치 막부 24대 쇼군 아시카가 요시테루의 영혼을 계승한 자이지."

본관의 자기소개에 외톨이는 「엉?」 하고 어이없어하는 소리를 냈다.

"아시카가 요시테루? 그러고 보니 『노부나가의 야망』에 나왔던가?"

"호오, 알고 있나? 본관이 바로 그 영혼의 계승자다."

"계승해버렸냐……."

"그러하다."

"아하, 그래……? 어렴풋이 짐작은 했다만, 역시 그쪽 계통인가?"

스트레칭을 마치고 일어선 외톨이가 갑자기 희미한 쓴웃음을 지었다. 그리고 본관의 어깨를 가볍게 토닥였다.

"무, 무어냐. 그 비에 흠뻑 젖은 버려진 강아지를 보는 듯한 눈빛은……."

"아니 뭐 그럴 수도 있지. 이름이 똑같으니까."

어쩐지 뭔가 관계가 있을 것 같은 기분이 들어버리지. 암, 알다마다……. 그렇게 말하는 듯한 눈길이었다.

"치워라! 그렇게 슬픈, 썩은 눈으로 본관을 보지 말란 말이다!"

"「썩은」은 빼라."

파트너가 돼준 쇼군에게 저런 태도라니, 참으로 불경한 외톨이로다. 이쪽은 안쓰러운 마음에 파트너가 되어줬을 뿐이라구! 누구든 상관없었다니까! 그래도…… 파트너가 되어줘서 고마워.

"아무튼 본관이 통성명을 했으니, 네놈도 이름을 밝히는 게 예의 아닌가?"

"히키가야 하치만이다. 까먹어도 상관없어."

퉁명스러운 대답에 본관은 눈을 쿠옷, 부릅떴다.

"이건…… 설마 그 패턴인가?! 어차피 네놈은 곧 죽을 터이니, 내 손에 쓰러질 터이니, 애써 기억할 필요는 없다는 건가?"

"아니, 그게 아니라…… 됐다, 그냥 그렇다고 치자."

"또한 네놈의 이름, 하치만이라 했느냐? 하치만 대보살이라 하면 무신으로 숭상 받았던 존재 아니더냐! 크크크, 그런가! 그런 거였나!"

나직하게 웃으며, 본관은 한쪽 팔을 힘차게 휘둘러 코트를 펄럭였다. 그리고 그 직후에 체육 시간이라 코트를 벗어두고 나왔음을 깨달았다.

"그런 거라니, 무슨 소리냐?"

"네놈은 본관과 함께 싸우기 위해 현세에 다시 태어난 거로군!"

"아니거든?"

"평민이라고 오해한 점, 사과하겠다. 본관의 눈도 흐려진 모양이야."

"아니, 평민 맞다만."

"본관은 마침내 아득히 먼 과거의 기억을 되찾았노라. 그렇다. 확실히 본관의 곁에는 네놈이 있었던 느낌이 든다. 본관의 애검 다이한냐 나가미츠…… 그것이 네놈의 전생이로구나!"

"최소한 인간으로 해줄 수 없냐? 내 전생."

"자아, 벗이여! 예전처럼 다시금 천하를 도모해보지 않겠느냐! 이 검호 쇼군과 함께! 으하하하하!"

소리 높여 호쾌하게 웃는 본관을 하치만 대보살이 싸늘한 눈으로 응시했다. 도저히 보살임이 믿기지 않는, 회충을 보는 듯한 시선이었다.

"……네 말대로 아시카가 요시테루는 검호 쇼군이라고도 불리지. 그 사실을 충실하게 반영한 건 나쁘지 않다고 본다만."

"음?"

"하지만 그건 반대로 오리지널 설정으로 승부하는 걸 피했다고 볼 수도 있다고. 하긴 역사적 사실을 차용하는 게 간편하고 빠르기는 하지."

"쿨럭쿨럭!"

반사적으로 격렬하게 기침을 하는데, 히키가야 하치만이 다시금 입을 열었다.

"그리고 아시카가 요시테루가 한때 소유했던 다이한냐 나가미츠는 지금도 도쿄 박물관에 소장되어 있다고. 내 전생 설정, 어쩔 건데?"

"골룸골룸!"

"거기다 하치만 대보살 설정까지 끼얹는 건 너무 무리수 아니냐?"

"골렘골렘!"

"기침 맞아?"

초면이건만 가차 없는 지적이 쏟아졌다. 본관, 조금 상처 입었다고!

이 녀석은 대체 뭐지? 사교성이 있는 건지 없는 건지 헷갈리잖아. 인간이란 이토록 무례해질 수 있는 존재란 말인가? 무신경하게 동배를 지적할 수 있단 말인가?

"가, 가만있으니까 하늘 높은 줄 모르고 기어오르는구나……!"

"가만 안 있었잖아. 괴물 이름 외쳐댔잖아."

"당장 본관에게 사과하지 못할까! 이 요시테루에게 사죄하라! 저 요시테루에게도 사죄하라!"

"성가시구만."

"핫! 받아라, 『뇌신쇄패권(雷神碎覇拳, 몰니르 브레이크)』!"

"아야~ 아프구만. 그리고 너도 많이 아프구나(주로 정신이)."

공격이 채 들어가기도 전에 그런 멘트를 치더니, 외톨이는 본관을 남겨두고 성큼성큼 걸어가 버렸다. 어느새 체육 교원에게서 집합 명령이 떨어진 눈치였다.

곧이어 오늘 수업인 배구 강습이 시작됐고, 그 후로 종이 칠 때까지 우리가 이야기를 나누는 일은 없었다.

수업이 끝나자, 본관에게 잘 가라는 짤막한 인사를 남기고 녀석은 잽싸게 운동장을 떠났다. 멀어져가는 그 뒷모습을 본관은 아나처럼 끄응~ 하는 표정으로 배웅할 수밖에 없었다.

"히키가야 하치만이라……. 이 소부 고등학교에 저런 남자가 있었을 줄이야……."

무의식중에 새어나온 내 목소리는 배구를 한 탓에 심하게 갈라진 상태였다. 체육복도 땀투성이였다.

기묘한 남자지만, 어차피 다시 볼 일은 없으리라. 아니, 체육 시간은 당연히 또 돌아올 테니, 당연히 또 보게 될지도 모른다.

"저 녀석, 나만 공 주우러 가게 만들고……."

……그것이 본관과 히키가야 하치만의 첫 만남이었다.

며칠 후, 다시 체육 시간이 찾아왔다.

"오늘도 친우가 결석해서 말이다. 마침, 우연히, 기적적으로 짝을 찾지 못하였다."

운명의 장난인지 본관과 히키가야 하치만은 이번에도 파트너가 되었다. 지난번처럼 카바디로 슬금슬금 접근해서 눈싸움을 벌이던 와중에 체육 교원이 그런 판결을 내린 것이다.

"말했잖아. 그런 변명은 됐다고."

"크크크, 히키가야 하치만…… 역시 본관과 그대 사이에는 전생의 인연이 있는 모양이로군. 자아, 본관의 준비운동을 돕도록 하여라! 이 등을 네놈에게 맡기겠노라!"

다리를 벌리고 바닥에 앉자, 히키가야 하치만이 탄식했다. 짜증나…… 하고 중얼대는 소리가 들려온 기분이 들었으나, 십중팔구 환청이리라.

"프흠, 이렇게 종자가 바지런하게 시중을 들어주는 것도 괜찮군. 네놈도 그 시절이 떠오르지 않느냐? 주군을 향한 충심에 모든 것을 바치고, 싸우고 또 싸웠던 머나먼 날들이."

"자, 교대. 이번에는 내 시중을 들라고, 종자야."

"프흠."

당장 할복시켜버릴까 했으나, 하는 수 없이 준비운동을 거들었다. 겨우 두 번째 만남이건만, 예의라는 걸 모르는 남자로고.

그렇게 묵묵히 스트레칭을 끝마치고 나니 수업이 시작되었다. 오늘도 배구였다.

"본관은 배구가 영 껄끄럽다. 깜빡하고 전력으로 어택했다가는 땅이 폭발할지도 모르니. 힘 조절이 어려워서 말이다."

"그러냐. 힘들겠구만."

"축구도 껄끄럽다. 깜빡하고 전력으로 슈팅을 했다가는 골키퍼를 원자 레벨로 분해해버릴지 모르니. 그 정도의 충격을 주거든."

"잘해봐라, 월드컵."

"테니스도 껄끄럽다. 깜빡하고 자이모쿠자 존을 발동했다가는 카바지#19 한두 마리쯤……."

"카바지를 마리로 세지 말라고."

다른 이들의 시합을 관전하는 동안, 우리는 그런 잡담을 주고받았다.

……새삼 깨달았는데, 히키가야 하치만은 자기가 먼저 말을 걸어오지 않는다.

본관의 말에는 시니컬할망정 일단 반응은 해준다. 그러나 본인이 대화를 시작하는 일은 전무하다.

그게 외톨이가 외톨이인 까닭인가. 남의 일이지만 장래가 걱정되기 시작하는군. 저놈의 남의 접근을 거부하는 오라는 본관을 능가하는 게 아닐까?

"네놈, 항상 그런 식인가? 그래서야 살기가 몹시 팍팍할 터인데."

#19 카바지 테니스의 왕자에 등장하는 캐릭터 「카바지 무네히로」. 효테이학원 중등부 소속이며 타인의 기술을 카피하는 능력이 있다.

"걱정 마. 이렇게 막 대하는 사람은 너뿐이니까."

"므흠? 그럼 어째서 본관에게는 뾰족하게 구는 거지? 신경 쓰이는 쇼군은 자꾸만 괴롭히고 싶어지는 체질인가? 벌하지 않으마. 이유를 말해보아라."

"바로 네 그런 점 때문이다만."

"므흠."

"중2병도 작작 좀 하라고."

"므호흠."

비록 알고 지낸 지는 얼마 되지 않았으나, 한 가지 깨달은 점이 있다.

이 히키가야 하치만이라는 남자는…… 고2병인 게 아닐까?

그는 본관을 중2병이라고 지칭했다. 중2병이란 만화와 애니메이션, 게임 등에 나오는 능력을 동경하며 본인도 그런 힘을 지닌 것처럼 행동하는 자들을 가리킨다.

그리고 고2병이란 주로 중2병에서 벗어난 후에 그 반동으로 과도한 리얼리스트가 되어버리는 증상이다. 중2병이었던 과거의 본인을 혐오하고, 유별나게 거만해지는 경향이 있다고 한다.

정녕 그러하다면 이 얼마나 어리석은 작태란 말인가.

결국 외톨이는 외톨이이지 않은가. 본관과 네놈, 어디가 다르지? 단순히 같은 병을 계속 악화시켜 가느냐, 새로운 병에 감염되느냐의 차이뿐이지 않느냐! 본관은 진짜 검호 쇼군이지만!

"크크크, 히키가야 하치만……. 얄팍하구나. 고작 그 정도로 천하를 손에 넣을 수 있겠느냐! 물러서지 않는다! 알랑대지 않는다! 되돌아보지 않는다! 쇼군이란 그런 존재다!"

"그건 쇼군이 아니라 성제(聖帝)[#20]잖아……."

본관의 역설에 외톨이가 신물 난다는 표정으로 쏘아붙였다. 그래서 네놈이 외톨이인 거다!

"얼마든지 말해주마! 쇼군은 물러서지 않는다!"

"오히려 네가 남을 물러서게 만드는 쪽 아니냐?"

"알랑대지 않는다!"

"그야 알랑대봤자 소용없으니까. 쓸데없이 징그러우니까."

"되돌아보지 않는다!"

"부탁이니까 되돌아봐주라. 제발."

"이, 이 멍청한 제자놈이이이~!"

또다시 폭언을 서슴지 않는 고2병 환자를 석화시킬 기세로 노려본 순간.

본관의 옆통수를 배구공이 강타했다. 머리가 터져나간 줄 알았다.

"흐각!"

누군가 「아, 미안」이라고 사과하는 소리를 들으며, 본관은 지면에 큰대자로 털썩 뻗었다. 내 생에 백 점의 후회가 있다.

아무래도 시합에서 힘껏 때린 공이 엉뚱한 방향으로 날아와 버린 모양이다. 이 얼빠진 놈이! 아무 일 없었다는 듯 시합을 속행하지 말란 말이다!

#20 성제(聖帝) 『북두의 권』에 등장하는 성제 『사우더』. 「물러서지 않는다!! 빌지 않는다!! 돌아가지 않는다!! 제왕에게 도망이란 없다!!」라는 대사가 있다.

얼얼한 통증을 느끼며 한동안 허탈하게 푸른 하늘을 올려다보던 그때.

"야, 살아 있냐?"

히키가야 하치만이 다가오더니 나뭇가지로 본관을 콕콕 찔렀다. 네 이놈, 천하무적의 이 검호 장군을 오물 취급하다니!

"훗, 방심했군……. 이제는 아무것도 보이지 않는구나……. 네놈의 얼굴조차도……."

"안경이 날아가서 그런 거 아니냐?"

"이제는 몸을 일으킬 수조차 없구나……."

"똥배가 방해돼서 그런 거 아니냐?"

"이제는 고개조차 들 수 없구나……. 엇, 정말 안 들어지잖아?"

"아, 내가 꽁지머리를 밟고 있어서 그런 거다만. 쓸데없이 길러서 묶고 다니니까 그렇지."

"니 대체 뭐하자는 기고~!!"

벌떡 일어나 앉아 일갈했지만, 그러거나 말거나 놈은 성큼성큼 체육 교원 쪽으로 걸어갔다.

그리고 10초 남짓 대화를 나누나 싶더니, 다시 이쪽으로 돌아왔다. 그리고 여전히 주저앉아 있는 본관에게 뜻밖에도 손을 내밀어주었다.

"자, 일어설 수 있겠냐? 보건실에 가도 된댄다."

"오오, 네놈…… 실제로는 본관의 용태를 염려하였던 건가? 음하하하, 설마하니 이런 식으로 부끄럼을 탈 줄이야. 눈곱만큼도 귀엽지 않으나 용서해주마."

"덕분에 땡땡이칠 구실이 생겼다고."

……죽어도 용서 못해!

그리하여 본관은 히키가야 하치만의 부축을 받으며 운동장을 떠났다. 현관으로 들어가자마자 놈은 본관에게서 휙 떨어지더니, 「혼자 걸을 수 있지? 못 걸어도 걸어라」라는 개소리를 지껄여댔다.

아무래도 이놈은 눈뿐만 아니라 근성까지 썩은 모양이다. 대전 게임을 하면 초심자를 상대로 태연하게 얍삽이를 시전할 게 틀림없다.

하지만 한편으로 본관은 히키가야 하치만이라는 남자에게 형언할 수 없는 흥미를 느끼기 시작했다.

검호 쇼군의 직감이 알려주었다. 그는 틀림없이 본관과 동류라고. 본관의 화제를 이해할 수 있는 이쪽 세계의 인간이라고.

성제를 아는 것. 『노부나가의 야망』을 해본 것. 더 나아가서는 카바지까지 아는 것이 가장 큰 증거라 할 수 있다.

이 남자가 정말 고2병이라면, 과거에는 중2병이었을 가능성이 크다. 서브컬처에 푹 빠진 오타가야 군이었을 가능성이 크다.

한 번 더 그 시절의 히키가야 하치만으로 돌아가 주지는 않을까.

예전의 그 순진무구했던 모습으로, 비앙카와 플로라 중에 누구를 신부로 맞을지를 놓고 사흘 밤낮을 진지하게 고민했던 모습으로 돌아가 주지는 않을까.

그 소망이 이루어질 때…… 우리는 친구라 부를 수 있는 관계가 될 수 있을지도 모른다.

이 녀석은 진정으로 부끄럼을 탄 게 될지도 모른다.

만약 그렇게 되는 날에는 체육 말고 다른 상황에서도 교류가 싹트는 미래가 기다리고 있을지 모른다 된 죽에 코 풀기.

친목질은 본관도 썩 끌리지 않으나, 학교에 한 명쯤 이번 분기 애니메이션에 등장하는 신부(히로인)의 매력에 관해 이야기할 수 있는 존재가 있는 것도 나쁘지 않다. 있으면 좋겠다.

그 목표의 실현을 위해서라도 당분간 이 남자를 관찰해보자……. 보건실로 향하는 복도에서 본관은 그렇게 결의했다.

불현듯 옆에 있는 창문으로 시선을 향하자, 본관의 모습이 비쳤다.

얼굴에 배구공 자국이 나 있었다.

며칠 후, 또다시 체육 시간이 찾아왔다.

체육 교원이 팀을 짜라는 지시를 내리자마자, 본관은 고속 카바디로 히키가야 하치만에게로 접근했다.

놈은 황급히 주위를 두리번거리며 다른 파트너를 찾으려 했으나, 때는 이미 늦었다. 본관에게 확보되는 결과만을 초래했을 뿐이다.

"크크크, 참으로 신기한 우연도 다 있구나, 히키가야 하치만. 오늘도 마침 친우가 결석하여……."

"네 친우, 아무래도 졸업할 때까지 등장 안 하지 싶다만."

히키가야 하치만은 체념한 기색으로 땅이 꺼져라 한숨을 쉬더니 휙, 턱짓을 했다. 얼른 다리 벌리고 앉으라는 신호였다.

막간의 준비운동 타임을 이용하여, 본관은 얼른 놈을 떠보기로 했다.

우선 이 남자가 얼마나 만화와 애니메이션, 게임에 정통한지를 파악하는 게 관건이었다.

"이보게, 하치만이여."

과감하게 이름으로 불렀다가 대놓고 무시당했다. 끄음, 다소 성급했나?

"「레이」라는 이름을 들었을 때, 네놈은 누가 맨 먼저 떠오르지? 남두의 사람? 에바의 사람? 아니면 화성의 사람인가?"

"아무로의 사람이다만."

"허면 린(=링)이라는 이름을 들었을 때는 누가 떠오르지? 호시조라? 시부야? 아니면 토오사카인가?"

"그냥 크리링으로 하자고."

"그럼 카바지라는 이름을 들었을 때는 누가 떠오르지? 테니스? 효테이? 아니면 기술 카피?"

"다 똑같은 카바지잖아."

예상대로 놈은 본관의 질문에는 꼬박꼬박 대답해주었다. 그 패턴을 이용해 조금씩 심도 있는 질문으로 옮겨갔다.

"전격의 패권은 분명 앞으로도 계속될 테지."

"개인적으로는 언젠가 가가가 천하[#21]가 도래하리라 믿는다만."

#21 가가가 천하 일본의 유명 라이트노벨 레이블인 카도카와의 『전격 문고』와 쇼가쿠칸의 『가가가 문고』에 관한 이야기. 『역시 내 청춘 러브코메디는 잘못됐다.』는 가가가 문고의 간판작품이다.

"흐음, 라노벨도 보나 보군. 허면 네놈이 주목하는 일러레를 세 명, 엄선해서 대답해보아라. 참고로 본관은……."

"집합하란다, 가자."

미처 말을 끝내기도 전에 하치만은 냉큼 자리를 떠버렸다.

참으로 가드가 두터운 남자로다. 하다못해 놈이 좋아하는 작품을 알아내는 데 성공하면 그걸 기점으로 단숨에 밀어붙일 수 있을 터인데. 하기야 가가가 팬이라는 사실이 판명된 것만 해도 어디냐만.

허나 체육 수업은 이제 막 시작되었을 뿐이다. 그러니 시간은 충분하다. 그렇게 생각했으나, 예기치 못한 문제가 발생했다.

놀랍게도 오늘 수업은 배구가 아니라 육상, 그것도 하필이면 마라톤이었던 것이다.

자랑은 아니지만 본관은 장거리 달리기가 딱 질색이다. 단거리 달리기도 질색이다. 가능하면 보행도 삼가고 싶을 정도다. 계단도 다섯 개 이상이면 암담한 심경이 된다.

네 이놈, 체육 교원! 번번이 본관의 계획에 훼방을 놓다니! 마라톤이면 파트너가 필요 없으니 이야기할 기회가 없지 않느냐! 저놈이라면 본관을 두고 가버릴 게 뻔하잖느냐!

그리고 우려했던 대로 하치만은 역시 나를 두고 가버렸다.

중간까지는 함께였으나, 점차 본관이 뒤처지기 시작해서 「상관 말고 넌 먼저 가라! 결코 뒤돌아보지 마!」라고 했더니 정말로 그렇게 해버렸다. 놈은 결코 뒤돌아보지 않았다.

참으로 매정하도다. 만약 네놈이 주인공인 라노벨이 있다면 죽어도 히트는 못 칠 거다. 절대 가가 간판작품은 못 될 거다.

그렇게 속으로 악담을 퍼부으며 오늘의 하치만 리서치를 포기하려 했을 때였다.

잠시 사라졌었던 하치만의 뒷모습이 저 앞에 다시 나타났다. 보아하니 상당히 페이스를 늦춘 모양이었다. 좋아, 저 정도면 따라잡을 수 있겠군! 요시테루 터보, 리미터 해제!

출렁이는 뱃살을 부여잡고 가까스로 하치만과 어깨를 나란히 했다. 놈은 이쪽을 흘끗 곁눈질했을 뿐, 아무 말도 하지 않았다. 매정하도다.

"뿌하, 어찌된 거냐, 하치만. 뿌하, 본관에게는 상관 말고 가라고 했을 터인데, 뿌하."

"마라톤 따위에 최선을 다할 리 있겠냐?"

"뿌하, 그런가. 뿌하, 허면 같이 가자꾸나. 뿌하하."

"아까부터 이상한 소리가 새어나오는 것 같다만."

"신경 쓰지 마라. 요시테루 터보의 부작용이니. 뿌하하하."

"평소보다 1.3배 징그럽구만."

치요노후지[#22] 빰치게 체력의 한계를 느끼면서도, 본관은 굴하지 않고 하치만 리서치를 재개했다.

취향 범위를 확인하고자 이번에는 미연시를 화제로 삼아보았다. 그 사이에도 터보의 부작용은 가라앉지 않았다. 뿌하.

"……그리하여 본관은 멋지게 메인 히로인을 공략하는 데 성

#22 치요노후지 전직 스모 선수. 잔뜩 목이 메어서 「체력의 한계를 느끼고 은퇴를 결심했다」고 말한 것으로 유명함.

공했노라. 엔딩인 졸업식에서는 상대가 먼저 고백해왔더랬지.”

“너도 같이 졸업해버릴 수 있었으면 좋았을 텐데 말이다, 미연시.”

“네놈, 그쪽 장르는 안 하는 건가? 의외로 명작이 많음은 알 터인데.”

“어느 날 문득 깨달았거든. 게임 주인공은 결국 내가 아니라는 걸.”

“뿌하?”

“게임에서 제아무리 성적, 체력, 매력 같은 파라미터를 올려봤자 내 파라미터가 올라가는 건 아니니까. 히로인 캐릭터가 반한 사람도 내가 아니라 주인공이고.

“뿌하하?”

“터보로 대답하지 마.”

다른 학생들에게 잇달아 추월당하며, 본관과 하치만은 느릿느릿 달렸다. 어느덧 단순한 빨리 걷기 수준으로 전락하고 말았다.

“게임에서처럼 착한 여자는 현실에 존재하지 않는다고. 아니, 어쩌면 게임 속 여자도 마찬가지일지 모르지. 너한테 고백한 히로인, 다른 플레이어들한테도 고백했다고.”

“네, 네 이놈! 모든 미연시 히로인에게 사죄하라! 우선 후지사키 시오리느님께 사죄하라!”

“그럼 전설의 나무 밑에서 기다리라고 전해주라.”

“운 좋으면 맺어지려고 하지 마라!”

"무엇보다도 너한테 고백해야만 하다니, 히로인한테는 벌칙 게임이 따로 없다고."

"쇼군 차별 하지 마라! 에잇! 받아랏, 『위대한 신벌·재멸장격(災滅掌擊, 네메시스 볼트)!』"

"말했잖아. 중2병도 작작하라고."

그렇게 대꾸한 하치만은 새삼 진지하게 본관을 보았다. 변함없이 탁한 눈빛이었지만, 본관의 얼굴을 똑바로 보며 말한 것은 처음이었는지도 모른다.

"자이모쿠자, 인생과 캐릭터 설정을 통일하라고, 통일."

"뿌하?"

그 말을 끝으로 하치만은 페이스를 끌어올려 본관 옆을 떠나버렸다.

아쉽지만 쫓아갈 수는 없었다. 본관의 터보는 이미 한계를 넘어 엔진 스톱을 일으킨 지 오래였다.

"인생과 캐릭터를 통일하라……?"

나직하게 그 말을 곱씹으며, 점차 작아져가는 놈의 뒷모습을 배웅했다. 하치만의 등은 이내 시야에서 사라졌다.

함께 달리는 무리들 속으로 녹아들어서가 아니다.

열기로 본관의 안경이 흐려졌기 때문이었다.

그 이후로도 하치만과 본관은 체육 시간마다 파트너가 되었다.

다만 친해졌느냐 하면 그렇지도 않다. 놈은 변함없이 싸가지가 없었고, 틈만 나면 본관을 트레이드하려고 별렀다. 2

백 엔 안이라면 이적료도 낼 수 있다고 지껄여댔다.

그간의 리서치를 통해 하치만이 예상보다 더 만화와 애니메이션, 라노벨에 빠삭하단 사실이 밝혀졌다. 특히 가가가 문고를 좋아한다는 사실도.

또한 훗날에야 알게 된 사실이지만, 놀랍게도 국어 성적은 전교 3등이라고 했다.

그 이야기를 들었을 때는 깜짝 놀랐다. 아무래도 가가가 문고를 읽으면 국어 성적이 올라가는 모양이다.

"하치만이여, 네놈에게 이런 이야기를 해본들 소용없을 터이나……."

그날, 다행스럽게도 종목이 다시 배구로 바뀐 체육 시간.

본관은 시합을 관전하며 옆에 있는 하치만에게 말을 걸었다. 놈은 본관에게는 눈길조차 주지 않고 건성으로 대꾸할 따름이었다.

"얼마 전 역 앞에서 낯선 여자로부터 선물을 받았노라. 그녀는 전생에 본관의 아내였는지도 모른다. 기나긴 세월을 넘어, 이렇게 또다시 해후하게 될 줄이야……."

"그 선물, 휴대용 티슈였지?"

"어찌 알았느냐?"

"좀 더 반전을 넣으라고."

"또 이런 일도 있었다. 역 앞에서 낯선 여자가 『기운이 참 맑으시네요』라고 하더군. 그녀는 전생에 본관의 처……."

"아예 반전 비슷한 것도 없잖아."

"허면 이건 어떠냐? 얼마 전 생활지도 담당인 히라츠카 교원으로부터 『너도 문제아 중 하나로군』이라는 말을 들었다. 어쩌면 그녀야말로 전생에 본관의 처……."

"그건 아냐. 설령 전생이라 해도 선생님이 결혼했을 리가 없다고."

"네놈, 죽고 싶어서 환장을 했구나……."

그때 우리가 시합할 차례가 오는 바람에 잠시 잡담을 중단했다.

적당히 끝내고 하치만 관측을 계속하자……. 그런 본관의 계획은 예상 밖의 형태로 좌절되고 말았다.

어째서인지 상대팀이 유난히 열정적이었던 것이다. 그리고 그 영향으로 우리 팀도 진심으로 맞서기 시작했다.

"좋아, 반드시 이기자!"

"오케이, 가끔은 전력을 다해보자고!"

"하긴 마라톤에 비하면 천국과 지옥이니까!"

뜨거운 대화가 오갔고, 시합은 점점 치열해져갔다.

그런 분위기상 본관도 최선을 다할 수밖에 없었다. 농땡이를 피웠다가는 엉덩이를 걷어차일 위험이 있다. 그런 추태는 쇼군의 긍지가 용납하지 않는다.

"뿌하, 뿌하!"

블로킹을 하려고 점프할 때마다 내 뱃살이 출렁출렁 흔들렸다. 본관이 거유 미소녀가 아니란 사실이 오늘만큼 아쉬웠던 적이 없었다.

게다가 우리 팀이 넣은 서브가 본관의 뒤통수를 직격하는 반역마저 일어났다. 참고로 서브를 넣은 사람은 하치만이었다. 마침내 시합이 끝났을 무렵에는 완전히 기진맥진하고 말았다.

코트를 벗어나기가 무섭게, 대자로 털썩 드러누워 잉어처럼 입을 빼끔거렸다. 그런 본관을 쓱 들여다본 사람이 있었으니, 다름 아닌 반역자 외톨이였다.

"야, 미안하다. 손이 삐끗하는 바람에."

"네, 네놈……. 용서하지 않겠다…… 뿌하."

"아쉽구만. 잘 풀리면 또 보건실에 갈 수 있을 줄 알았는데."

죽여 버리고 싶었으나, 그럴 체력이 없었다.

됐다. 하극상은 다반사이니 하해처럼 너그러운 마음으로 불문에 부치도록 하겠노라. 네놈이 본관에게 하나 빚진 걸로 치겠노라. 그래도 눈물이 나버려, 쇼군인걸.[23]

몇 분 후, 가까스로 몸을 일으킨 본관은 하치만에게 물었다.

"하치만, 예전에 네놈이 한 말인데……."

"뭔데?"

"인생과 캐릭터 설정을 통일하라……. 본관에게 그렇게 말했는데, 대관절 무슨 뜻이지?"

"아, 그거? 넌 아시카가 요시테루의 영혼을 계승한 검호 쇼군이잖아?"

"그러하다."

"하지만 실제로는 외톨이에 중2병인 자이모쿠자 요시테루

#23 그래도~쇼군인걸 배구 애니메이션 『어택 No.1』의 오프닝 곡 가사 패러디.

잖아?"

이놈에게 외톨이 소리를 들으면 일반적인 경우보다 세 배쯤 빠친다. 하트 님에게 「살 빼라고, 이 대머리야!」 소리를 들은 것만큼이나 빠친다.

"그냥 현실과 이상의 자신을 좀 절충해보는 게 낫지 않나 싶었을 뿐이다만. 신경 쓰지 마라. 딱히 깊은 뜻은 없으니까."

"현실과 이상의 자신……?"

실제로 본관은 천하무적의 검호 쇼군이지만, 한낱 배구와 마라톤에도 뿌하뿌하 해댄다. 새벽까지 미연시를 하고, 메이드 카페라면 사족을 못 쓴다.

그런 꼬락서니에는 아시카가 요시테루 공도 탄식을 금치 못할 테지. 미요시 나가요시[#24] 때문에 교토에서 쫓겨났을 때만큼이나 이를 갈며 분해하고 있을지 모른다.

허나 설령 그렇다 한들 어찌해야 좋단 말인가?

본관은 검호 쇼군 자이모쿠자 요시테루다. 이제 와서 그 설정을 바꿀 수는 없다. 아니, 설정이 아니지만. 진짜로 검호 쇼군이지만.

본관의 신조는 상재전장(常在戰場), 즉 항상 전쟁터에 임하는 마음가짐으로 살아가는 것이다. 따라서 본래는 육체를 무쇠처럼 단련해야 마땅하다. 고로 이 후덕한 체형…… 게으른 자신이 통탄스럽다 못해 풍탄스럽기만 했다.

....

#24 미요시 나가요시 전국 시대의 무장. 전투에서 승리하여 아시카가 요시테루를 교토에서 추방한 적이 있음.

그 후로는 사고(思考)의 미궁에 빠져들어, 본관은 침묵에 잠겼다.

수업이 끝날 때까지 하치만과 이야기하는 것을 까맣게 잊고 있었다. 그러다 정신을 차려보니 놈은 이미 자취를 감춘 후였다. 그 정도로 무아지경이었다니, 부덕의 소치로다.

주위에는 다른 학생들이 있었으나. 어찌된 영문인지 하나같이 모르는 얼굴들뿐이었다.

마침내 본관은 깨달았다. 그들이 다음 체육 수업을 듣는 학생들이라는 사실을.

이미 수업 시간도 모자라 쉬는 시간마저 끝나기 직전이라는 사실을.

"하다못해 한마디 언질은 주고 가야 할 것 아닌가! 매정한 외톨이 놈 같으니!"

본관은 바닥난 체력을 긁어모아 즉각 교실로 철수했다.

히키가야 하치만에게서 수수께끼의 충고를 들은 이후.

본관은 사색에 잠기는 일이 늘어났다. 왠지 놈이 한 말이 머릿속을 떠나지 않았다.

인생과 캐릭터 설정의 통일…… 그 말은 과연 무엇을 뜻하는가?

현실의 본관은 검호 쇼군과 딴판이다……. 그 지적은 이해가 갔다. 애초에 본관은 일본도를 잡아본 적조차 없다. 이래서야 라켓을 쥐어본 적이 없는 카바지나 다름없다.

당연하지만 사악한 적과 싸워본 적도 없다. 게임에서 말고는. 요컨대 마리ㅇ 테니스 말고는 시합을 해본 적 없는 카바지나 마찬가지다.

본관은 이대로 쭉 평화로운 일상에 안주하며 살아가게 되는 것인가? 소지한 12신기(神器)를 써보지도 못하고 이 소부 고등학교를 졸업하게 되는 것인가?

그렇게 생각하자 형용할 수 없는 초조함이 느껴졌다. 엉덩이가 근질근질했다.

……그 후로도 체육 시간에는 하치만과 콤비를 이루었다.

다만 대화량은 부쩍 줄었다. 본관이 말을 걸지 않는 이상, 놈과의 대화는 발생하지 않으니까. 그 점을 딱히 신경 쓰지 않는 게 정말이지 못돼 먹은 외톨이다.

"본관은 검호 쇼군으로서 이 현실 세계에서 무엇을 할 수 있는가……?"

교실에서도 지그시 팔짱을 끼고 묵묵히 고민을 거듭했다.

우수에 젖은 옆모습에 홀딱 반해버린 여학생도 적지 않을 터이나, 고백해오는 사람은 없었다. 졸업식까지 기다릴 작정인가 보다.

그렇게 고뇌에 사로잡힌 채로 또다시 체육 시간을 맞이했다.

당연하다는 듯 하치만과 짝이 되어 익숙한 준비운동에 돌입했다. 요 근래 대화가 없었으니, 적당한 잡담을 나누는 게 좋으리라.

"하치만, 『호라이켄』이라는 라면집을 아나? 니가타 라면집인데, 담백한 국물이 일품이다."

"그래? 조만간 가봐야겠구만."

말을 걸면 하치만은 평범하게 반응을 보인다. 그렇지만 결코 「그럼 같이 가자」고 제안하지는 않는다. 본관도 그럴 작정으로 이야기를 꺼낸 게 아니다.

체육 시간에 파트너를 찾을 때 소외되지 않기 위한 공생관계. 본관과 하치만은 그런 사이에 불과하다. 단순한 유착 상태일 뿐이니까.

"하치만이여, 현실이란…… 참으로 시시한 것이로구나."

등을 눌러주는 하치만에게 본관은 한숨을 쉬며 푸념하고 말았다.

"엉? 뜬금없이 뭐냐?"

"현대 사회에 검호 쇼군이 나설 기회 따위 없을지도 모른다. 본관이 환생했음을 알고 후환을 없애고자 목숨을 노리는 자들이 나타난 적은…… 여태껏 한 번도 없었다."

"그야 당연하지."

"본관이 꿈꾸었던 학창생활은 이런 게 아니었다. 어디 없으려나? 처음에는 쌀쌀맞지만, 부대끼며 지내는 사이에 점점 서툴게 부끄럼을 타기 시작하는 미소녀."

"없어. 그딴 전설의 동물."

"어디 없으려나? 가슴이 큰, 비교적 처음부터 호감도 높은 여자."

"없다니까. 그딴 유형문화재."

"어디 없으려나? 뭐야, 진짜 달린 거 맞아? 거짓말이지? 하고 눈을 의심할 만큼 귀여운 남자애."

"너 뭐 잘못 먹었냐?"

신발 밑창에 달라붙은 껌을 보는 눈빛으로 히키가야 하치만이 본관을 쳐다보았다. 죽으라고 말하는 듯한 시선이었으나, 본관에게 그런 막말은 통용되지 않는다. 이미 면역이 있거든.

말 나온 김에 지난 며칠간의 고뇌를 털어놓을까 했으나, 결국 그만두기로 했다.

이놈도 딱히 깊은 뜻은 없다고 했었고, 고로 해답을 갖고 있지는 않겠지. 무엇보다 저놈에게 가르침을 청하다니, 검호쇼군의 위신이 손상된다.

본관은 고독하다. 줄곧 그렇게 살아왔다.

아무리 똑같이 외톨이인 처지라지만, 남에게 계시를 청하는 추태를 보일 수는 없다. 그렇게 마음을 다잡는데…….

"자이모쿠자, 네 그런 망상을 더 유익하게 쓸 수 있으면 좋을 텐데 말이다."

무심하게 내뱉었을 터인 하치만의 말에 본관은 벼락을 맞은 듯한 충격에 사로잡혔다.

그것은 의심할 여지가 없는 대보살의 계시였다.

"하치만이여……. 무어라 했나?"

"엉? 아, 라면집에 가보겠다고 한 거 말이냐?"

"그런 옛날이야기 말고! 방금 무어라고 했느냔 말이다!"

"아하, 부끄럼 타는 미소녀는 없다고 한 거 말이냐?"

"아냐, 멍청아! 바로 직전에 한 이야기 말이다!"

"아, 죽으라고 한 거?"

"그런 말 안 했잖나! 그런 눈빛으로 본관을 봤을 뿐이잖나!"

됐다. 이 썩어빠진 외톨이에게는 더 이상 묻지 않으려다. 구태여 확인하지 않더라도 저놈의 입에서 흘러나온 한마디는 본관의 뇌리에 선명하게 새겨져 있으니.

"그런가……. 그런 거였나……!"

"엉?"

"그런 거였나, 하치만!"

"뭔 소리야?"

"그런 거였군, 하치만!"

"사람 말 좀 들어!"

"였나! 그런 거!"

"그건 도치법도 뭣도 아니라고!"

하치만의 말을 무시하고 본관은 벌떡 일어섰다. 그리고 호방하게 웃음을 터뜨렸다. 머릿속에 꼈던 안개가 단숨에 걷힌 느낌이었다.

"으하하하하! 하치만이여! 네놈은 아마도 남의 고민을 해결해주는 일이 적성에 맞을 거다!"

"뭐래는 거냐……."

"본관은 이 순간 스스로가 나아가야 할 길을 발견했느니! 네놈의 말이! 그 쓸데없이 현실적인 시점이! 가가가 문고 팬이라는 사실이! 본관에게 한 줄기 빛을 선사하였노라!"

어안이 벙벙해진 하치만을 내버려두고, 본관은 빙글 발걸음을 돌렸다. 그리고 교실을 향하여 힘차게 걸음을 옮겼다.

이럴 때가 아니다. 쇠뿔도 단김에 빼랬다고, 곧바로 행동에 옮겨야만 한다.

있었다. 있었던 것이다. 이 검호 쇼군이, 이 현대 사회에서 천하를 손에 넣을 방법이! 현실과 이상을 통일시킬 방도가!

"크크크……. 모두가 이 자이모쿠자 요시테루 앞에 머리를 조아리는 모습이 눈에 선하도다!"

자신만만한 걸음걸이로 본관은 의기양양하게 운동장을 가로질렀다.

그러나 몇 초 후, 체육 교원에게 뒷덜미를 잡혔다. 그리고 대놓고 수업을 째려고 시도한 데 대해 미증유의 꾸지람을 들었다.

네 이놈, 체육 교원! 이 검호 쇼군이 눈물을 글썽이게 하다니!

게다가 오늘은 너만 마라톤이라고 사형선고를 내리다니!

도움을 청하듯 하치만을 보자, 「죽어」라는 시선이 돌아왔다.

그날 이후로 본관에게서 망설임은 사라졌다.

— 자이모쿠자, 인생과 캐릭터 설정을 통일하라고, 통일 —

과거 히키가야 하치만이 한 말. 본관을 혼란에 빠뜨렸던 그 정신공격에 명확한 답을 도출해낸 것이다.

"진즉 깨달았어야 했거늘……. 그렇다. 본관은…… 라노벨 작가를 지망했어야 했다."

자랑은 아니나 망상에는 자신이 있다.

등하교, 쉬는 시간, 점심시간…… 더 나아가서는 수업 중이나 잠자리에 들 때조차도 본관은 끊임없이 망상에 몰두해왔다. 망상만 했다 해도 과언이 아닐 지경이다.

언젠가 찾아올 싸움은 어떤 것일까?

적은 누구이며, 그 목적은 무엇일까?

그 속에서 본관은 어떤 활약을 할까?

그런 본관을 두고 쟁탈전을 벌이는 미소녀들은 어떤 타입으로 이루어져 있을까?

어떤 형태로 행운의 응큼 해프닝을 겪게 될까?

언제 어디서 누구와 응큼 해프닝을 겪게 될까?

처절한 전투 후에는 어떤 응큼 해프닝이 기다리고 있을까?

응큼 해프닝의 비중이 다소 크기는 했으나, 라이트노벨 작가에게는 그것마저도 무기가 된다. 아예 필수 스킬이라 해도 과언이 아니다.

"본관의 머릿속에서만 완결되었던 무수한 플롯……. 거기에 형태를 부여하는 일을 생업으로 삼으면 인생의 승자가 되는 셈 아닌가?"

이것이야말로 현실과 이상의 절충

라노벨 작가라면 계속 검호 쇼군으로 살아도 이상할 게 없다. 라노벨 작가란 십중팔구 그런 놈들 천지일 테니.

……사실 그쪽 분야에 발 들일 생각을 아예 안 해본 것은

아니다.

초등학생 때의 꿈은 만화가였다. 그러나 본관의 그림 실력의 한계를 깨닫는 데는 그리 오랜 시간이 걸리지 않았다.

중학생 때의 꿈은 소설가였다. 그러나 본편을 쓰는 대신 오로지 설정만 짰댔다. 그러다 정작 쓰기 시작하면 귀찮고 성가시고 지루해서, 몇 장만에 좌절하고 말았다.

당시의 본관에게는 각오가 부족했다.

스토리 창작에 대한 진지한 열정이 부족했던 셈이다.

예전에 하치만이 오리지널 설정으로 승부하는 걸 피했다고 지적한 적이 있는데…… 확실히 그 말이 맞는지도 모른다.

본관은 역사적 사실에 안주했던 건지도 모른다. 아니, 그건 어쩔 수 없지만. 실제로 검호 쇼군이니 어쩔 수 없지만.

그러니 라노벨만큼은 독창적인 아이디어로 승부해야만 한다.

안 그러면 아시카가 요시테루 공도 노여워하실 테지. 마츠나가 히사히데[#25]가 공격해왔을 때만큼이나 격노하실 테지.

"써주도록 하겠노라. 피 끓고 가슴 뛰는 이능력 배틀을! 미소녀의 가슴을 흔드는 잘 나가는 라노벨을!"

그리하여 본관은 일심불란하게 집필에 전념했다. 넘쳐흐르는 망상을 모조리 원고에 풀어냈다.

배경은 현대, 일본의 어느 지방도시. 그곳에 암약하는 비밀조직과 능력자들. 주인공은 숨겨진 힘을 각성하여 용감하게

#25 마츠나가 히사히데 전국 시대의 무장. 아시카가 요시테루가 죽음을 맞이한 에이로쿠의 변(永禄の変)의 주역 중 하나.

그들과 맞선다……. 큰 틀은 이 정도면 되려나?

"좋아, 괜찮을 것 같군. 묘하게 기시감이 들지만 기분 탓이겠지. 왕도니까 그런 거겠지."

온종일 소설만 생각하며 일주일을 보냈다. 다른 문제는 생각하지 않았다. 생각한 것이라고는 수상 소감 정도였다.

……스스로도 놀란 점은 막힘없이 술술 써내려갔다는 사실이었다.

심지어 쓰면 쓸수록 점점 더 신바람이 났다. 이게 바로 신들렸다는 것인가? 본관, 혹시 재능 있는 거 아냐? 아쿠타가와 문학상 받아버리는 거 아냐?

"즐겁다…… 즐겁지 아니한가! 소설을 쓴다는 행위가 이토록 오서독스한 것이었다니!"

쓰는 게 즐겁다. 그것은 작가된 이에게는 최고의 자질이리라. 참고로 알고 보니 오서독스는 재미있다는 게 아니라 전통적이라는 뜻이었다. 프로가 되기 전에 알아서 다행이다.

집필 작업에 착수한 뒤로는 하루하루가 몹시 충실하게 흘러갔다.

체육 시간은 스토리를 구상하는 데 할애했다. 그래서 가슴 아프지만 하치만하고는 별로 놀아주지 못했다. 미안하다, 파트너.

그러나 하치만은 신경 쓰는 기색조차 없이 태연하기만 했다. 나중에야 알게 된 사실이지만, 하치만은 그 무렵 「봉사부」라는 동아리에 강제 입부당한 상태였다.

……그리고 그로부터 얼마 후.

본관은 마침내 소설을 완성했다. 성취감이 어마어마했다.

"참으로 놀라운 완성도로다……. 설마 데뷔작이면서 최고의 걸작이 되어버릴 줄이야……."

이런 글을 써내다니 역시 천재인가? 본관은 검호 쇼군이자 문호 쇼군이었나? 그런 생각이 들 정도의 자신작, 엄청난 대작이었다.

당장 신인상에 응모해야겠다고 생각했으나, 성급한 마음을 억눌렀다. 참아라. 참는 거다, 거장·자이모쿠자 요시테루. 서두르면 일을 그르치는 법이니.

일단 이 작품을 누군가에게 보여주는 게 좋으리라.

다만 인터넷은 안 된다. 놈들은 가차 없으니까. 물론 자신은 있지만, 본관이 쓴 글을 남에게 보여주는 건 처음이다. 처음은 다정한 사람이 좋다. 거친 건 싫다.

"상식적으로 생각하면 가까운 친구일 터이나……."

문제는 본관에게는 친구가 없다는 점이다. 설마 외로운 늑대라는 사실이 이런 식으로 악재로 작용할 줄이야.

어찌하면 좋단 말인가. 역 앞에서 휴대용 티슈를 준 전생의 처에게 부탁해야 하는가? 아니면 기운이 맑다고 해준 전생의 처에게……? 며칠을 그렇게 고심하며 보냈다.

"잠깐, 자이모쿠자. 그건 소설 원고인가?"

어느 날 점심시간, 조용한 장소에서 자작 원고를 퇴고하고자 복도를 걸어가던 본관을 뒤에서 누군가 불러 세웠다.

생활지도 담당 히라츠카 교원이었다. 전생에서 본관의 세 번째 처였다. 아니, 아무리 그래도 저 분이 처일 리는 없나? 가정폭력의 피해자가 되다니, 쇼군의 긍지가 용납하지 않는다.

"아, 예에, 뭐……."

본관이 들고 가던 원고 뭉치를 응시하는 히라츠카 교원에게 횡설수설 대답했다. 꼭 가정폭력 피해자마냥 움찔거리며.

"호오, 네게 그런 취미가 있었나? 실은 나도 학창시절에 소설을 몇 편 써본 적이 있다. 결코 남에게 보여줄 수 없는 물건이었지만 말이다."

십중팔구 사디스트 주인공이 약자를 죽도록 학대해대는 이야기겠지.

그러나 의외로 본관을 바라보는 히라츠카 교원의 눈은 따스했다. 얄짤없이 「소설 쓸 시간이 있으면 공부나 해라!」 하고 학대당할 줄 알았건만, 구사일생으로 목숨은 건졌다.

"다른 사람에게 보여주었나?"

"아니오, 그게……."

결과적으로 그 자리에서 사정을 털어놓고 말았다. 읽어줄 사람을 찾고 있다고 하자, 히라츠카 교원이 흐음 고개를 끄덕였다.

"……좋아, 네게 지령을 내리겠다. 봉사부로 가도록."

"봉사부……?"

"거기 가면 너와 같은 증상을 보이는 사람이 있을 거다. 2학년 F반 히키가야라는……."

그곳은 바로 본관의 파트너가 소속된 동아리였다.

설명에 따르면 그곳은 고민하는 학생들의 상담을 받아주는 곳이라고 했다. 게다가 부원 중에 하치만이 있다니, 알 수 없는 인연마저 느껴졌다.

……가보는 수밖에 없겠군.

본관의 소설을 처음 선보일 상대로서 부족함이 없다. 본관에게 이 길을 열어준 사람은 다름 아닌 그니까.

돌이켜보면 본관은 마음속 어디선가 이런 결말을 바랐는지도 모른다. 감동에 전율하는 놈의 얼굴을 보고 싶었는지도 모른다. 앞으로는 존댓말을 쓰게 만들어주고 싶었는지도 모른다.

좋다, 가자! 때가 왔다! 단지 그뿐이다!

수업이 끝난 후, 본관은 즉시 특별관에 있는 봉사부 부실로 향했다.

보아하니 너무 일찍 왔는지, 부실에는 아직 아무도 없었다. 하는 수 없군. 잠시 기다려보도록 할까?

동아리라고 했으니 하치만 이외에도 다른 부원이 있을 터.

혹시 여자 부원도 있으려나? 본관의 작품을 읽고 반해버리면 어쩐다? 어허, 못 말리는 아가씨로구나. 어리광은 둘만 남을 때까지 참으려무나.

그런 생각을 하며 혼자 느물느물 웃을 때였다.

별안간 드르륵 문이 열렸다. 뒤이어 들어온 사람은 과연 본관이 익히 아는, 썩은 눈의 파트너였다.

그 순간, 창문으로 불어 들어온 바람이 본관의 원고를 사방으로 흩날렸다. 마치 마술에 쓰는 신사용 모자에서 무리지어 날아오른 흰 비둘기 떼처럼.

"크큭, 이런 곳에서 만나게 되다니 놀랍군. —네놈이 오기만을 손꼽아 기다렸다, 히키가야 하치만."

나부끼는 흰 종이 속에서 본관은 팔짱을 끼며 대담무쌍하게 웃었다. 검호 쇼군다운 위풍당당함으로.

……자아, 히키가야 하치만이여. 전율하라.

본관이 그린 세계를, 라이트노벨의 새로운 지평을, 네놈에게 보여주겠노라!

후하하하하! 그핫하하하하!

……그리하여 본관은 천하를 손에 넣었다.

본관의 소설을 읽은 봉사부원들은 감격에 겨워 눈물을 흘리며 사인을 요구해왔고, 입을 모아 본관을 천재라고 칭송했다. 졸업 후에는 라노벨 작가의 정점에 군림하며, 애니화 된 작품은 열 개에…….

"야, 자이모쿠자. 그건 뭐냐?"

그때 불쑥 뒤에서 부르는 소리가 들려오는 바람에 본관은 글쓰기를 중단했다.

본관을 부른 사람은 다름 아닌 히키가야 하치만이었다. 본관의 종자이자 애검이자 파트너.

"방해하지 마라, 하치만. 본관은 지금 언젠가 발표하게 될

자서전을 위해 회고록을 정리하는 중이니."

"봉사부 부실에서 그딴 거 하지 말라고."

핀잔을 주면서도 하치만은 본관의 원고를 집어 들었다. 그리고 쭉 훑어보더니, 오물을 보는 듯한 눈으로 본관을 보았다. 소독하고 싶어 죽겠다는 눈빛이었다.

"……날조가 지나치다만. 너하고의 첫 만남, 이랬냐?"

"모름지기 에피소드에는 살이 붙는 법 아니겠느냐."

"게다가 그 소설, 모두에게 대차게 까였……."

"입 다물라! 그 이상은 금기일지니! 입에 담아서는 안 되느니라!"

"너 충격 받은 나머지 눈을 까뒤집고……."

"시끄럽다! 쇼군은 되돌아보지 않는다! 과거 따위 돌아보지 않느니!"

"그럼 회고록도 쓰지 말아야 되는 거 아니냐?"

본관의 이름은 자이모쿠자 요시테루라 한다.

천하무적의 검호 쇼군이자, 라노벨 작가 지망생이다.

친구 모집 중이다.

의외로 히키가야 하치만의
입시 지도는 정곡을 찌른다.

다나카 로미오
삽화: 토베 스나호

입시철이 다가온다.

물론 내가 아니라 코마치의 입시 말이다.

……사실 내 입시도 점차 가까워지는 중이지만, 그래봤자 2학년인 데다 10월이라 아직 전전긍긍할 시기는 아니다. 학원도 다니고, 성적도 잘 유지하고 있다. 빈틈은 없다. 다만 무슨 일이 생길지 모르는 게 입시 아닌가. 불안하지 않다면 거짓말이다.

하지만 미래의 나라면, 3학년인 나라면 틀림없이 잘 해낼 거야……!!

그리하여 나는 하루하루를 느슨하게 살아가는 중이었다. 최소한 지금은. 미래의 나님, 잘 좀 부탁캄다, 부탁해요.

그러나 코마치는 3학년이다. 당사자다. 절박함의 차원이 다르다.

"……."

코마치는 멍하니 마당을 내다보는 중이었다. 놀랍게도 썩은 동태눈을 하고.

나는 전율했다.

썩은 동태눈은 내 전매특허가 아니었단 말인가? 설마 유전이었을 줄이야. 우리 조상은 물고기였나? 아하, 그래서 매번 단체사진을 찍으면 물고기 같은 퉁방울눈으로 나오는 거였나! 수수께끼는 전부 풀렸다!

……이 악순환의 연쇄 고리를 끊어야만 한다.

그러려면 코마치가 자손을 남기지 못하게 해야겠구만. 누가 뭐래도 우리 집에서 자손을 남길 가능성이 있는 사람은 코마치뿐이니까!

구체적으로는 코마치에게 남자 친구 후보가 나타나는 족족 압박 면접을 시행해서, 연애 활동 우울증에 빠뜨리는 거다. 딸을 애지중지하는 아버지가 전적으로 협조해줄 게 틀림없다.

그나저나 손바닥만 한 마당에서 대체 어떤 소박한 아름다움을 발견한 거람? 궁금해 하는데, 코마치가 불쑥 중얼거렸다.

"……개미여, 그 작은 생을 어디 한번 열심히 살아보도록 하려무나……"

보아하니 왜소한 개미의 모습을 보며 마음의 평화를 얻고 있는 눈치였다.

아아, 이토록 멋지게 스트레스가 쌓이다니, 너는 정녕 수험생이로구나.

이 오빠도 자주 벌레 같은 인간들을 보며 정서적인 안정을 도모하고는 한다만. 역시 우리는 붕어빵 남매였나 보다.

코마치가 저렇게 음울한 기운에 휩싸이는 일은 드물다. 오빠로서 뭔가 해주고 싶다. 하지만 입시는 자기 자신과의 싸움이라 도움을 줄 방도가 없다. 해줄 수 있는 일이라곤 공부를 가르쳐주는 것 정도인데, 코마치는 이른바 밑 빠진 독이다. 아무리 지식이라는 물을 부어도 콸콸 새어나오고 만다. 난 몰라, 바보 같은 나머지 사랑스럽잖아! 맞다, 또 숙제 대신해줘야지.

아니, 잠깐. 그거 도와주는 것 같지만 사실 코마치에게 해가 된다고요. 과보호라고요. 하지만 어쩔 수 없다. 코마치가 너무 귀여운 게 잘못이라고!

"……자, 슬슬 다시 시험공부 하러 가야지!"

코마치가 썩은 동태눈에서 반짝반짝 별눈으로 스킨을 갈아끼우고 몸을 일으켰다. 하는 김에 입도 밤톨 모양으로 하지 그러냐? Cuteness는 곧 대의!

그나저나 무리하는 기색이 역력하구만.

"야, 내가 공부법을 좀 알려주랴?"

번뜩!!

별 생각 없이 건넨 말에 코마치가 민감하게 반응했다.

히라코[#26] 선생이 그리는 위험한 인물이 위험한 동류를 감지했을 때처럼 나를 돌아보았다. 얼굴도 비슷한 느낌이었다. 흡혈귀는커녕 기껏해야 물고기 인간인 나는 무심코 움찔하고 말았다. 야, 장르가 다르잖아, 장르가…….

"마침내 사사키 제미날 츠다누마 교실[#27]의 노하우를 코마치에게 전수해줄 날이 온 거야?!"

#26 히라코 『헬싱』의 작가 히라노 코우타의 애칭.
#27 사사키 제미날 츠다누마 교실 일본 최대의 입시 학원 사사키 제미날은 전국 곳곳에 분점이 있는데, 치바는 츠다누마 지역에 위치함.

"그건 대입용이라고. 고등학교 입시에는 적용 안 돼."

"시무룩……."

코마치가 온몸으로 시무룩해진 티를 냈다. 속보이지만 귀엽다.

"오빠가 그렇게 말해주니까 고맙기는 한데, 갑자기 무슨 바람이 분 거야?"

"아, 코마치 넌 뭐랄까…… 좀 그거(A)잖아? 그래서 일반적인 공부 방법으로는 그거(B)일 것 같은 기분이 든단 말이지. 그러니까 너를 가르치려면 그거(C)밖에 없지 않으려나 싶어서."

"……ABC 각각의 지시어가 가리키는 것은? 5점×3."

그 질문을 던져버리다니……. 큭, 하는 수 없군…….

"A 바보, B 이해불능, C 바보도 알아들을 만한 공부법."

"으앙~! 예문이 반쯤 욕이잖아!"

"나도 그렇게 심한 말은 하고 싶지 않았다만……."

진심을 털어놓으라고 우겨대 놓고서 정작 말하자마자 버럭 화내는 사람도 많고 말이지.

"……그렇지만 맞아. 인정할게. 공부 진도가 잘 안 나가. 코마치는 바보야!"

"그렇게 단정할 것까지야……."

꽤나 스트레스가 쌓인 모양이구만.

"근데 그 바보도 알아들을 만한 공부법이라는 건 뭐야?"

"아니 뭐 딱히 대단한 비법은 아니다만……. 넌 지금까지 모르는 걸 하나하나 질문해왔잖아? 나도 하나하나 가르쳐줬고. 그런 방식이 잘못된 게 아닌가 싶어서."

"그, 그러니까 그게 무슨 뜻이냐고? 얼른 설명해, 오빠!"

"어, 그, 그래……."

적극적이다 못해서 좀 무섭다만…….

"공부법이란 과목별로 다른 법이잖아? 예를 들어 수학은 첫 페이지를 완전히 마스터하지 못한 상태에서 다음으로 넘어가는 건 금물이야. 우선 기초를 다진 다음, 그걸 이용해서 응용문제를 내는 식이니까."

"맞아. 하지만 수업 진도가 나가면 범위를 쭉 한 번 훑어보는 것만으로도 벅차서, 기초부터 다시 할 시간이 없어져버려."

"그래도 기초부터 다져야 돼. 반대로 세계사나 국어는 되는 데부터 해도 괜찮아. 이런 식으로 과목마다 요령이 있다고."

"오호라……."

코마치는 약간 성격이 급한 면이 있다. 그게 나쁜 방향으로 작용해서 올바른 공부법을 익히지 못한 느낌이 들었다.

"지금은 비록 이과 쪽은 포기했다만, 고교 입시 때는 나름대로 분발했으니까, 오늘은 당시의 노하우를 본격적으로 전수해주도록 하마."

"오오……!"

코마치의 별눈이 초롱초롱 빛나기 시작했다. 그 반짝임은 어느덧 별을 넘어 태양 눈으로 거듭났다.

"그렇게 멋진 공부법이라면 우리 반 애들을 좀 불러도 될까?"

"엉? 왜?"

"우리 반, 요새 입시 모드라 삐걱대는 분위기거든. 그래서인지 교실에서 자습하다 보면 낯선 느낌이 전해져 와서 공부에 집중하기가 힘들어. 그러니까 실제 소부고 합격자의 공부 방법을 같이 들으면 큰 도움이 될 것 같거든."

"설마 걔들한테도 알려주라는 거냐?"

"안 돼?"

속내를 말하자면 썩 내키지는 않았다. 솔직히 이렇게 귀여운 여동생만 있으면 돼. 그렇지만 요즘 들어 나도 이런저런 이유로 지인을 집으로 부르게 된 터라 거절하기가 껄끄러웠다.

"알았다. 강사 노릇은 체질에 안 맞는다만, 한번 해보마."

"고마워! 그럼 바로 부를게!"

코마치는 냉큼 휴대폰을 꺼내더니 연락망으로 추정되는 것을 가동하기 시작했다.

……과연 차세대형 외톨이구만. 소형이면서 고성능이잖아. 「혼자 있는 시간도 좋지만, 교우관계도 유지할 수 있습니다」라는 느낌이랄까? 이 대형 오빠 타입으로는 불가능하다. 오빠보다 뛰어난 여동생이란 존재합니다.

"오빠, 열 명쯤 오기로 했어!"

"많잖아! 그럼 방 말고 거실에서 해야 되나……?"

"참, 맞다. 이거 말해둬야지……. 있잖아, 우리 반 애들 말인데…… 다들 인싸야."

"뭐……라고?"

내 영압이 사라졌다.

"게다가 파티족도 있어."

내 영압이 숨졌다.

"인싸 파티족이면 인류악의 구현 그 자체잖아. 그런 놈들과 어울리다니 아버지와 내가 용납 못한다고."

"동급생은 내가 선택할 수 있는 게 아니야, 오빠."

"그럼 왜 자진해서 연락망을 돌린 건데?"

"인싸여도 심성은 착하니까……. 하지만 오빠는 어쩌면 좀 거북할지도……."

성가신 사태로 발전하고 말았다. 코마치한테는 미안하지만 그냥 인사만 하고 튀어버릴까?

하지만 그랬다가는 코마치 체면이 말이 아닐 테지. 기각이다.

"……좋아, 해주마. 그 파티족들을 불러보라고."

"고마워, 오빠! 이 은혜는 잊지 않을게!"

코마치는 정중하게 두 손을 모으고 면목 없다는 듯 고개를 숙였다.

그리하여 휴일 오후, 긴급 스터디 모임의 개최가 결정되었다.

×　×　×

"그럼 소개할게! 우리 반 애들이야! 얘들아, 이 분이 제 오빠님입니다."

설명이 너무 부실하잖아. 소개라고 하기에도 힘든 수준이다만…….

"앗, (각자의 이름)이라고 합니다……. 잘 부탁드려요……."

그렇게 한 명씩 돌아가며 상투적인 자기소개를 마쳤다.

이쪽도 부실하기는 마찬가지구만. 이름이야 어차피 기억 못할 테니 딱히 상관없다만. 심지어 얼굴도 밤까지 기억할 수 있을지 의심스러울 지경이고.

아무튼 남자가 여섯, 여자가 다섯이라는 구성인가……. 거기에 코마치까지 넣으면 내 학생은 열두 명인 셈이다. 이야, 이거 완전 카리스마 학원 강사 뺨치는구만.

……아니, 카리스마 강사가 되기는 무리다. 중학생들은 하나같이 「뭐야, 이렇게 사회성 없어 보이는 사람이?」, 「눈빛이 완전 범죄자거든요?」, 「애초에 코마치랑 혈연이 아닌 것 같은데요?」 등등의 무례한 생각을 하는 중이었다(그럴 게 뻔하다).

첫인상이 나쁜 거야 하루 이틀 일도 아니다만, 중학생답게 감정 표현에 거리낌이 없구만.

"질문 있습니다! 오빠님, 현역 소부고생 맞죠?"

안경을 쓴 반장 같은 분위기의 여자애가 번쩍 손을 들며 물었다.

"그래. 소부고 2학년이다만. 자기소개 대신 말해두자면 내 성적은 (국어만) 전교 3등이다."

사방에서 우와~ 하는 탄성이 터져 나왔다. 아까까지 의심으로 가득하던 눈빛이 동시에 별처럼 반짝반짝 빛났다. 은하수냐고.

과연 수험생이다. 성적이 좋은 사람이라면 무턱대고 숭배한다.

그나저나 애들이 인싸? 파티족이라고?

얼굴에는 불안이 짙게 드리웠고, 새우등인 데다 어깨는 축처졌다. 대낮인데 아직도 머리에 까치집을 지은 애도 많았다. 손상모도 눈에 띄었고, 전체적으로 추레했다. 음침하다. 음침하기 짝이 없었다.

일본 국민 애니메이션[#28]의 3학년 4반에 비유하자면 후지키와 노구치 같았다. 인싸란 오노나 죠가사키 같은 타입을 가리키는 거 아냐? 대체 어떻게 된 거지?

코마치가 말했다.

"······한때는 생기발랄했지만, 입시의 무게에 짓눌린 나머지 지금은 다들 이 꼴이야"

그 정도로 한계에 몰린 거냐고. 그런 압박조차도 튕겨내는 게 진정한 인싸 파티족 아니냐고.

하지만 그렇다면야 나로서는 오히려 편하다.

「안냐심까! 오빠님 안냐심까! 오늘은 잘 부탁하굿모나잇임다! 뜬금없지만 공부는 따분하니까 사랑 얘기 해도 되겠슴까?」

「허걱~! 오빠님, 학교에서 외톨이예요~?! 그거, 성적이 아무리 좋아도 끝장이잖아요~! 빛나지 못하는 사람한텐 인권도 없단 거 아세요~?」

······그런 태도를 보여 봤자 살의만 치솟을 뿐이니까.

「······저기, 안녕하세요······ 오늘은······ 입니다······.」

「······죄송합니다······. 여기······ 어······ 잘······ 모르겠는데요······.」

#28 일본 국민 애니메이션 「마루코는 아홉 살」

이런 식이면 개인적으로는 몹시 인상이 좋아진다. 심지어 호감이 가기까지 한다. 보통 세간의 기준은 반대일 테지만.

지금의 저 녀석들이라면 나도 가까스로 평정을 유지할 수 있을 듯했다.

"자아, 현역 소부고 학생님께서 열어주신 입시 노하우 계승식이다! 모두 그 사실을 명심하고 임하도록!"

코마치의 선창에 중학생들은 피죽도 못 먹은 목소리로 「······아자」 하고 주먹을 10센티미터 정도 치켜들었다.

저기, 30센티미터 정도는 치켜들라고. 너희들 인싸 파티족이라며?

× × ×

전원을 거실로 데려가서 바로 스터디를 시작했다.

흐름상 내가 전원을 상대로 강의하는 형식이 되었다. 머릿수가 이 정도 되면 갑자기 복잡한 내용을 가르치기는 힘들다. 내가 입시를 치를 때 의식했던 점과, 합격한 뒤에 이건 해두기를 잘했다고 느꼈던 점 등을 간략하게 들려주었다.

이래저래 당시를 떠올리며 이야기하다 보니 어느새 30분이 흘렀다.

"살이 되고 피가 돼······."

"장기 플랜을 다시 짜야 하나······?"

"그렇구나, 못하는 부분은 버리는 것도 한 방법이었어······."

소부고는 꽤 괜찮은 학교지만, 일본을 대표하는 엄청난 명문고라고 할 정도는 아니다. 고로 완벽을 목표로 하는 대신 그럭저럭 효율적으로 공부하면 합격 커트라인을 넘기는 그리 어렵지 않다.

"그럼 지금부터 오빠님의 가르침에 따라 각자 공부하자."

안경 소녀가 모두에게 제안했다.

뭘 하든 상관없다만, 오빠님이란 호칭은 쓰지 말아주면 안 되겠냐……? 희화화하는 뉘앙스가 담겨 있다고, 그거.

열두 명의 중학생은 맹렬하게 공부에 돌입했다.

사각사각 끄적끄적.

단순한 샤프 소리조차도 여럿 겹쳐지니 상당한 음압이 느껴졌다. 그야말로 THE 입시 모드로구만.

나도 당시에는 저런 느낌이었지.

가끔 끙끙대는 사람이 생겨도 아는 사람이 바로 알려준다. 적극적인 학습 자세다. 임시 강사이기는 하지만, 이미 머릿속에서 유물화 되어버린 이과 쪽 질문에는 답할 수 없으므로 다행스러운 일이었다.

뭐야, 얘들 공부 열심히 하잖아?

이렇게 진지하게 몰두하는데 어째서 날선 분위기가 감도는 거지?

그 이유는 금방 판명되었다.

× × ×

"휴우……."

전체가 집중한 상태에서 한 명만 긴장이 풀어지니 바로 티가 났다.

강사 시점에서 보면 이런 느낌인가 싶어 어쩐지 신선했다.

그 남학생은 노트에서 고개를 들고는 나른한 듯 목을 풀었다. 그리고 도로 공부에 착수하나 했더니, 탁자 밑에서 휴대폰을 꺼내 타다다닥 고속 터치에 들어갔다.

……주의를 줄까 말까 고민했지만, 자율학습에 그렇게까지 간섭하는 것도 껄끄러워서 나서지 않았다. 곧 알아서 복귀하리라 믿었기 때문이다.

그러나 남학생은 하염없이 휴대폰만 만지작거렸다.

뭐야, 지금 뭐하는 거냐? 레이드 보스?! 야, 너 수험생이잖아. 자기 자신이란 레이드 보스를 먼저 쓰러뜨려야 되는 거 아니냐? 장난쳐?

전율을 금치 못하는 사이, 또다시.

"휴우……."

두 번째 농땡이 군이 출현했다.

마찬가지로 샤프를 내던지더니 기지개를 켜기 시작했다. 그리고 탁자 밑에 숨기듯 휴대폰을 꺼내서 타다다닥 고속 터치 이하 동문.

학생 입장에서는 모를 줄 알지만, 교단에서는 훤히 보인다고. 으음……. 내가 교사고 여기가 교실이라면 따끔하게 야단을 쳐야 할 상황이구만. 이걸 못 본 척하면 직무태만이니까. 하지만 그렇게까지 할 이유가 있나?

그런 생각에 불길한 예감이 들기는 했지만, 이번에도 침묵을 지켰다.

이윽고 두 사람이 자아내는 루즈한 분위기가 점차 주위로 번져가기 시작했다.

"으음~.", "끄응~.", "후아~."

감염되어간다. 해이한 분위기가 공기감염을 일으킨다. 에피데믹(epidemic)이다.

거실 전체에 「휴우」 무드가 만연했고, 이제 열심히 공부하는 사람은 두 명밖에 남지 않았다.

공부를 완전히 접어버린 사람이 둘, 딴 짓을 하는 건 아니지만 집중력이 떨어져 정체 상태인 사람이 여덟. 순식간에 전체적인 학습 효율이 저하되고 말았다.

굉장한걸? 태만함이 학급 전체로 전파되어가는 과정이 이토록 생생하게 보일 줄이야.

"오빠, 잠깐만."

코마치가 불러서 복도로 나갔다. 여기라면 아무도 못 듣겠지.

"이제 겨우 30분쯤 지났을 뿐인데 늘어지기 시작하는구만."

"눈치챘군, 오라버니. 맞아. 매번 이래. 교실에서 자습할 때도 처음에는 열심히 하다가 점점 풀어져버려."

"그래서 생각만큼 진척되지는 않고, 그래도 초조함은 남으니까 교실 전체에 날선 분위기가 감도는 거구만."

"맞아. 여기서 현역 소부고생이랑 같이 공부하면 긴장감이 유지될 줄 알았는데……. 평소랑 똑같은 상태가 되어버렸어."

못살아~ 하고 코마치가 머리를 감싸 쥐었다.

"보면서 깨달았다만, 같은 공간에 농땡이 피우는 녀석이 생기면 주위로도 옮아가더라."

"딴 짓을 하더라도 좀 쉬다가 다시 공부하면 괜찮은데……."

"개인차가 있으니까. 물론 30분도 못 버티는 건 좀 심하다만."

"그러게. 어떡하지? 이런 식이면 평소랑 다를 게 없어."

젠장, 망할 농땡이족들 같으니라고. 내 동생을 슬프게 하다니.

"내 나름대로의 방식으로도 괜찮으면 그 문제까지 포함해서 코칭해줄 수도 있긴 하다만…… 그래도……."

내 말에 코마치가 불도저처럼 달려들었다.

"진짜?! 꼭 좀 부탁할게, 오빠님!"

"오빠님이라고 부르지 마. 단 내 코칭은 다소 가혹한 구석이 있을지도 모른다만……."

"상관없어! 봉사부에서 단련된 오빠의 해결 테크닉을 마음껏 발휘해줘! 아니, 아예 코마치도 코칭을 도울게! 코마칭할게!"

그 수수께끼의 깜찍한 지도법은 뭐냐고. 온 세상을 코마치로 물들여버릴 작정이냐고. 그만둬, 코마치. 물들이는 건 오빠만으로 족하니까!

"……알았다. 그럼 할 수 있는 데까지는 해보마. 안일하게 구는 놈들에게 보여주지, 자율학습 지옥이라는 걸 말이야……."

히죽 웃는 내 모습에 코마치는 한순간 괜찮으려나? 하고 불안한 표정을 지었다.

× × ×

"너희들, 잠깐 나 좀 따라와라."

"저, 저요?"

탁자 밑 휴대폰 보이즈를 둘 다 호출했다. 당연히 징벌적인 의미의 호출이다. 자아, 전율하라.[#29]

"이리 와."

"어, 어디로 데려가시려고요?"

"저희를 조져놓으시려는 건가요?"

"잔말 말고 따라오기나 해."

농땡이의 핵심인 두 소년을 내 방으로 안내했다.

"여러분, 자기책임 교실에 오신 것을 환영합니다."

"우와! 여긴 라이트노벨이 엄청 많네요!"

"만화도 가득해! 심지어 마니아 취향인 것들뿐이야! 라인업을 보니까 오빠님도 뭘 좀 아시는군요!"

"너희는 대단히 우수한 학생들이다. 고로 더 쾌적한 환경인 이 방에서 자습할 권리를 주마. 랭크업 했다고 해석하면 돼."

그렇게 설명하자, 두 소년의 얼굴이 확 밝아졌다.

"정말요?! 저는 집에서 남동생하고 방을 같이 써서, 이런 독

#29 자아, 전율하라 망작으로 유명한 게임 「로그 갤럭시」의 출시 전 광고문구

방이 로망이었거든요!"

"이 방이라면 공부도 더 잘 될 것 같아요!"

"마음껏 집중하도록. 너희들이라면 할 수 있으니까. 내게는 느껴지거든. 현역 소부고 재학생인 내게는……."

"오빠님!"

"빠님 선배! 반드시 기대에 보답할게요!"

사실은 격리랍니다.

상자 안에 썩은 귤이 들어 있으면 전체에 악영향을 끼친다. 썩은 귤은 배제해야 한다. 눈이 썩은 내 방이야말로 귤 수용소로 쓰기에 손색이 없다.

"그럼 너희의 자주성을 존중해서 나는 하급 수험생들을 보고 오마. 여기 있는 책과 참고서는 자유롭게 써라."

"고마뜸다!", "맙슴다!"

줄임말이라고 하기도 이상한 그 인사는 뭐냐…….

"저기, 오빠. 이 대처는…… 설마?"

계단 밑에서 기다리던 코마치가 물었다. 내가 취한 대책의 의미를 간파한 눈치였다.

"그래. 유감이다만 그렇게 됐다. 해이한 수험생을 제거했지."

"으음, 그건 좀 너무하지 않아?"

"코마치, 모두를 평등하게 구원할 수는 없어. 내가 할 수 있는 일은 의욕이 넘치는 애들에게 영향을 미치지 않도록 하는 것뿐이라고. 거실 분위기는 어떠냐?"

"아, 응. 덕분에 다들 다시 무순처럼 싱싱해졌어."

"그러냐? 그럼 됐어. 위에 있는 애들한테는 내가 집에 가기 전에 말해두마. 좀 더 위기감을 갖는 편이 좋겠다고."

"응, 부탁할게. 걔들, 도쿄대 지망이니까."

불가능해! 학습 의욕의 관점에서 이미 불가능하다는 결론이 나왔다고. 동급생이라면 누군가 현실을 깨우쳐주라고. 오히려 잔인할 지경이잖아.

열두 명 중 불성실한 두 명을 솎아내고, 성실한 수험생만을 남겨놓았다. 이것으로 스터디의 신성함은 지켜질 테지.

……지켜질 줄만 알았다.

× × ×

"오빠, 또 문제가 생겼어."

잠깐 편의점에 갔다 오니 코마치가 난처한 표정 버전으로 맞아주어, 횡재한 기분이 되었다. 마음의 스크린 샷을 저장하고 행복감에 젖었다. 아차, 이럴 때가 아니지.

"설마 썩은 귤들이 내려왔냐?"

"속으로 그렇게 불렀구나……. 그런 건 아니고, 보면 알아."

나는 문에 난 유리창을 통해 복도에서 거실의 동정을 살폈다.

"……뭐야, 또 농땡이 양이 생겨난 거냐?"

코마치와 내가 자리를 비운 것을 기회 삼아 여학생 두 명이 당당하게 휴대폰을 만지작거리고 있었다. 한 명은 메신저 앱을, 한 명은 게임을 하는 모양이었다. 애들은 왜 하나같이 레이드 보스하고 싸우지 못해서 안달인 건데? 아직까지 피처폰을 쓰는 나로서는 도무지 이해가 가지 않았다.

두 사람의 루즈함이 주위로 퍼져나가기 시작한 것 역시 아까와 똑같았다.

한 명씩 휴대폰을 꺼내들었고, 스터디는 휴대폰 모임으로 변질되고 말았다.

"어디 강하할래? 근처에서 동태를 살피고 나서 갈까?"

"이번에는 어촌으로 가자."

개중에는 황야에서 행동#30하는 놈들마저 있는 판국이었다.

대놓고 풀어졌잖아! 수험생한테 스마트폰을 쥐어주지 말라고!! ……아니, 이건 진심이라니까. 입시를 앞두고 저런 휴대유혹기(誘惑機) 따위를 가져버리면 집중력을 기르니 마니 할 상황이 못 된다. 물은 낮은 곳으로 흐르고, 애들은 쾌락으로 타락하기 마련이니까.

"어, 어떡하지? 오빠. 이러다가는 다들 도쿄대에 못 가게 되어버리겠어!"

"전원 도쿄대 지망이냐고! 그럼 휴대폰이나 만지작거릴 때가 아니잖아! 쟤들 너무 나태한 거 아니냐?"

"학교에서 진로 이야기가 나왔을 때, 학급의 절반 이상이 분위기에 휩쓸려 얼떨결에 도쿄대를 지망할 마음이 들어버린 거라……."

"참으로 파티족다운 흐름이구만……."

#30 **황야에서 행동** 배틀로열 형식의 3인칭 슈팅게임 「황야행동」을 가리킴.

하나같이 어두운 분위기라 믿기 힘들었으나 단박에 납득해 버렸다.

"그나저나 저 농땡이 피우기 시작한 여자애들, 평소에는 어떤 타입이냐?"

"교실의 분위기 메이커 같은 타입이랄까?"

"아까 격리한 남자애들은?"

"교실의 분위기 메이커지."

"너희 반에는 분위기 메이커밖에 없는 거냐?"

대체 얼마나 뇌가 청순한 반인 거냐고. 나 같으면 도저히 못 견딘다. 하지만 생각해보면 코마치도 분위기 메이커 역할 쯤은 해낼 수 있을 터였다. 딱히 즐기지 않을 뿐이지.

그런 타입은 아무래도 집중력이 떨어지는 경향이 있는 건가?

"이제 어쩌지……?"

"어쩔 수 없구만. 코마치, 이번에는 네 방을 좀 빌려도 되겠냐?"

"내 방을? 오빠, 설마……."

"그래, 귤은 수용소행이야. 코마치, 쟤네 둘을 네 방으로 데려가. 이유는 사실대로 말할 필요 없어. 너희들은 열심히 했으니까 특별반으로 승격시켜주기로 했다는 식으로 적당히 둘러대, 알았냐?"

"으으, 불순해……. 불순하다고……."

코마치는 끄응 신음하며 문제의 근원인 여자애들을 부르러 갔다.

이것으로 거실에 남은 일곱 명은 다시 집중력을 되찾을 터였다.

"……훗, 이겼군. 크하핫!"

히키가야 학원이 자랑하는 이 압도적인 은폐력, 철저한 격리력 앞에 무릎 꿇어라!

× × ×

"오빠님, 질문 있습니다!"

아까 그 안경 소녀가 나를 불러 세웠다.

"어, 그래……. 무슨 과목이냐?"

"수학이요!"

"음, 수학이라……."

잘 못하는 수준을 넘어 취약함의 정점을 찍은 과목이다. 수학 시험을 보면 한 자릿수 점수가 나오는 경우가 허다하다.

하지만 상관없다. 나는 내가 지닌 역량 전부를 특기 과목에 분배했으니까. 게임으로 따지면 몰빵형 유닛이랄까? 어중간하게 이것저것 건드려봐야 주특기만 없어질 뿐이고, 보스 상대로 공격이 먹히지 않는 사태가 벌어질 수도 있으니까.

요컨대 나는 공략조다. 인생을 공략할 날을 위해 대범하게 몰빵형 빌드를 선택한 셈이다.

"그래서 말이다만, 수학 잘하는 애 있냐?"

"그래서라니, 뭐가요?"

"아, 넌 똑똑해 보이니까 질문도 까다로울 것 같아서."

"똑똑해 보인다……?"

별안간 안경 소녀의 행동거지가 수상해졌다.

시선이 사방을 배회하는가 싶더니 얼굴에는 홍조가 어렸고, 숨소리도 거칠어졌다. 만약 내가 밖에서 저러고 돌아다녔으면 즉시 불심검문을 당했을 만큼 수상하기 짝이 없었다.

쑥스러움을 타는 건가? 왜지?

"자랑은 아니지만요……."

안경 소녀는 흠흠 헛기침을 하더니 말을 이었다.

"초등학교 6학년 때 반에서 제일 열심히 공부하는 애라고 해서 상도 받았답니다."

"대놓고 자랑이잖아……."

하긴 초등학교 때 있기는 했지, 그렇게 장황한 이름을 붙인 상. 이름을 바꾸고 명목을 바꾸어 모든 아이들에게 상을 주는 게 요즘 풍조니까. 하지만 그런 상은 받아봤자 전혀 기쁘지 않은 법인데, 사람의 가치관이란 역시 다양한가 보구만.

"그럼 일단 확인부터 하마. 어느 부분을 모르겠는데?"

"2차 방정식이요."

"뭣이?!"

어라? 2차 방정식을 언제 배우더라?

중2? 중3이던가?

아무튼 중학교 수학의 핵심이라는 점만은 분명하다. 상당히 오랜 기간에 걸쳐서 배운 기억이 나기도 하고.

지금이 몇 월이지? 입시? 뭐야, 이거 좀 이상하지 않아?

"2차 방정식의 뭘 모르겠다는 거냐?"

"전체적으로 감이 잘 안 잡혀요. 애초에 2차라는 것부터가 뭐가 2차라는 건지, 찾아봐도 애매하기만 하더라고요."

야야야, 잠깐! 너 그래가지고 괜찮겠냐?!

그건 이 시점에서 품어도 되는 의문이 아닌 것 같다만?!

"저기, 그건 2차식의 방정식이니까 그런 거다만……."

"2차식이라는 용어는 아는데요, 어쩐지 피상적이라 개념이 잘 파악이 안 돼서……."

"x의 제곱이 차수 2잖아? 만약 y만 있으면 차수 1이고. 그 방정식에서 다루는 최대 차수가 2인 걸 가리켜 2차 방정식이라고 한다만……."

사실 2차 방정식 응용문제부터는 이미 위태로운 수준이라, 더 파고들면 나도 자신 있게 대답할 수가 없게 되어버린다.

안경 소녀는 인상을 썼다.

"……그거요, 무슨 의미가 있는 거예요? 개념이 도무지 이해가 안 가요."

의미를 따지기 시작했나…….

"의미는…… 나도 잘 모른다만. 2차 방정식을 실제로 어디다 쓰는지 짐작도 안 가."

"그, 그래요? 어른도 몰라요?"

"대충 알 것 같다. 넌 납득이 안 가는 기계적인 방정식 풀이 같은 건 못하는 타입이지?"

"으음, 그럴지도요……."

"그럼 응용문제는 포기해라. 다 널 생각해서 하는 소리니까, 당분간은 기초만 쌓아. 그것만으로도 점수는 그럭저럭 나오니까."

"······네에에에에?"

보아하니 충격 받은 눈치였다.

"수학이 그 상태면 다른 데서 상당히 분발해야 돼. 잘하는 과목 점수를 높여서 커버하는 게 현실적이지. 나처럼 문과로 하라고, 문과로."

"······네에."

위험했다.

똑똑해 보이는 인상이라 오해했는데, 얘는 코마치에 버금가는 바보다.

저렇게 열심히 하는데, 세상살이 참 녹록치 않구만.

"좋아, 케임브리지 대학을 목표로 기초부터 탄탄히 다져나가자!"

무시하기 힘든 말을 들었지만, 그냥 넘어가기로 했다.

······공포스럽기 짝이 없다. 여기는 마굴(魔窟)인가?

×　×　×

2층 (격리)팀의 상황을 살피러 갔다.

우선 내 방부터 들여다보았다.

"후욱! 후욱! 후욱!"

"이 만화, 완전 웃겨~!"

아니나 다를까, 방 안은 난장판이 따로 없었다.

데려온 지 얼마 되지도 않았건만 테이블 위에는 라이트노벨과 만화가 잔뜩 쌓였고, 교과서와 노트는 멀찍이 밀어놓았다.

두 남학생은 어째선지 웃통을 벗어젖히고, 휴대폰에서 흘러나오는 댄스 동영상에 맞추어 양손에 만화와 라이트노벨을 든 채로 광란의 춤사위를 연출하는 중이었다.

야, 그래가지고 읽어지기는 하냐? 글씨가 흔들려서 스토리를 따라갈 상황이 아니지 싶다만.

……입시 스트레스로 맛이 가버린 모양이구만.

이놈들은 싹수가 노랗다. 역시 격리는 올바른 선택이었다.

이어서 코마치 방으로 가보았다.

설마 얘들도 벗은 건 아니겠지? 그런 상황에 맞닥뜨렸다가는 끝장이라고. 벌거벗은 여자에게 돌격해도 되는 건 투하고 러브한 주인공만의 특권이거든.

한껏 경계하며 방 안의 동향을 살피려던 찰나.

"뗙, 엿보면 못써요."

뒤에서 스텔스 코마치를 당하는 바람에 소스라치게 놀라 펄쩍 뛰어오르고 말았다.

"……코, 코마치! 너 때문에 소리 지를 뻔했잖아!"

과연 내 동생이다. 외톨이 스킬도 완벽하게 습득했구만.

"살금살금 뭐하는 거야?"

"귤들의 상태를 체크하는 중이다만."

"그럼 그냥 당당하게 들어가면 되잖아."

코마치는 노크도 생략하고(자기 방이니까 당연한 권리인가) 문을 열었다.

"얘들아, 잘 하고 있니?"

"아, 코마치. 잠깐 쉬는 중이야."

"코마치, 너도 여기서 쉬다 갈래?"

다행스럽게도 이쪽은 옷을 입은 채였다. 다만 휴대폰을 들여다보며 초콜릿을 우적우적 먹느라 바빴다.

"하여튼 못 말려. 모처럼 스터디 하러 왔잖아. 모르는 부분을 제대로 알아가지 않으면 나중에 고생해."

"응, 그럴 거야. 조금만 더 쉬다가."

"이 과자 맛있어! 신작이야!"

하치만은 알아. 이거 결국 안 하는 패턴이야.

"너무 오래 쉬지는 마. 나중에 또 올게."

코마치와 나는 방을 나섰다.

"……어째 스터디 모임 같지가 않구만. 코마치네 집에 우르르 모여서 따로따로 놀기 모임이 되어버린 느낌이야."

"미안해, 오빠. 일이 이상하게 돌아가서."

"일이 이상하게 돌아가는 게 아니고, 너희들은 원래부터 이상해."

"착한 애들이야! 인싸에다 입시 우울증 환자지만 좋은 애들이라고! 첫인상은 별로지만 알고 보면 꽤 소탈한, 마루코의 하나와처럼 보기 드문 인재라니까!"

"……하긴 하나와, 처음에는 재수 없고 느끼한 캐릭터처럼 보이지."

따지고 보면 도라에몽의 비실이 책임이 크다만.

"자, 이제 남은 일곱 명을 잘 관리하면 임무 완수구만. 아니지, 너까지 포함해서 여덟인가?"

완수라고 하기에는 다소 양심에 찔리는 결과다만, 그래도 최선을 다했다고.

하여간 나란 놈은 과하게 일에 열중해버리는 경향이 있다니까. 이렇게 일하는 건 딱 질색이오[#31]만, 회사원이 되면 사축화될 것 같아 두렵소이다.

×　×　×

거실로 돌아왔다.

코마치까지 포함해서 여덟 명. 가혹한 선별을 거쳐 살아남은, 도쿄대라는 좁은 문을 노리는 수재들이다. 응, 택도 없어. 이렇게 세 시간도 책상 앞에 붙어 있지 못해서야 절망이다. 자칫하면 길을 잘못 들어 시망이다.

최소한 여기 남은 애들이라도 제2지망에는 합격하게 해주고 싶다. 그런 생각에 나는 마음을 다잡고 조언자 역할에 충실하기로 했다.

#31 일하는 건 딱 질색이오 『바람의 검심』의 주인공 켄신이 일하기 싫소! 라고 외치는 2차 가공 짤로 밈이 된 대사.

이과 쪽은 영 못미덥지만, 다른 과목은 낙승이다.

쓱쓱, 찍찍.

생쥐 같은 샤프 소리를 내며 여덟 명은 탐욕스럽게 지식을 흡수해갔다. 집중력도 뛰어났다. 귤을 넷이나 격려한 덕분에 얻은 성과였다.

이래저래 무려 한 시간가량을 한눈을 팔지도, 잡담을 하지도 않고 면학에 힘썼다. 단시간에 루즈해지는 모습만 봐왔기에 무척 오랫동안 공부한 것처럼 느껴졌다.

이쯤 되면 자비심이 싹트는 법이다.

"얘들아, 목 안 마르냐? 뭐 좀 마실래?"

"아, 듣고 보니 목이 칼칼하네.", "그럼 단 음료수가 있으면 좀…….", "그래, 정말 단 거 먹고 싶다.", "뇌가 바짝 말라붙었어…….", "부탁드려요, 오빠님."

"그래, 알았다. 그 기대에는 부응할 수 있지."

단 음료라고?

그런 요청을 해오면 답은 정해진 거나 다름없다.

유일한 정답은 이런 일이 있을지도 모른다는 생각에…… 아니, 외톨이라 이런 일이 있을지도 모른다는 생각은 추호도 안 했지만, 어쨌거나 개인적으로 박스째 쟁여둔 상태였다.

"우와, 달다……. 이건 뭐지?", "엇, 커피? 커피 우유인가?", "윽, 이, 이거 좀 버거운데……."

그렇다. MAX로 시작하는 바로 그 드링크다. 우리 집에서 단 음료를 찾으면 그게 나오는 건 사과가 땅으로 떨어지는 것

만큼이나 당연한 섭리다. 심지어 사과가 아들 머리 위로 떨어져서 거기 화살이 박힐 정도라니까?

"익숙해지면 이 맛에 중독되고, 당분 보급에는 최고라고. 게다가 소부고 학생이라면 누구나 이걸 마신다만."

"그, 그렇구나! 유용한 정보네요……", "그럼 힘내서 마셔볼까……?", "그렇게 생각하니 왠지 맛있게 느껴지는데?", "응, 또 마시고 싶어져."

훗, 또다시 포교에 성공하고 말았군.

이 꾸준한 노력이 회사에서 사은품으로 MAX 커피 일 년치를 증정하는 멋진 기적으로 이어지면 좋으련만.

"자, 애들아. 당분도 보충했으니까 단숨에 점수를 10점쯤 끌어올려보자!"

코마치의 선창에 일동이 「아자~!」 하고 20센티미터 정도 주먹을 치켜들었다. 초반보다 인싸 게이지가 올라갔잖아? 역시 공부가 잘 되면 정신상태도 안정되는 모양일세.

수험생들은 다시 샤프를 잡았다.

만사가 순조로웠다. 내 봉사력도 상당히 증진됐나 보구만.

그렇게 생각했으나 웬걸, 내 판단 미스였다.

"휴우……."

나직한 숨소리를 내며 휴대폰 만지기라는 타락의 길로 빠져든 자는 놀랍게도 케임브리지 지망이라는 안경러였다! 흐이이이잉?! 아까의 성실함은 어디로 가버린 거냐고요오…….

얘 아까 반에서 가장 반장답다고 상도 받고 그랬다고 하지 않았나? 약간 다를지도 모른다만, 아무튼 비슷한 거였을 터였다. 그렇게 착실함의 정점을 찍었을 만한 타입이 어째서 고작 이 정도 공부에 해이해져버리는 거냐고?!

"휴우……."

그리고 코마치.

자, 자자자, 잠깐! 잠깐, 잠깐만!

저기요, 코마치 양? 이게 대체 무슨 변고랍니까?

"저기요, 코마치 양? 이게 대체 무슨 변고랍니까?"

대놓고 속내를 털어놓을 수 있다는 게 가족의 장점이다. 코마치를 복도로 불러내, 내 심경을 여과 없이 완벽하게 그대로 전달했다.

"……우웃, 왼쪽에서 뭔가 포근한 파동이 전해져 오길래…… 그 속에 몸을 맡겼더니 집중이 풀려버렸어. 신기해!"

"그게 바로 나태 파동의 무서움이야. 그 거대한 물결에 휩쓸렸다가는 입시고 뭐고 따질 때가 아니게 되어버린다고."

"면목 없습니다……."

"그나저나 너희 반은 왜 항상 일정수가 농땡이를 피우는 거냐? 난 그게 더 신기하다만."

"우웃, 몰라. 이유는 모르지만 한참 전부터 그랬어."

코마치네 반 애들에게 공통되는 기질인가? 아무리 썩은 수험생을 골라내도 얼마 못가서 다른 애가 농땡이를 피우기 시작한다. 이래서야 격리하는 의미가 없다.

"왜 이런 현상이 생기는 거지?"

"인싸라 흥이 많아서 주변 분위기에 쉽게 영향을 받는지도 몰라."

"흐음……."

코마치를 다그쳐본들 달라질 게 없으므로 반론하지는 않았지만, 그 논리는 이상하다.

분위기를 타는 성격이라면 친구들이 집중한 상황에서 자기만 농땡이를 피우지는 않을 테니까. 내키지 않아도 공부에 몰두할 테지. 분위기를 중시한다면.

이쯤 되니 본능적으로 농땡이를 피우고 마는 게 아닌가 하는 의혹마저 싹텄다.

본능…… 그 말에 나는 불현듯 깨달았다.

"아하, 그래. 개미구만."

"뭐?"

"너희는 개미였던 거라고!"

내 말에 코마치의 눈이 접시만 해졌다. 생선이었다가 별이었다가 태양이었다가 접시였다가, 정말이지 바쁜 녀석이구만.

×　×　×

나는 즉각 스터디 팀을 재편성했다.

총 열두 명의 개미 수험생을 네 명씩 세 그룹으로 나누었다. 그리고 A그룹은 내 방, B그룹은 코마치 방, C그룹은 거실에서 공부하게 했다.

"저기, 오빠. 분산 작업은 마쳤는데, 이 배치에 무슨 의미가 있는 거야?"

"그걸 설명하려면 우선 일개미의 법칙부터 알아야 해."

"개, 개미?"

"개미는 인간과 마찬가지로 사회를 이루고 살아가는 생물이야. 하지만 모든 개미가 사회에서 제 역할을 다하는 건 아냐. 게으른 개미도 있다고."

"게으른 건 베짱이인 줄만 알았는데."

"아, 그건 베짱이에 대한 모독이야. 사실 베짱이는 전혀 게으르지 않거든. 경계심이 강하고, 매순간을 필사적으로 살아가는 곤충이지."

"……아하. 그러고 보니 오빠, 은근히 곤충박사였지?"

"내가 꽤 비싸고 좋은 곤충도감을 갖고 있는 건 중요하지 않아! 그보다 개미가 먼저라고. 잘 들어, 코마치. 개미 사회에서 열심히 일하는 건 고작 전체의 20퍼센트에 불과하다고 알려져 있어."

"근면한 20퍼센트……."

"그 20퍼센트는 말하자면 개미계의 사축인 셈이지. 걔들이 부지런히 일해서 대부분의 일감을 처리하는 거라고."

"그럼 나머지는 뭘 하는데?"

"나머지 중 60퍼센트는 보통 개미야. 일을 하기는 하지만, 일보다 사생활이 중요해서 정시에 딱 맞춰 퇴근하는 타입이지. 일은 최소한으로 하고."

"아하, 말 걸지 말라는 분위기를 뿜어내는 사람들 말이구나……."

나도 만의 하나 회사원이 된다면 그렇게 살고 싶다.

"근면한 20퍼센트, 생산성이 떨어지는 60퍼센트, 그리고 나머지 20퍼센트는…… 아예 일을 안 해. 모든 개미 집단에서 그런 경향이 관찰되기 때문에 일개미의 법칙이라고 부르는 거지."

"개미 세계에서도 니트족이 문제구나."

"아냐, 그 게으른 20퍼센트가 급할 때는 맹렬하게 일하기 시작하거든. 생물학적으로는 일종의 보험 역할을 하는 모양이더라고. 모두가 동시에 최선을 다해서 일하면 일시적으로는 생산성이 높아질지 몰라도 모두가 동시에 지쳐버리니까 사회 자체는 오히려 취약해지니까. 그걸 막는 기능이 있다나?"

"……우와, 체계적이네."

그 사실을 처음 알았을 때, 나는 그만 감동하고 말았다.

외톨이 라이프에도 사회적인 정당성이 있었구나! 만세, 해냈다! ……농담이고, 냉정하게 따져보면 급할 때는 남의 곱절로 혹사당하는 셈이니 본전치기랄까, 평소에는 편할지 몰라도 힘들 때는 지옥이므로 빈말로도 팔자 좋다고 할 처지는 못 된다.

그러나 모두가 하나의 목표를 향해 맹렬하게 전진할 때는 나는 가급적 관여하고 싶지 않다. 「모두가 하나를 위해, 하나가 모두를 위해」 같은 분위기는 딱 질색이다. 「모두가 하나 때문에, 하나가 모두 때문에」라면 내가 아는 현실 그 자체이므로 완벽하게 납득이 간다만.

어쨌거나 만약 그런 상황에 처하면 히라츠카 선생님이 나를 지명해서 난제를 던져주고 갈 게 틀림없다. 당연히 강제 봉사다. 악덕 동아리다. 거기 소속된 나는 부축(部畜)이다. 구제불능이로군.

"있잖아, 만약 그 20퍼센트의 우수한 개미만 모아놓으면 엄청난 일이 벌어지는 거 아냐? 백퍼센트 다 유능한 개미군단이라니, 대승리잖아!"

코마치가 한 말은 자주 들어본 내용이었다.

그러나 현실은 그리 녹록하지 않다.

"그렇게 해도 똑같이 20퍼센트·60퍼센트·20퍼센트로 나뉘어. 즉 전부 엘리트 개미만 모아놔도 그중에서 20퍼센트가 자동으로 게을러진다고."

"말도 안 돼……."

"집단심리가 작용하는 거겠지."

"……인류는 글러먹었구나."

"그렇지. 유사 이래로 인류가 멀쩡했던 적은 한 번도 없었으니까. 세계사 교과서를 읽어보면 안다고. 거의 모든 페이지에 유혈이 낭자하다니까?"

"그럼 모두가 도쿄대에 가는 건 불가능하겠네……."

"너희 반, 불량소녀[32]가 아니라 불량학급 같으니까."

---

[32] **불량소녀** 전교 꼴찌였다가 1년 만에 성적을 끌어올려 명문대에 합격한 소녀의 이야기로 유명해진 논픽션 작품 「불량소녀, 너를 응원해」를 가리킴.

학급의 지적 수준의 상징인 반장(이 맞는지는 모르겠다만) 부터가 저 모양이고.

"다만 너희 반에 일개미의 법칙이 발동한 거라면, 이 상황은 개인의 문제가 아니라고도 볼 수 있지. 그렇다면 해결책이 없는 건 아냐."

"그 해결책이라는 게 저 그룹 편성이야?"

"그런 셈이지. 그래서 말인데, 난 지금부터 각 그룹을 돌며 어떤 행동을 할 거거든? 오늘은 몇 시까지 공부할 예정이냐?"

"여섯 시까지라고 했으니까, 앞으로 네 시간쯤 남았어."

"네 시간이라, 알았다. 작전이 정말 효과를 발휘하는지 잘 지켜봐줘라. 잘 풀리면 학교에서도 응용할 수 있을지 모르니까."

"그, 그럴게. 그럼 애들이 겁먹지 않도록 오빠가 각 방을 순회할 거라고 말해둘까?"

"아냐. 오히려 겁먹는 게 더 나으니까 그럴 필요 없어."

"뭐야, 뭘 하려는 건데?"

자아…… 이 실험, 과연 잘 풀리려나요?

× × ×

모든 그룹은 남녀 각각 두 명으로 구성되었다.

먼저 내 방으로 향했다. 여기서는 A그룹이 공부를…… 하고 있지 않았다.

"후욱! 후욱! 후욱!"

"예스! 예스! 예스! 예스!"

만화책과 라이트노벨, 과자와 휴대폰. 그리고 부모님의 시선에서 자유로운 개인실.

중학생이 바라마지 않는, 타락에 최적화된 환경 그 자체다.

그러니 이렇게 댄스 천국을 방불케 하는 꼴이 되는 것도 어쩔 수 없다……고 할 리가 있겠냐!

"자아, 여러분~. 강사님이 오셨습니다요~."

노크도 없이 불쑥 방으로 쳐들어가자, 네 사람은 후다닥 휴대폰을 숨기고 자세를 바로 했다.

그러나 만화책과 라이트노벨을 숨길 여유는 없었고, 딴 짓을 한 흔적은 감출 도리가 없었다.

"아, 괜찮아. 신경 쓰지 마라. 나도 여기서 숙제할 거니까, 신경 쓸 필요 없어."

"저, 저기…… 혼내지 않으실 건가요?"

남학생이 쭈뼛쭈뼛 물었다.

"자율학습인데 혼낼 이유가 없지. 게다가 수험생에게는 휴식도 중요하니까. 본인의 페이스에 맞춰서 하면 돼."

그렇게 대답하며 나는 책상에 앉았다. 그리고 실제로 숙제에 착수했다.

개미 수험생들은 안도한 표정을 지었지만, 내가 열심히 숙제하는 와중에 계속 훅훅거리기는 껄끄러운 눈치였다. 누군가「그럼 슬슬 재개할까?」하고 운을 떼자, 아이들은 꾸물꾸물 교과서와 노트를 펼치기 시작했다.

재개가 아니라 개시겠지. 나는 속으로만 그렇게 태클을 거는 데 그쳤다. 그리고 다시 속으로 덧붙였다. ……너희는 이제부터 수험생이 아니라 수형자가 된다. 그리고 세 군데의 지옥에서 본인의 의사와는 상관없이, 법칙에 따라 강제로 공부하게 될 거다.

10여분이 흘렀다.

나를 포함해서 다섯 명 모두가 아직까지는 열심히 샤프를 놀리는 중이었다.

그러나 그중 한 여학생이 몸을 뒤틀기 시작하는 것을 내 곁눈질 센서가 예리하게 포착했다. 어느새 집중력이 흐트러지기 시작한 눈치였다. 좋아, 때가 왔군. 그럼 시작해보실까?

"……후아아암~!"

나는 일부러 요란하게 하품하는 시늉을 했다.

네 명이 동시에 움찔하는 게 재미있었다.

"아~아, 지겨워서 못살겠구만! 더는 못해먹겠다! 잠깐 휴식!"

그렇게 말하며 침대에 털썩 드러누웠다.

중학생들은 눈이 휘둥그레져서 내 기행을 빤히 응시했다.

"야, 미안한데 그 만화 좀 봐도 되겠냐?"

그렇게 물으며 아무 만화나 적당히 가리켰다.

"그, 그러세요……."

여학생이 만화책을 건네주었다.

"그 과자, 맛있어 보인다만. 나도 좀 먹어도 되냐?"

허락이 떨어지기도 전에 멋대로 과자를 입에 넣었다.

별로 친하지도 않은 사람이 잇달아 부려대는 각종 횡포에 중학생들은 눈 깜빡이는 것도 잊고 완전히 굳어버리고 말았다.

"으아, 지루해! 지루해 죽겠구만. 역시 숙제 따위 할 게 못 된다니까. 안 그러냐?"

우연히 눈이 마주친 여학생에게 동의를 구했다.

"아, 아뇨, 그래도…… 하는 편이……."

여학생이 도리도리 고개를 저었다.

그 반응에 나는 씨익 웃어주었다. 최대한 썩은 눈빛으로.

여학생은 「이 사람 뭐야……?」 같은 눈으로 나를 보았다. 그래, 기막혀 해라. 차원이 다른 내 게으름을 그 눈에 똑똑히 새겨 넣어라. 이것으로 이 방의 게으른 개미 자리는 내 차지다.

그다지 얽히고 싶지 않은지, 네 사람은 얼굴을 마주보더니 도망치듯 공부에 전념했다. 이런 것도 현실도피라고 하나?

개미나 사람이나 엘리트·보통·쓰레기의 비율은 2:6:2다. 그러므로 4인실을 만든 다음, 내가 의도적으로 농땡이를 피우면 쓰레기의 정원은 나 한 명으로 채워진다.

문제가 해결될 뿐만 아니라 빈둥거릴 수도 있다. 일석이조의 묘수인 셈이다.

나는 한동안 신나게 빈둥대며 충분한 경멸을 샀다.

그리고 뒤이어 코마치 방, 즉 B그룹에 얼굴을 내밀었다.

"미안, 코마치. 뜬금없지만 여기서 숙제 좀 하마."

이쪽 방 멤버에는 코마치와 안경 소녀가 끼어 있었다.

"그, 그래, 오빠. 당연히 그래야지. 오빠가 여동생 방에서 갑

자기 숙제를 하다니, 지극히 자연스러운 행동이니까. 코마치
책상을 써."

설명은 했지만 대본을 준비하지 않은 게 역효과를 낳았는
지, 코마치의 대사는 어색하기 짝이 없었다. 어디로 보나 이상
했지만, 무작정 밀어붙였다.

"그래, 잘 쓰마. 얘들아, 미안하다. 나한테는 신경 쓰지 말
고 공부해라."

코마치 이외의 세 명은 돌발 상황에 눈을 끔뻑거렸다.

그리고 나는 아까처럼 숙제에 착수했다. 10분이 흘렀다. B
그룹은 아직 루즈해질 기미는 없었지만, 게으름을 발동했다.

"크아, 지겹구만~. 지겨워 미치겠다고~. 의욕 제로라고~."

코마치 침대에 다이빙하며 투덜거렸다.

"하여튼 오빠는 진짜 글러먹었다니까."

"코마치, 이 방에서 제일 재미있는 만화 주라."

"만화 보지 말고 숙제 해."

"숙제 따위 대충 해도 돼. 그보다 만화책 달라고!"

나는 책장에서 적당히 책 한 권을 뽑아들었다.

꺼내고 보니 아무래도 만화가 아니라 입문서 종류인 듯했다.

『하루에 5분만 연습하면 누구나 할 수 있다! 별눈 만들기』

이, 이런 책을 읽는단 말이야? 그 눈빛은 인위적으로 만들
어진 반짝임이었던 거냐고. 이런 게 있으면 여자의 귀여운 제

스처는 모조리 믿을 수 없는 게 되어버리잖아……. 내심 경악했으나 도로 책장에 꽂아 넣기도 뭐해서, 천천히 훑어보기 시작했다.

……생각보다 재미있잖아? 나도 할 수 있을 것 같은 느낌이 드는데? 아하, 그렇구만. 눈물샘 조절이 포인트인가……. 엇, 내 정신 좀 보게. 나태 오라도 뿜어내야지.

읽으면서 온몸에서 찌질한 기운을 뿜어냈다. 나 정도 경지에 도달하면 찌질미를 자유자재로 조절할 수 있게 된다. 찌질미라고 하니 어쩐지 귀여운 느낌이 들지만, 물론 정반대 뉘앙스다. 의태어로 표현하자면 번들번들, 미끌미끌, 부스스쯤 된다.

"응……?", "이, 이건……?", "이 기운은 뭐지……?"

과연 주위에 영향을 받기 쉬운 타입답게 다들 기운을 정확히 감지할 줄 아는 눈치였다. 내가 이 방에서 가장 글러먹은 놈이라는 사실을 이해한 거겠지.

이 작전, 효과 한번 죽여주는구만. 어찌나 잘 먹히는지 자꾸만 히죽히죽 웃음이 새어나왔다. 그 바람에 내 모습이 더욱 수상쩍게 비쳤는지, 남학생 둘은 얼굴이 창백해졌다.

나는 그들을 보며 말했다.

"고등학교 입시에 실패하면 비참해진다. 나보다 못난 놈이 되어버리거든."

"으아아……."

남학생들은 사시나무처럼 떨며 나를 반면교사로 삼아 다시금 면학에 힘썼다.

마지막으로 C그룹을 찾았다. 이 짓도 세 번쯤 하니 익숙해졌다.

이번에도 나는 멋지게 빈둥댔다. 노닥대는 기술은 한층 업그레이드되어, 입장에서부터 빈둥대기까지의 시간은 5분이면 족했다. 게다가 부자연스러운 느낌도 전혀 없는 게, 아무래도 나한테는 게으름 피우기의 재능이 있는 게 분명했다.

C그룹은 나라는 탈락자의 존재를 의식하며, 나처럼 되지 않고자 학습 의욕을 한껏 불살랐다.

해피엔딩이다.

하지만 애들의 인내력은 금방 바닥나니까. 한 바퀴 돌았다고 해서 만사 해결이라고 할 수는 없겠지.

"여어, 수험생 제군. 잠깐 실례하마."

"또, 또요~?!"

A그룹, 습격. 네가 싸울 상대는 휴대폰 속이 아니라 여기 있다. 내가 바로 레이드 보스다!

그 뒤로는 여섯 시까지 같은 행동을 되풀이했다.

×　×　×

"코마치, 고마워. 오늘은 어쩐지 평소보다 집중이 잘 되는 느낌이었어."

"……아, 아니야. 고맙기는 뭘. 그래도 공부가 잘 됐다니 다행이야."

"진짜 잘 됐어. 이 정도면 원하는 학교에 합격할 수 있을 것 같아."

안경 소녀가 고마움을 표하자, 다른 멤버들도 뒤늦게나마 어색하게 꾸벅 고개를 숙였다.

"고마워, 히키가야! 덕분에 도쿄대에 가지 싶어!", "히키가야, 완전 땡큐!", "……오빠님도 감사합니다.", "……어, 저기, 감사요."

야야, 히키가야 남매를 향한 인사에서 노골적인 온도차가 느껴지거든? 좀 더 본심을 감추려 노력하라고.

하긴 쟤들한테 나는 비상근, 아니 비상식 강사로 인식되었을 테니 당연하다면 당연한 반응이다만.

"너희들, 앞으로 스터디는 네 명 이상으로 하지 마라."

"응? 왜 네 명이지?", "……글쎄?"

고개를 갸웃거리며 중학생들은 집으로 돌아갔다.

"이것으로 의뢰는 해결이구만."

"으음……. 해결이라면 해결인데, 이건 좀 그렇지 않아? 다들 오빠를 이상한 사람이라고 생각했을 거야."

"어차피 다시 볼 일도 없는데 뭐. 상관없어. 게다가 쟤들을 집중하게 만들려면 이것 말고는 방법이 없었을걸?"

"그건 그래. 해결해준 건, 으음, 확실히 도움이 됐지만. 그래도 애들한테 오해를 산 건 조금 아쉽다고나 할까……."

"다 그런 법이잖아. 모든 게 완벽하게 돌아가지는 않는다고. 무엇보다도 넌 여동생님이잖아? 그러니까 지금은 솔직하게 고마워하라고. 그것만으로도 꽤나 다르거든."

"다르다니…… 뭐가?"

나는 대답하지 않았다. 말로 설명하려니 조금 멋없게 느껴졌으니까.

그렇지만 정말 다르다. 봉사부에서 하는 일하고는, 정말로. 나는 이번 일로 나를 희생했다는 생각은 조금도 하지 않는다. 저 중학생들에게도 부정적인 인상은 전혀 없다. 오히려 안쓰러울 정도다. 왜냐하면 쟤들, 틀림없이 1지망 떨어질 테니까…….

왜 다른 걸까?

그 까닭은 아마도 분명 코마치가 내게 진정한 의미에서의 가족이기 때문이겠지.

확실히 이런 말은 못하겠구만. 오라버니의 체통 문제라고.

하지만 코마치는 그런 내 마음을 눈치챈 모양이었다.

"고마워, 오빠."

"……그래."

보라고, 역시 이것만으로 충분하잖아.

"고맙지만…… 코마치 기준으로는 포인트 제자리걸음이려나?"

"……사족은 빼라."

꾸밈없는 미소로, 코마치는 해맑게 웃었다.

히라츠카 시즈카와
히키가야 하치만의
어느 휴일을 보내는 법

텐신 무카이
삽화: 우카미

　나, 즉 히키가야 하치만이 일어난 것은 오후 1시 반이 넘은 대낮이었다.

　어쩌다 이 시간까지 자버리고 말았는지 기억을 더듬어보았다.

　맞다. 어제 휴대폰에 소소한 게임을 다운받았는데, 생각보다 빠져드는 바람에 어차피 내일은 휴일이니까 되는 데까지 해보자 싶어 그만 새벽까지 열중해버렸더랬지. 그나저나 황금 같은 휴일에 해가 중천에 뜬 후에야 일어났을 때의 권태감은 엄청나다. 하루를 낭비했다는 느낌에 시달리게 된다.

　……하지만 이내 이 정도는 일상다반사라고 마음을 고쳐먹었다. 심지어 지난주에는 저녁에야 일어나서 하루를 날려먹었으니까. 그렇게 따지면 오늘은 오히려 일찍 일어난 편이 않은가. 아싸, 요컨대 서푼을 번 셈[#33] 이구만. 이렇게 실컷 자고도 서푼을 번 셈이라니, 끝내주는데?

　근데 서푼이면 요즘 돈으로는 얼마쯤 되지? 나는 휴대폰으로 『서푼 현재 가치』라고 검색해보았다. 어디 보자…… 흠흠, 시대에 따라 가치가 다르기는 하나, 약 백 엔쯤이라……. 좋은걸? 백 엔 벌었다는 소리잖아? 와, 땡잡았다. 그렇게 얻은

#33 서푼을 번 셈 일본에는 「일찍 일어남은 서푼의 득(早起きは三文の得)」이라는 속담이 있음.

백 엔이 대체 어디 있느냐가 문제기는 하다만.

그렇게 생각했을 때, 꼬르륵 배꼽시계가 울렸다. 좋아, 백 엔을 찾아 나서기 전에 배부터 채우자고. 나는 거실로 향했다.

"야, 코마치. 아침밥 있냐?"

아침밥이 아닌가? 그렇게 생각하며 물었지만, 거실에서는 아무런 인기척이 느껴지지 않았다. 어라? 평소 같으면 빈둥대며 TV를 보고 있을 코마치가 어디 갔지? 의아함을 느낀 순간, 어제 코마치가 거실에서 한 말이 기억났다.

『내일은 학교 친구랑 놀러갈 거니까, 밥은 알아서 적당히 챙겨먹어! 어차피 오빠는 새벽까지 밤새워 놀다가 대낮에 일어나서 저녁까지 안 잔 게 어디냐고 할 게 뻔하니까.』

뭐야, 코마치 혹시 에스퍼였나? 아니면 내가 똑같은 행동을 반복하는 봇처럼 되어버린 건가? 어느 쪽이든 싫구만.

잠시 뭐가 더 싫은가 따져보았지만, 그보다 지금은 허기를 어떻게 해결하느냐가 문제다. 으음, 어떡하지? 냉장고를 열어봤지만 간단하게 먹을 만한 게 없었다. 해먹자니 못할 거야 없지만, 혼자일 때 요리를 하려니 썩 내키지 않았다. 만약 코마치가 「이거 먹고 싶어!」라고 하면 만들어주고 싶은 마음이 들 테지만…….

자, 그럼 이제 어쩐다? 혼자 고민하다가, 식탁에 편지가 놓여 있음을 깨닫고 집어 들었다.

『편지! 어차피 오빠는 해먹기는 귀찮고, 만약 코마치가 있었으면 뭔가 만들어주지 못할 것도 없지만…… 하고 생각할 게 뻔하니까, 이걸로 점심 사먹으라고 엄마가 주고 간 돈 두고 갈게! 쓸데없는 데 낭비하지 말고!』

옳거니. 아무래도 내가 봇인 게 아니라 코마치가 에스퍼라는 방향으로 결론이 난 것 같구만. 이쯤 되면 완전히 에스퍼 코마치다. 부모님의 그림 모델#34을 해도 이상하지 않을 지경이라니까?

그렇게 생각하며 나는 편지 옆에 놓여 있던 천 엔짜리 지폐를 챙겼다. 9백 엔 이하로 점심을 해결하는 데 성공하면 정말 서푼을 벌 수 있겠구만.

그리하여 나는 옷을 갈아입고 집을 나섰다. 어디로 갈까 하다가 역 앞에 새로 생긴 라면집에 가보기로 했다. 집 근처 정식집 같은 데서 대충 때워도 될 테지만, 그보다는『이번 휴일에는 새로운 가게를 개척해버렸지』라는 식으로 내 안에서 리얼충 느낌이 나는 날로 만들고 싶었다. 참고로 누군가에게 그런 이야기를 할 계획은 없다.

다만 이유가 그것 하나만은 아니다. 그동안 누누이 말했지만 치바는 라면의 격전지다. 고로 치바에서 라면집을 연다는 것은 곧 맛있는 가게가 넘쳐나는 곳에 뛰어든다는 뜻으로,『수라의 길』로 나아간다는 소리나 같다. 그렇다면 내게는 그 각오를 음미하러 가야 할 의무가 있다. 참고로 이것도 누가

#34 부모님의 그림 모델 후지코 F. 후지오의 만화『에스퍼 마미』의 주인공 마미는 화가인 아버지의 모델을 섬.

시켜서는 아니다.

역까지는 걸어서 10분가량 걸린다. 나는 어슬렁어슬렁 역 앞으로 향했다.

횡단보도 앞에 서서 신호를 기다리는 사이, 다시 휴대폰으로 어제 깐 게임을 해보았다. 으음, 이게 뭐 그리 재미있었던 거지? 그냥 나오는 채소를 식칼로 하염없이 썰어대는 게임이잖아. 새벽이라 기분이 고양됐던 건가? 보라고. 이렇게 떨어지는 무하고 당근은 썰기 쉽지만…… 앗, 잠깐만. 이건 양상추, 그리고 껍질콩? 껍질콩은 너무 작아서 썰기 어려우니까, 정확하게 조준해서…… 에잇!

……실패했다. 게임 오버. 하지만 여기서 물러설 수는 없다. 나는 「재도전」 버튼을 누르려 했다.

그때였다.

"소년, 거기서 뭘 하는 거지?"

고개를 들자, 갓길에 세워둔 차의 창문 너머에서 아는 얼굴이 선글라스를 낀 채 이쪽을 향해 손을 흔드는 모습이 보였다.

그 인물은 다름 아닌 히라츠카 시즈카…… 우리 학교 국어교사이자 생활지도 담당으로, 나를 봉사부에 가입시킨 장본인이기도 했다.

"신호는 한참 전에 파란불로 바뀌었다."

시선을 드니 신호등은 이미 깜빡이고 있었고, 아차 하는 순간에 빨간불로 바뀌었다.

"히라츠카 선생님. 제가 뭘 하고 있었느냐면요. 채소를 썰고 있었는데요."

"네가 그렇게 이야기하니 기묘한 망상처럼 들리는군."

"그러는 선생님이야말로 여기서 뭐하세요?"

"아, 나는 라면을 먹으러 갈까 하던 참이다."

"네?"

내가 깜짝 놀라자, 히라츠카 선생님이 어리둥절한 표정을 지었다.

"왜 그러지? 라면을 안 먹을 것처럼 보이지는 않을 텐데."

"아뇨, 실은 저도 라면 먹으러 가려던 참이라 신기해서요."

"너도? 그런가……. 좋다."

히라츠카 선생님은 그렇게 말하며 선글라스를 벗더니, 엄지를 척 세우고 차 안을 가리켰다.

"일단 타도록."

"네?"

"라면을 먹으러 간다는 목적은 동일하니까. 여기서 만난 것도 일종의 인연이니, 같이 가도록 하지."

"네? 하, 하지만 그건……."

나는 잽싸게 머리를 굴렸지만, 아무래도 귀찮은 일이 더 많을 것 같다고 판단하고 그 제안을 거절하려 했다. 그러고 보니 국어 숙제도 있었지? 귀한 휴일에 선생님한테 시시콜콜 잔소리를 들어야 하다니, 끔찍하다.

"어, 저기, 그게…… 오늘은 그 뭐랄까, 이렇게 학생과 교사가 같이 다니는 것도 좀 그러니까 사양할까 하는데요……."

"사주마."

"타겠습니다."

나는 신물 나게 잔소리를 듣더라도 주머니에 들어 있는 천엔, 즉 30푼을 버는 길을 택했다.

남을 태울 예정이 없었기 때문인지, 차 뒷좌석에는 종이박스 등이 널려 있었다. 도무지 여자 차라는 사실이 믿기지 않는 모양새였다.

"이 차만 봐도 선생님의 남자관계가 깨끗하다는 걸 알 수 있네요."

"히키가야, 발칙한 소리를 하는군. 자꾸 그러면 학교에서의 네 평가를 이것저것 떠벌려대는 수가 있다."

담담한 어조로 저토록 과격한 소리를 하다니. 이건 어디로 보나 지위를 이용한 괴롭힘이잖아?

"그나저나 히키가야, 넌 어느 라면집에 갈 생각이었나?"

"아, 역 앞에 새로 생긴 가게요."

"아하, 거기 말인가. 옳거니, 그래, 그랬군."

뭔가를 납득하듯 히라츠카 선생님은 나직하게 여러 번 되뇌었다.

"왜요?"

"히키가야, 너는 라면의 신에게 사랑받는지도 모르겠다."

"네? 라면의 신이요?"

나는 의아한 표정으로 운전 중인 선생님을 돌아보았다.

"그래. 오늘 나를 만난 건 아마도 그래서겠지."

그렇게 말하고, 히라츠카 선생님은 불쑥 핸들을 꺾어 교차로를 U턴했다. 그리고 내가 가려던 라면집 쪽으로 향했다.

"저기, 선생님. 아까 그건 무슨……."

"도착하면 이야기하지."

나는 어리둥절한 상태로 똑바로 앞만 보고 있었다.

5분쯤 달리자 역 앞에 도착했다. 히라츠카 선생님은 차에서 내리지 않고, 라면집이 보이는 위치에 차를 세웠다.

"끝물이기는 해도 아직 점심 장사 중일 시간이다. 보이나?"

나는 내가 가려던 가게 쪽을 보았다. 간판에는 사장과 그 스승으로 추정되는 인물의 투샷이 큼지막하게 붙어 있었다.

"간판이 굉장한데요."

"그것도 맞는 말이지만, 문제는 그게 아니다. 자, 모르겠나?"

그렇게 말하며 내가 있는 조수석 쪽 창문을 연 히라츠카 선생님이 안전벨트를 풀고 몸을 쭉 내밀어 바깥을 내다보았다. 저기요, 좀 떨어주시면 안 될까요? 눈앞에 가슴이 있어서, 지나친 밀착 상태에 저도 당황스럽거든요?

"자, 봐라."

뭘 보라는 건가 싶어 얼굴이 약간 달아올랐지만, 이내 라면집을 보라는 말임을 깨닫고 그리로 시선을 향했다. 그러자 간판에 얼굴이 박힌 사장 본인이 담배를 피우며 서 있는 모습이 눈에 들어왔다.

"비록 점심 피크타임은 지났다지만, 장소는 역 앞이다. 그런

데도 사장이 저렇게 가게 밖으로 나와 있다는 말은……."

"……손님이 없다는 뜻인가요?"

"그래. 또는……."

히라츠카 선생님이 설명을 이어가려 한 순간, 가게에서 손님이 한 명 나왔다. 그 손님에게도 딱히 인사를 하지 않고, 점주는 그저 묵묵히 담배를 피우며 휴대폰만 만지작거릴 뿐이었다.

"본인이 아니라 다른 사람이 라면을 만드는 거지. 보아하니 후자였던 모양이로군."

"라면을 만들어준 다음에 나왔을 가능성도 있지 않나요?"

"설령 그렇다 할지라도 손님이 식사를 끝마치는 모습을 보고 싶어 하지 않는 라면집 사장이 일류일 리 없으니까. 실제로 방금 나온 손님에게도 인사 한마디 없었잖나?"

히라츠카 선생님의 지적에는 확실히 일리가 있었다. 나도 내가 만든 것, 예를 들어 코마치가 먹고 싶대서 만든 음식은 코마치가 먹는 걸 꼭 보고 싶고, 다 먹는 모습까지 지켜보고 싶을 거라고 생각하니까.

"또 본인과 스승의 사진을 간판에 박은 것도 어딘가 남의 훈도시로 라면 국물을 내는 것 같은 인상을 풍기고 말이다."

스모가 아니라 라면 국물[#35]이라니, 재치 있구만. 그렇게 생각했을 때. 히라츠카 선생님이 도로 운전석에 앉더니 휴우 한

#35 스모가 아니라 라면 국물 남의 것을 이용해 자기 잇속을 차린다는 뜻으로 쓰이는 「남의 훈도시(일본 전통 속옷)로 스모를 하다(他人のふんどしで相撲を取る)」라는 속담에서 스모를 라면 국물로 바꾼 것.

숨을 쉬었다. 그 얼굴은 어딘가 착잡해 보였다.

"나는 음식점에 점수를 매기는 앱은 그다지 믿고 싶지 않지만 말이다. 그 앱에서도 이 가게 점수는 하나같이 낮다. 흔한 맛인데 그렇게 느껴지지 않는 사장의 거만한 태도가 마음에 안 든다는 평가를 받고 있지."

"그렇군요."

히라츠카 선생님이 이렇게까지 라면에 진심인 줄은 몰랐다.

아니, 예전에 같이 라면을 먹으러 갔을 때도 느끼기는 했지만, 새삼 재확인한 기분이었다.

"즉 나는 히키가야 너를 저 라면집에 데려가고 싶지 않다는 뜻이다. 어떻게 생각하나?"

"글쎄요. 그렇게 말씀하셔도……. 뭐 확실히 설명을 듣고 나니까 갈 마음이 사라지기는 했는데요."

"역시 그렇지?"

히라츠카 선생님은 뿌듯한 기색으로 힘주어 고개를 끄덕였지만, 그 모습을 보자 나는 어쩐지 살짝 장난을 치고 싶어졌다.

"근데 왠지 약간 환멸이 느껴지기도 하네요."

"환멸?"

눈썹을 꿈틀하며 히라츠카 선생님이 나를 노려보았다.

"히라츠카 선생님의 마음과 프레젠테이션은 잘 전달되었습니다. 그렇지만 국어교사이시면서 데이터와 백문(百聞), 즉 소문만으로 가게를 평가하시는 게 왠지 히라츠카 선생님답지 않다는 생각이 들어서요."

내 대답에 히라츠카 선생님은 매서운 눈길을 거두고, 앞유리 너머로 시선을 향했다.

"본인이 직접 체험하고 느낀 바를 말로 표현하는 게 국어교사라고 하고 싶은 건가?"

"최소한 그런 측면은 있지 않나 싶은데요."

"하여튼 너는 정말 못 말리겠군……. 백문이 불여일식(一食)이라는 건가? 그럼 너는 이걸 일견(一見)하도록."

히라츠카 선생님은 어깨에 멘 가방에서 지갑을 꺼내더니, 그 속에서 카드 한 장을 빼들었다.

그 카드에는 눈앞의 라면집 이름이 적혀 있었고, 스탬프가 두 개 찍혀 있었다.

"엇, 이건……?"

"적립 쿠폰을 갖고 있다는 게 무슨 뜻인지는 알 테지?"

"선생님, 저 가게 가보셨어요?"

"네게는 데이터를 제시하는 편이 더 잘 먹힐 것 같아서 이런 식으로 설명했지만, 더 확실하게 말해도 된다면 기꺼이 말해주마."

히라츠카 선생님이 얼굴을 쓱 들이댔다.

"저기는 맛없다."

"……알겠습니다."

"좋아, 그럼 출발한다."

차는 잠시 후진하나 싶더니, 다시 핸들을 꺾어 그대로 달려나갔다.

차는 그길로 히라츠카 선생님이 먹고 싶다는 라면집으로 향했다.

"선생님은 정말 라면을 좋아하시나 보네요."

"전에도 비슷한 대화를 했었지."

그랬다. 내 기억이 정확하다면, 그날은……

"선생님 사촌동생 분의 결혼식 날이었죠."

"그래, 맞다. 그랬지. 네 말대로 결혼식 날이었고, 부모님의 압박에 못 이겨 피난처를 찾다가 널 만나는 바람에 그렇게 된 거였지. 그런가……. 그 후로 꽤 오랜 시간이 흘렀군."

히라츠카 선생님의 눈빛이 갑자기 아련해졌다. 그 눈빛은 뭐냐고. 어떤 감정이냐고.

"사촌동생 부부에게는 그 직후에 아이가 생겼고, 얼마 전에 둘째도 가져서 말이다."

"그래요? 축하드려요."

내 말에 히라츠카 선생님의 눈빛이 더욱 아련해졌다.

"지난번에 친척 제사에 갔더니, 일가친척들이 사촌동생네 아이가 귀엽다는 둥, 시즈카 너는 결혼 안 하느냐는 둥 해대서 말이다……."

으아……. 그런 경험은 해본 적 없지만, 십중팔구 바늘방석에 앉은 기분이겠지. 나도 언젠가 학교를 졸업하고 니트가 되거든 친척 모임에는 절대 가지 말아야겠다. 하긴 지금도 거의 안 가지만.

"연락처를 교환했는지, 그날 이후로 부모님이 라인으로 그 사촌동생네 아기 사진을 폭풍처럼 보내오시더군. 메시지도 없이……."

"메시지도 없이요?"

그 자체가 가장 큰 메시지잖아……. 그렇게 생각했으나, 입 밖으로 내지는 않았다.

"내가 할 수 있는 최대의 저항은 그 사진을 읽씹하는 것뿐이다."

히라츠카 선생님, 그렇게 먼 곳을 보는 눈을 하면 위험할 게 분명하니까 잠시 삼가주시면 안 되겠습니까? 눈앞에 있는 차를 못 볼 가능성이 있을 만큼 먼 곳을 보고 계시거든요?

나는 화제를 돌리려 애썼다.

"맞다! 그때 한 약속이 이런 형태로 이루어지게 된 셈이네요."

"약속? ……아하, 내가 추천하는 가게에 라면을 먹으러 가자고 했던 것 말이군. 잊지 않았다. 하지만 오늘 일은 그 약속하고는 별개다. 이를테면 스핀오프 같은 거지."

"그래요?"

"당연하잖나. 네가 졸업하고 나서 갈 예정인 라면집 탐방 계획은 이미 상당부분 짜놓은 상태니까. 오늘 같은 변칙적인 형태로는 계획이 물 건너가고 만다."

계획이라고? 언제 그렇게 거창한 프로젝트로 발전했단 말인가? 하기는 히라츠카 선생님에게 가볍게 라면에 관한 질문을 던지면 열배, 아니 백배로 돌아올 만큼 라면 너무 좋아 히라츠카 씨기는 했다만.

"탐방할 가게도 이미 40군데까지 추려났고 말이다."

"추린 게 그거예요? 더 추리셔야죠!"

"모르는 소리 마라. 2018년 기준으로 치바의 라면집 수는 1298개에 이른다. 그중에서 40군데까지 추려낸 게 어디냐?"

"아니, 아무리 그래도……."

"걱정 마라. 아무튼 졸업 후를 기대하도록."

흐뭇하게 웃는 히라츠카 선생님의 모습에 공포마저 느꼈다. 선생님이 매력적인 외모에 비해 인기가 없는 건 바로 이런 면 때문이 아닐까?

"다만 오늘은 아까도 이야기했다시피 우연히 만난 외전 같은 거다. 나도 가보고 싶었던 라면집에 가는 것뿐이니, 그렇게 긴장할 필요는 없어."

"그렇지요? 그럼 다행이고요."

나는 가슴을 쓸어내리며 바깥 풍경을 보았다.

"자, 다 왔다."

주차장에 차를 세우고 걸음을 옮기는 히라츠카 선생님을 따라가자, 이윽고 라면집이 모습을 드러냈다.

"엇……? 선생님, 저기는……?"

"그렇다. 바로 그 유명한 가게지."

가게의 첫인상은 온통 빨간색이라는 것이었다. 벽과 간판 모두 빨간색으로 뒤덮인 상태였다. 간판에는 금색도 섞여서,

그 화려함에 기가 죽을 지경이었다.

간판에는 이렇게 적혀 있었다.

『일본에서 가장 맛있게 매운 라면 〈몽고탄면 나카모토〉 후나바시(船橋) 지점』

"나카모토잖아요!"

"역시. 히키가야 너라면 알 줄 알았다."

"그야 당연히 알죠. TV에도 자주 나오는 매운 라면집이잖아요?"

그러고 보니 최근 치바에 진출했다는 이야기를 들은 기억이 나는데, 설마 후나바시에 지점을 냈을 줄이야.

"나도 아직 와본 적이 없었거든. 그래서 오늘 먹어보려던 참이었다."

"그러셨군요. 근데 선생님, 매운 건 잘 드세요?"

내 물음에 히라츠카 선생님은 후훗 웃었다.

"뭐 지독하게 맵지는 않겠지. 괜찮다."

"그렇겠죠?"

대답은 그렇게 했지만, TV에 나오려면 어지간히 강렬한 매운맛이 아니고서는 어림도 없지 않을까? 나는 조금 불안해졌다.

"아무튼 일단 줄을 서도록 하지."

나는 선생님을 따라갔다. 장사진이라고 할 정도는 아니지만 소박하게 줄을 선 상태여서, 그 끝으로 이동했다.

"그나저나 굉장하군, 이 줄."

"네? 이게요? 이 정도 줄은 별로 대단할 것도 없잖아요?"

"모르는 소리 마라, 히키가야. 지금이 몇 시지?"

그 말에 시계를 보니 오후 두시 반이 넘은 시간이었다.

"라면집 기준으로 오후 두 시부터 다섯 시까지는 손님이 들지 않는 일명 『브레이크 타임』에 해당한다. 그 시간대에는 장사를 하지 않는 가게도 많아."

확실히 그때쯤에는 잠시 문을 닫는 라면집이 많다는 이미지가 있기는 하다.

"그렇게 가장 한가할 시간대에도 줄을 서야만 먹을 수 있는 집이다. 그 말은 곧 맛이 보장된다는 뜻이지."

"아하, 하긴 그렇군요. 그 설명은 납득이 가지만……. 그보다 히라츠카 선생님, 이건 어떻게 생각하시나요?"

나는 벽에 붙여놓은, 점주로 보이는 엄격한 인상의 중년 남자가 빨간 도복 차림으로 검지를 척 치켜세우고 있는 사진을 가리켰다.

"아까 역 앞 가게에서 간판에 자기 사진을 넣는 건 좀 그렇다고 하지 않으셨던가요?"

"아, 그거 말이군. 하지만 이 사람은 시라네 사장이라고, 아마 이곳 몽고탄면 나카모토의 2대 경영자일 거다. 그러니 문제없지."

……저기요, 그 논리는 전혀 이해가 안 가거든요? 그렇게 얼렁뚱땅 넘어가도 되는 겁니까? 이 가게를 다소 편애하는 거 아니냐고요?

그렇게 생각하는 사이, 줄이 예상보다 빠른 속도로 줄어들어 우리는 금방 가게로 입장할 수 있었다.

"""어서 오세요~!"""

점원들도 기합이 팍팍 들어간 목소리로 반겨주었다. 나 같은 아싸가 혼자 왔더라면 십중팔구 입구에서 발길을 돌리지 않았을까 싶을 만큼 힘찬 인사였다

실내는 전체적으로 화이트 톤이었고, 카운터는 ㄷ자 모양이었다. 벽면이 유리로 되어 있어서 해가 충분히 들어와 무척 환하게 느껴졌다. 내가 두리번두리번 주위를 살피는 사이, 히라츠카 선생님이 식권 자동판매기 앞에 섰다.

"뭐 드실 거예요?"

"글쎄, 솔직히 고민 중인데…… 아무래도 이 북극이란 게 명물인 모양이라서 말이다."

그 말에 판매기 버튼을 보니 매운 정도가 적혀 있었다. 북극 라면은 매운맛 9였다.

"선생님, 9라는데 괜찮으시겠어요?"

"걱정 마라. 최고치는 10이니까. 그 점을 고려하면 견딜 만하겠지."

"그런가요?"

"라면집에 가면 라면집의 마음을 헤아리고, 그 흐름에 몸을 맡기는 게 진정한 라면꾼일지니. ……라면 미식가로 유명한 『면먹자』 씨가 한 말이다."

"그런 사람도 그런 명언도 들어본 적 없거든요?! 그 『면먹자』 씨라는 웃기지도 않는 이름을 가진 사람은 대체 누구냐고요!"

"아무튼 나는 북극으로 하겠다. 히키가야, 너는 뭘 먹겠나?"

"저는 면먹자 씨의 말에 감명을 받지 못했으니까…… 매운맛 5인 몽고탄면으로 하죠."

내 대답을 들은 히라츠카 선생님의 어깨가 축 늘어졌다.

"하여튼 너는 또 소심한 결정을……. 그러니까 넌 계속 선택을 못하는 거다."

"선택을 못한다니요?"

"……아무것도 아니다. 혼잣말이야."

선생님은 판매기 버튼을 눌러 식권을 내게 건네주었다. 나는 어떡해야 좋을지 몰라 수상쩍게 쩔쩔매다가, 점원과 눈이 마주쳤다.

"이쪽에 앉으세요."

점원의 친절한 안내로 나는 카운터 좌석에 히라츠카 선생님과 나란히 자리를 잡았다. 그리고 이쪽으로 다가온 점원에게 식권을 넘겨주었다.

"저, 여기 북극『면 반』이요."

"알겠습니다."

"그리고 라인『달슬』도 주세요."

"네!"

웃는 얼굴로 싹싹하게 주문을 받은 점원이 주방으로 돌아갔다.

"자, 그럼 이제 기다리는 일만 남았군."

"선생님, 단골 느낌이 물씬 풍기는데요?!"

나는 너무나도 매끄럽게 이곳에서만 쓰는 용어를 늘어놓은 히라츠카 선생님에게 경악했다.

"정말 여기 처음 와보신 거 맞아요?"

"당연히 처음이지."

"근데 그렇게 익숙하게 주문하는 게 가능하다고요?"

"처음 가게를 방문할 때는 예습이 중요한 법이다."

히라츠카 선생님이 에헴, 가슴을 펴고 설명했다.

"예습이요?"

"그래. 나카모토를 방문하기에 앞서 사이트에서 이것저것 알아보니 『면 반』이란 면을 절반만 주는 거고, 라인 『달슬』이란 라인으로 나카모토 공식 계정을 친추한 걸 보여주면 삶은 달걀 슬라이스 토핑을 서비스로 주는 거라더군."

아하, 그런가. 가게를 예습한다는 개념은 머릿속에 없었다. 하지만 설명을 듣고 보니 예습을 해왔다면 선생님이 그런 정보를 술술 읊어댄 것도 그리 이상하지는 않을지도 모른다는 생각이 들었다.

나는 매장을 이리저리 둘러보았다. 사장이 TV에 출연했을 때의 사진이 붙어 있었고, 연예인 사인도 가득했다. 그만큼 주목받고 있고, 미디어 홍보에 적극적인 라면집이라는 뜻일 테지.

기대치가 높아지는 한편, 단순히 이용하기 편리하다는 이유로 TV에 출연한 거면 좀 싫을 것 같다는 마음도 공존했다. 애초에 역 앞 가게 사장처럼 조리를 남에게 맡긴 시점에서 아무래도 다를 수밖에 없지 않을까 하는 생각을 지울 수 없었다.

"……봉사부는 잘 돌아가고 있나?"

난데없는 질문에 나는 다시 선생님 쪽을 돌아보았다. 선생님은 테이블에 비치해둔 물병에서 물을 따라주는 중이었다.

"글쎄요. 잘 안 돌아가는 것 같은데요."

"왜지?"

"잘 돌아간다면 좀 더 마음이 불편할 테니까요."

내 대답에 히라츠카 선생님은 후훗, 어른스러운 미소를 지었다.

"잘 안 풀리는 게 청춘이란다."

흐뭇한 얼굴이 된 선생님이 왼손으로 내 머리를 쓰다듬었다. 기분이 좋아 보이는 이유를 모르겠다. 마음에 드신다면 다행이지만, 잘 안 풀리는 게 청춘이라면 저는 최대한 빨리 그 청춘 스테이지를 벗어나 니트 스테이지에서 잘 해나가고 싶습니다. 빼먹을 수 있는 데까지 등골을 빼먹겠습니다.

"실례합니다, 몽고탄면 먼저 드릴게요."

대화를 나누는 사이, 점원이 라면 사발을 들고 눈앞에 섰다. 어라, 내 예상보다 훨씬 빨리 나왔잖아?

그렇게 생각하며 눈앞에 놓인 몽고탄면을 본 나는 그만 아연실색하고 말았다.

"저기요. 이거 잘못 나온 거 아닌가요? 제가 시킨 건 몽고탄면이고, 북극은 이쪽 여자 분이 시키신 건데요."

"아, 제대로 나온 거예요. 그게 몽고탄면입니다."

점원은 웃는 얼굴로 대답했지만 나는 마른침을 삼켰다. 내가 착각할 만큼 몽고탄면은 빨갛고 매워보였기 때문이다.

보이는 곳에는 불그죽죽한 마파두부가 산처럼 쌓여 있었고, 그 틈새로 양배추 같은 채소가 가까스로 눈에 들어왔다.

"꽤 매워 보이지만…… 그보다 엄청나게 맛있겠는데?"

나는 먹음직스러운 냄새가 색감의 임팩트를 능가하는 순간을 감지했다. 그릇에서 피어오르는 향이 된장의 풍미와 채소의 단맛을 느끼게 해주어, 빨리 젓가락을 들고 싶어졌다.

"실례합니다. 북극 면 반과 라인 달슬입니다."

그렇게 생각한 순간, 히라츠카 선생님이 시킨 라면이 카운터에 놓였다. 그 모습을 보고 나는 아까 내가 한 말을 후회했다.

나는 대체 무슨 소리를 한 건가. 그렇다. 이것이야말로 북극이다.

선생님의 눈앞에 놓인 음식은 새빨간 국물 위에 숙주가 올라간 라면이었다. 하얀 숙주와 빨간 국물의 대비가 무척 아름답게 느껴졌고, 붉은 국물을 더 빨갛게 보이게 했다.

"호오, 빨갛군. 맛있겠는걸?"

준비된 라면을 보고 히라츠카 선생님이 묘하게 들뜬 기색으로 중얼거렸다.

"선생님, 드실 수 있겠어요? 새빨간 게 꽤 매울 것 같은데요."

나는 쭈뼛쭈뼛 물어보았다.

"일단 먹어보는 수밖에 없겠지."

그렇게 대답하기가 무섭게 자리를 뜬 히라츠카 선생님이 식권 판매기 옆에서 종이 앞치마를 두 개 가져왔다.

"감사합니다."

"자, 먹어볼까?"

우리는 동시에 눈앞의 라면을 향해 두 손을 모았다.

나는 우선 숟가락으로 국물을 떴다. 마파두부가 섞인 국물을 입에 넣은 순간, 하나의 감정이 머릿속을 물들였다.

"맛있잖아!"

맵다는 이미지밖에 없었기에 싹텄던 불안이 단숨에 날아갔다. 그만큼 입 안을 맴도는 국물에서는 진한 풍미가 느껴졌고, 같이 먹은 마파두부도 칼칼하기는 했지만 그 속에 감춰지지 않고 존재하는 감칠맛이 이 사발을 지배했다.

뒤이어 채소를 입에 넣었다. 펄펄 끓여 부드러워진 채소 또한 국물과 찰떡궁합을 자랑했다. 새벽까지 채소 자르기 게임을 한 덕분에 생겨난 채소에 대한 애정이 그 맛을 배가시켰을지도 모른다고 생각했으나, 이내 상관없음을 깨달았다.

그리고 마지막으로 면.

이 요리는 칼칼한 마파두부를 올린 채소 수프가 아니다. 그 속에 존재하는 주인공, 면이 다른 재료 속에서 얼마나 빛을 발하느냐가 중요하다. 『면 빼고는 맛있었다』는 슬픈 결말만은 사양이다.

나는 신중하게 젓가락으로 면을 집어 입에 넣었다. 그리고 천천히 씹었다.

맙소사…….

너무 맛있다!

약간 굵은 면은 식감이 훌륭했고, 씹어 으깬 순간 퍼져나가는 밀의 풍미가 입 안을 지배했다. 국물과 어울리고, 채소와도 궁합이 맞으면서, 마파두부에도 결코 밀리지 않는 개성이 느껴졌다. 이토록 빈틈없는 면일 줄은 몰랐다.

"선생님, 굉장하네요. 이거 끝내주게 맛있는데요?"

"그렇지. 나카모토 님은 매운맛만 강조되기 쉽지만, 라면으로서도 흠 잡을 데 없이 맛있다는 게 지금 같은 인기를 누리는 비결이니까."

그렇게 말하고 히라츠카 선생님은 호쾌하게 면을 흡입했다. 나는 그 모습을 흘끗 곁눈질했다.

빨갛게 물든 면을 거침없이 후루룩 빨아들인다. 땀으로 이마를 촉촉하게 적신 채 머리카락을 귀 뒤로 넘기고 라면을 먹는 그 옆모습이 어딘가 야릇하게 느껴져, 매운 것과는 상관없이 내 얼굴도 화끈 달아올랐다.

"왜 그러지?"

내 시선을 감지했는지, 히라츠카 선생님이 냅킨으로 입가를 닦으며 나를 보았다.

"엇, 아뇨. 그냥요."

허둥지둥 대꾸하고, 나는 얼버무리듯 눈앞의 몽고탄면을 입에 넣었다.

그렇게 반쯤 먹었을 때, 서서히 매운맛이 쌓이는 느낌이 나기 시작했다. 마파가 국물 속으로 녹아들면서 자연스럽게 풍

미가 변한 것이다. 맛있는 라면이 맛있게 매운 라면이라는 장르로 거듭난 셈이랄까.

나는 땀을 뻘뻘 흘리면서도 그 맛에 취해 정신없이 면을 흡입했다.

"잘 먹었습니다."

정신을 차리니 히라츠카 선생님은 이미 북극을 끝장낸 후였다. 나도 90퍼센트쯤 먹은 상태였으므로 부랴부랴 나머지를 해치우고 잘 먹었습니다, 하고 두 손을 모았다.

"맛있었다."

"몽고탄면도 꽤나 맵던데 굉장하네요……. 저 그거 국물 좀 먹어봐도 돼요?"

"그래."

나는 북극 국물을 한 숟갈 떠서 입에 넣었다. 몽고탄면을 먹은 후니까 매운맛에도 적응돼서 괜찮겠지. 봐, 생각보다 먹을 만하잖아……?

그렇게 생각하기가 무섭게 입 안으로 얼얼함이 확 퍼져나갔다.

"흐, 흐어! 매워!"

"엄살이 심하군, 히키가야. 그 정도는 아니잖나."

"무, 무슨 말씀이세요?! 맵거든요?!"

나는 서둘러 물을 벌컥벌컥 들이켰다. 그러나 컵을 비우고 나자, 아까보다도 극심한 통증이 후발대로 덮쳐왔다.

"!*#$%&, &$%!!!"

"아참, 이야기한다는 걸 깜빡했는데, 매운 걸 먹을 때 물을 마시면 더 맵게 느껴지는 법이니 주의하도록."

"그 말을 이제 하시면 어떡해요?!"

나는 순식간에 얼굴이 땀투성이가 되어 먼저 가게를 나섰다.

우리는 차로 돌아왔다. 달리는 동안에도 도무지 얼얼함이 잦아들지 않아, 나는 혀를 내밀고 손으로 파닥파닥 부채질을 해서 바람을 부쳤다.

"히키가야, 넌 매운 걸 잘 못 먹나 보군."

"아뇨. 딱히 못 먹는다고 생각한 적은 없었는데요. 그건 차원이 다르네요."

"그래도 맛있지 않았나?"

자랑스러운 기색으로 묻는 히라츠카 선생님에게 나는 천천히 고개를 끄덕여 보였다.

"네, 정말 맛있더라고요. 나중에 먹은 북극 국물도 매운맛만 인상에 남기 쉽지만, 그 속에서 깊은 풍미가 느껴지는 게 아주 끝내주던데요?"

"맞다. 바로 그거지."

히라츠카 선생님이 힘주어 동의했다.

"그리고 맛도 맛이지만, 또 놀라운 게 양이었어요. 진짜 어마어마하던걸요? 배가 **빵빵**해졌다니까요."

"그렇지. 나카모토 님은 양이 많아서, 경우에 따라서는 하루에 한 끼만 먹어도 될 만큼 가성비가 뛰어나다."

"……선생님, 정말 나카모토 처음 가보신 거 맞아요?"

"그래, 처음이다. 왜 그러지?"

"아뇨, 그런 것치고는 너무 잘 아시는 것 같아서요."

하하하하. 히라츠카 선생님의 커다란 웃음소리가 차 안에 울려 퍼졌다.

"말했을 텐데. 가기 전에 인터넷으로 알아본 것뿐이라고. 넌 의심이 너무 많군."

"그런가요?"

"그보다 한 군데 더 가고 싶은 곳이 있는데, 들렀다 가도 괜찮겠나?"

"아, 네. 뭐…… 가기 싫다고 거절해봤자 어차피 가게 될 것 같은 기분이 드니까 동행할게요."

퉁명스럽게 대꾸하는 내 얼굴을 흘끗 본 선생님의 입꼬리가 살짝 올라갔다.

"그럼 그리로 가마."

"네."

차는 깜빡이를 켜고 좌회전해서 잠시 달리다가, 고속도로로 들어섰다.

"잠깐만요, 대체 어디까지 가시려고요?"

"멀리 가려는 건 아니다. 빠른 길을 택했을 뿐."

"그래요?"

내 목소리에서 못내 불안해하는 기색이 느껴졌는지, 히라츠카 선생님이 다시 하하하 웃음을 터뜨렸다.

"딱히 잡아먹으려는 건 아니니 걱정할 것 없다."

"그야 그렇겠지만요."

고속도로는 한산해서 점점 속도가 올라갔다.

"그러고 보니 전에 부탁했던 만담 공연은 잘 끝마쳤나?"

"아, 그거요? 그때는 정말 죽는 줄 알았다고요."

얼마 전에 봉사부에 『시에서 여는 지역 어린이 대상의 친목회에서 개그 라이브를 해 달라』는 의뢰가 들어왔다. 그 덕분에 유키노시타와 내가 콤비를 짜서 만담을 해야 하는 처지가 되고 말았다.

"반응은 좋았나?"

"네, 엄청났어요. 너무 웃어서 무서울 정도였다니까요? 그야말로 유례없는 수준이었죠."

"그렇게 단언하니 오히려 거짓말처럼 들리지만, 웃겼다면 된 거겠지."

실제로 웃기는 데 성공하기는 했다. 그러니 거짓말은 아니다. 어쩌면 히라츠카 선생님은 그 웃음을 얻어낸 방식을 받아들이지 못할지도 모르지만 말이다.

"그런 무리한 의뢰는 이제 사양이에요."

"너희 봉사부에게 무리한 의뢰가 들어오는 건 당연하잖나."

맞은편에서 비치는 햇살이 거슬렸는지, 선생님이 선글라스를 고쳐 썼다.

"무리하는 것이야말로 청춘이다. 그럴 수 있는 게 바로 젊음이지."

"어른들은 꼭 청춘에 이상한 기대를 하더라고요. 그딴 건 청춘에 존재하지 않거든요? 청춘은 봄처럼 물들지 않은, 풋

내 나는 과일일 뿐이라고요."

내 지론을 들은 히라츠카 선생님이 냉랭한 시선을 보내왔다.

"네 비유는 정말 아니꼽다고나 할까, 아니꼽다고나 할까, 아니꼽다고나 할까……."

"그건 그냥 아니꼬운 거잖아요."

"뭐, 됐다. 좋아, 거의 다 왔군."

고속도로를 빠져나와 잠시 달리다가 주차장에 차를 세웠다.

"자, 이쪽이다. 히키가야."

나는 히라츠카 선생님이 이끄는 대로 함께 5분쯤 걸었다. 이윽고 목적지에 도착했는지, 선생님이 이쪽을 돌아보았다.

"다 왔다."

"……잠깐만요, 선생님. 아까 한 군데 더 들를 곳이 있다고 하셨던 게, 설마……."

"그래, 여기다."

눈앞에 있는 가게는 데자뷔처럼 아까 본 풍경과 똑같았다.

나는 그 간판에 적힌 글자를 응시했다.

『일본에서 가장 맛있게 매운 라면 〈몽고탄면 나카모토〉 킨시쵸(錦糸町) 지점』

"또 나카모토잖아요!"

나는 대놓고 일침을 가했다. 하지만 선생님은 그딴 지적은 내 알 바 아니라는 듯 태연하기 그지없었다.

"아까 먹었잖아요, 나카모토!"

"그래. 먹었지. 후나바시의 나카모토 님을."

"네? 뭐라고요?"

"그렇지만 킨시쵸의 나카모토 님은 안 먹었으니까."

무슨 말인지 통 이해가 안 가는 건 지금 내가 흥분한 상태이기 때문인가?

"그게 아니라요, 선생님. 체인점이니까 어디서 먹든 마찬가지잖아요."

"뭐? 방금 뭐라고 했나? 히키가야."

"아니 저기, 나카모토는 체인점이잖아요. 그러니까……."

"나카모토 님이 체인점이라고?"

줄곧 태연한 표정을 고수해왔던 히라츠카 선생님의 얼굴에 분노가 서렸다.

"왜 그러세요? 선생님."

"잘 들어라. 나카모토 님은 점원이 직접 냄비를 잡고 채소를 볶는다. 그래서 어느 지점이든 같은 음식을 제공하지만, 그 풍미는 조금씩 달라지지. 그런 맛의 변화를 즐기는 게 나카모토 님의 매력이니 체인점이라는 말은 절대 하지 말도록."

"네? 하지만 그건……."

"사과해라."

"저기, 선생님……."

"사과해라."

"어……."

"사과해라."

"……잘못했습니다."

그러자 히라츠카 선생님은 생긋 웃으며 가게 입구로 향했다.

"좋아, 그럼 들어가지. 게다가 히키가야 너는 아마 모르겠지만, 특정 지점에서만 파는 『한정』이라는 메뉴가 있어서, 그걸 즐길 수 있다는 것도 지점 순례의 장점이다."

"한정이요?"

식권 판매기를 보니 정말 아까 갔던 후나바시 지점하고는 버튼 배치가 달랐다. 가게 안을 빙 둘러보자, 후나바시 지점에서는 보지 못했던 메뉴가 눈에 띄었다.

"저게 그 한정 메뉴인가요? 이 북극의 화산이라는 거요."

"정답이다."

대답과 함께 히라츠카 선생님은 식권 판매기에서 북극의 화산 버튼을 눌렀다.

"이걸 드시려고 온 거예요?"

"그렇다. 너도 먹겠나?"

"아뇨. 전 배부르니까 됐는데요. 그리고 매운 걸 먹는 건 이제 한계가 아닐까 싶거든요."

내 대답에 히라츠카 선생님이 한심하기 짝이 없다는 듯 경멸 어린 표정으로 나를 보았다.

"남자잖나. 조금은 더 먹을 수 있을 텐데."

"선생님은 아까 면을 반만 드셨으니까 그렇죠! 저는 다 먹었으니까 어쩔 수 없다고요."

우리는 목소리를 낮추고 가게 안에서 아웅다웅 말다툼을 벌였다.

"아까 차에서 말하지 않았나? 청춘은 무리하는 거라고."

"그래봤자 못 먹는 건 못 먹는다니까요!"

"이래서 초심자는……. 알았다. 그럼 이걸로 하지."

선생님은 판매기 버튼을 누르고 내게 식권을 건네주었다.

"간장 냉(冷)탄면의 면을 두부로 변경했다. 이 정도는 먹을 수 있겠지. 남자니까."

"그건 얼마나 매운데요?"

"순한 맛으로 분류되는 라면이라 전혀 맵지 않다. 맵기 0이지."

나는 그 숫자에 놀랐다.

"그런 것도 팔아요?"

"후나바시에도 있었다. 판매기를 보지 않았나?"

그러고 보니 있었던 것 같기도 하고, 없었던 것 같기도 하고…….

"가자."

가물거리는 기억을 더듬는 사이, 히라츠카 선생님이 카운터 석에 자리를 잡았다. 나도 얼른 따라가서 선생님 옆에 앉았고, 뒤이어 다가온 점원에게 식권을 넘겨주었다.

"참고로 북극의 화산은 맵기가 어느 정도예요?"

"12다."

"12요?! 10이 최고 아니었어요?!"

"그걸 넘어서는 일종의 버그도 존재하는 거겠지."

아니, 버그는 존재하면 안 되잖아. 속으로 태클을 걸며, 나는 처음에 품었던 의혹이 확신으로 변하는 것을 느꼈다.

"선생님…… 여쭤보고 싶은 게 있는데요."

"뭐지?"

"선생님…… 사실 나카모토 자주 오시죠?"

종이 앞치마를 걸치던 선생님의 손이 멈칫했다.

"아니, 이번이 두 번째인데."

"그럴 리 없어요. 제가 나카모토를 체인점이라고 했을 때 분개해서 말씀하신 정보는 어지간히 좋아하지 않고서는 알 수 없는 내용이었다고요."

"그냥 인터넷에서 봤을 뿐이다."

오리발을 내밀며 어디서 꺼냈는지 모를 머리끈으로 머리를 묶는 히라츠카 선생님의 목덜미에 한순간 시선을 빼앗겼지만, 지금은 그런 데나 쳐다볼 때가 아니다.

"후나바시에서도 좀 이상하다고 생각했어요. 종이 앞치마를 가지러 갈 때 선생님의 움직임이 지나치게 매끄러웠거든요. 위치를 아는 사람이 아니면 이상한 스피드였고요."

"우연히 눈에 띄었을 뿐이다."

우연이라고 주장한다면 우연일지도 모른다. 다만 지금부터 하는 말은 우연이 아니다. 적어도 어떤 감정이 없으면 그럴 수 없다.

"그럼 이건 우연일 리 없다고 생각하는데요. 중간부터 나카모토를 나카모토 님이라고 부르시더라고요. 엄청난 존경심의 표현 아닌가요? 이건 어떻게 설명하실래요?"

"그건 처음 보는 사람에게 존댓말을 쓰는 것과 같은 원리다."

끝까지 시치미를 뗄 작정이냐, 이 양반. 이렇게까지 고집스레 학생에게 거짓말을 하는 것도 윤리적으로 문제가 있는 거 아냐?

"좋아요. 그렇다고 치죠. 그러면 마지막으로 아까 제가 라면 두 그릇은 못 먹는다고 했을 때 선생님이 하신 말씀은 뭐죠? 『이래서 초심자는……』이라고 하셨잖아요? 그 말은 곧 선생님은 나카모토 초심자가 아니라는 소리 아닌가요?!"

증거를 속속 들이밀어도 히라츠카 선생님은 눈썹 하나 까닥하지 않았다. 그리고 숄더백에서 뭔가를 꺼내는가 싶더니, 점원을 불러 세웠다.

"죄송하지만 쿠폰 좀 찍어주시겠어요?"

"역시 와보신 적 있는 거 맞잖아요!"

내 항의를 싹 무시하고 선생님은 쿠폰에 도장을 받았다.

"아까 본인 입으로 하셨잖아요! 제가 가려던 역 앞 가게를 정탐하러 갔을 때 『쿠폰이 있다는 건 가본 적이 있다는 뜻이다』라는 취지의 발언을요!"

눈을 가늘게 뜨고 나를 바라보는 선생님의 속내는 알 수 없었다.

"히라츠카 선생님, 이제 그만 인정하시라니까요!"

타박을 주자, 우리 둘 사이로 침묵이 흘렀다.

"……나잇살깨나 먹은 여자가 혼자 매운 라면에서 자극을 찾는 걸 비웃을 건가?"

"……네?"

"히키가야, 너도 내 일가친척들처럼 『혼자서 매운 라면이나 먹고 다닐 시간이 있으면 차라리 만남의 장에나 가지』라고 할 건가? 『시뻘건 게 국물인지 피눈물인지 모르겠다니까』라고 할 건가?"

그 얼굴은 분노와 슬픔으로 가득했다.

그 반응에 나는 비로소 깨달았다. 그렇구나. 매운 라면에 빠져 산다고 친척들에게 놀림감이 되고, 미혼이라고 나무란 건가. 그게…… 이런 행동을 할 만큼 상처가 된 건가.

어쨌거나 나는 지뢰를 밟은 셈이었다. 어떻게든 이 상황을 수습해야 한다.

"글쎄요. 잘은 모르겠지만…… 저는 좋아하는 걸 좋아한다고 말할 줄 아는, 정직하고 올곧은 히라츠카 선생님은 괜찮은 어른이라고 생각하는데요."

"……꼬맹이 주제에 위로해주는 건가?"

"아뇨. 위로가 아니라…… 진심인데요."

방금 전과는 딴판으로 놀란 표정을 짓는가 싶더니, 히라츠카 선생님은 불현듯 후훗, 미소를 머금었다.

"어지간해서는 진심을 털어놓지 않을 것 같은 너에게 그런 말을 들으니 가슴에 와 닿는구나. 고맙다."

"아뇨, 고마워하실 것까지야……."

『수상쩍다』, 『진심을 감출 것 같다』는 평가를 받아왔던 내 얼굴과 인상이 처음으로 긍정적인 방향으로 작용한 눈치였다.

그렇게 생각했을 때, 점원이 활기찬 분위기로 라면을 내왔다.

"실례합니다. 간장 냉탄면 두부 변경과 북극의 화산 나왔습니다!"

면을 두부로 변경한 내 간장 냉탄면은 맑은 갈색 국물에 갓 볶아낸 아삭아삭한 채소가 들어 있었고, 국물 밑으로는 두부가 보였다. 마치 작은 전골 같았다.

압권인 것은 히라츠카 선생님의 라면이었다.

북극의 화산이란 이름에 걸맞게 숙주를 산더미처럼 쌓아올렸고, 그 옆에는 용암을 모티브로 했는지 마파두부를 끼얹었다. 정상의 상쾌함을 표현하려는 의도였는지 맨 꼭대기에는 무순이 올라가, 그 웅장한 자태를 보니 맵기 12라는 괴물 같은 숫자도 납득이 갔다.

그 모습을 보고 선생님은 오른쪽 어깨를 빙글 돌렸다.

"역시 스트레스 해소에는 매운 게 최고지. 좋아, 그럼 잘 먹겠습니다."

말을 끝내기가 무섭게 선생님이 국물을 후루룩 들이켰으므로, 나도 서둘러 손을 모았다.

눈앞의 간장 냉탄면을 아까처럼 국물에서 채소 순으로 맛을 보았다. 맵지 않은데도 국물에서 진한 감칠맛과 깊이가 느껴져, 무심코 감탄하고 말았다. 그리고 아삭아삭한 채소 역시 차에서 히라츠카 선생님이 이야기한 대로 점원이 직접 요리한 것을 바로 내왔기 때문인지, 아까 먹은 채소하고는 다른 표정을 띠어 같은 가게 메뉴가 아닌 것 같은 느낌이 들었다. 굳이 공통점을 꼽으라면 『별미』라는 점 정도가 아닐까.

양이 양인지라 이번에는 내가 먼저 식사를 마쳤다. 흘끗 히라츠카 선생님 쪽을 곁눈질하자, 행복한 얼굴로 산을 허물어뜨리고 면과 숙주를 음미하는 중이었다. 그 모습에서는 신기하게도 산을 오르는 듯한 황홀함이 엿보였다.

이윽고 사발이 바닥을 드러냈다.

"감사합니다!"

뒤에서 들려오는 점원의 배웅을 받으며, 우리는 가게를 나섰다.

× × ×

"덕분에 잘 먹었습니다."

"천만에, 나야말로 잘 먹었다. 고맙다."

그 후 선생님은 차로 나를 집 근처까지 바래다주었다.

"왠지 즐거웠어요."

"후후…… 솔직한 히키가야라니, 어쩐지 좀 징그럽군."

"말씀이 좀 심하신 거 아니에요?"

"뭐 사실 속마음을 솔직하게 말해주면 좋지. 같이 가줘서 고맙다."

선생님의 표정이 어딘가 개운해진 것처럼 보이는 까닭은 한바탕 땀을 뺐기 때문일까.

"아~아……."

히라츠카 선생님이 뜬금없이 운전석에서 땅이 꺼지라 한숨을 쉬었다.

"갑자기 왜 그러세요? 해피엔딩을 눈앞에 두고 무거운 탄식이라니, 뭔가 사건의 냄새가 나는데요?"

"아, 그냥 단순한 『만약』을 떠올렸을 뿐이다. 너 같은 동년배가 있었더라면…… 하는 생각이 들었거든."

"저 같은 어른이면…… 틀림없이 글러먹은 인간일 텐데요."

내 응수에 히라츠카 선생님이 푸훗, 웃음을 터뜨렸다.

"그렇겠지. 직장에서는 농땡이 피우고, 회식을 하면 온갖 사람들의 험담을 해대고. 곧 죽어도 성숙한 어른은 못 되겠군."

뭐야, 부정 안 하는 거냐고~. 그냥 욕먹는 꼴이 됐잖아~.

"하지만 그래도 괜찮다. 억지로 어른이 될 필요는 없으니까. 히키가야 넌 네 모습 그대로 나아가면 돼."

"……오늘따라 저에 대한 평가가 스윗하시네요."

"그렇군. 방금 전까지 짠 걸 먹은 반동인지도 모르지."

그렇게 대꾸하고 히라츠카 선생님은 앞을 보았다.

"졸업하고 가기로 한 라면 탐방 말인데……."

"네."

"조금 더 뒤로 미뤄도 되겠나?"

미룬다고? 아직도 조사해볼 라면집이 남은 건가?

"라면은 그 자체로 지고의 먹거리다. 다만 너는 아직 모를 테지만, 술자리를 마무리하는 메뉴로도 제격이거든."

"술자리요?"

"음주를 할 수 있는 나이가 되면 같이 라면을 먹도록 하지.

그럼 잘 들어가라."

　기쁜 듯 살랑살랑 손을 흔들어 보이고, 선생님은 차를 출발시켰다. 그때 보인 선생님의 옆모습은 나이차만 없으면…… 아니, 나이차가 있어도 무척 기분 좋은 표정을 하고 있어서, 그만 가슴이 뛰고 말았다.

　일찍 일어나면 서푼을 버는 셈이라고들 한다.

　그런데 서푼을 넘어, 값을 매길 수 없는 미소를 얻었다.

　……내일도 일찍 일어나볼까?

내가 생각한 건전한 하야하치   마 루 토 후 미 아 키

"엉? 뭐야, 너 요새 담배 피우냐?"

"그래, 술 마실 때 정도지만. 이상해?"

"아니, 뭐 이상할 것까지는 없다만……."

이상하다. 심하게 이상하다.

어찌나 위화감이 강한지 지금 당장 의아한 표정으로 『당신, 스무 살도 넘었는데 담배가 몸에 나쁘다는 걸 몰랐단 말입니까?!』하고 태클을 걸고 싶어졌다고. 뭐냐고, 콩트 레오나르도[#36]냐고. 자칫하면 원작자조차 태어나기 전이라고.

"그보다 넌 안 피우면서 왜 여기 있는데?"

"……어, 그냥. 어쩌다 보니……."

다만 이 장소에서 나누는 대화라는 점을 고려하면, 어디로 보나 눈앞에 있는 미남의 지적이 압도적으로 옳았다.

왜냐하면 여기는 술집 바깥에 있는 흡연 공간이기 때문이다. 사방 천지에 전면 금연 딱지가 붙은 오늘날, 박해받는 니코틴 중독자들이 극소수의 재떨이를 자비롭게 나누어 쓰는 유일한 오아시스다.

#36 콩트 레오나르도 79년~85년에 활동한 일본 개그 콤비. 앞줄에 언급한 대사가 나오는 콩트로 유명.

나처럼 단순히 『오늘 전체 예약』이라는 팻말을 내건 떠들썩한 가게 안에서 발붙일 곳을 찾지 못해, 아무도 모르게 연막 속으로 숨어들려는 사람이 있어도 될 만한 곳이 아니다.

그나저나 흡연하는 작가에게는 주의하는 편이 좋다. 『담배 발이 떨어지면 진도가 안 나간다』는 필살의 주장과 함께 통조림 당했던 방에서 사라져 그 후로 그 모습을 본 사람은 아무도 없었다는 에피소드가 끊이지 않는 데다, 그런 사태를 막으려고 흡연실을 마련했음에도 불구하고 조금도 진척이 보이지 않는 필살의 인종들이니까. 써. 일해. 정기적으로 출간하라고. 앓아도 되니까.

"하긴 그런 건 중요한 문제가 아니니까. 그나저나 넌 요즘 어떻게 지내지?"

"……그냥 적당히 지낸다만."

"즉 그럭저럭 잘 굴러가고, 그럭저럭 즐겁고, 그럭저럭 행복하게 산다는 뜻으로 받아들이면 되려나?"

"너 적당이라는 단어를 너무 긍정적으로 해석하는 거 아니냐?"

"그래도 아주 틀린 말은 아니다 싶은데. 누가 뭐래도 네가 동창회에 나올 정도니까."

"압력이 심했다고. 다방면에서."

"그런 압력에 시달릴 만큼 지금의 너는 많은 관계를 맺고 있다는 소리네. 그게 바로 적당히 잘 지낸다는 뜻 아닌가?"

"……지금쯤 화면 하단에 『개인의 감상입니다』라는 자막이 떴겠구만."

그렇다. 방금 저 녀석이 말한 것처럼 술집을 전세 내서 열린 이 행사는 『소부 고등학교 제●●기 2학년 F반 동창회』다. 모두 함께 당시를 추억하며 신나게 놀아보자는 극도로 전체주의적이며 과거 지향적이고 인싸적…… 인상적인 이벤트인 셈이다.

재학 당시부터 행사란 행사는 전부 회피하려다가 결국 봉사부 멤버로서 막후에서 강제로 참여 당해온 내가, 이따위 추악한 이벤트 알림 메일에 『참석할게요~ 땡큐 베리망치!』 같은 답신을 보내는 일은 있을 수 없다고. 도대체 누구냐고. 내 메일에 멋대로 답장한 사람. 따지고 보면 애초에 동창회 연락 메일에 멋대로 참조를 넣는 주최자부터가 문제라고.

뭣보다 왜 2학년 F반 동창회냐고? 3학년 때 같은 반이었던 애들한테 면목이 없잖아.

아니, 그 이전에 나는 3학년 때 몇 반이었던 건데? 이래서 편집부에 완결 나기도 전에 마감을 잡아버리면 곤란하다고 한 거라니까?

이제 어쩔 거냐고. 완결은커녕 13권도 아직 안 나왔다고. 예정대로라면 벌써 나왔어야 하는 거 아니었냐고.

"그러는 넌 어떤데? 하야마."

각설하고, 아까부터 이렇게 흡연 공간에서 나 같은 놈과 시시껄렁한 잡담을 주고받는 사람은 이런 행사가 진행될 때면 나와는 대조적으로 운영진에 이름을 올리고도 남을 만한(실

193

제로 올렸다), 모두가 인정하는 옛 2학년 F반 카스트 최상위이자 지금은 순조롭게 대학을 졸업한 후 사회 초년생이 된 하야마 하야토였다.

원래 같으면 이런 데 있을 리 없는…… 아니, 실제로 방금 전까지 옛 동급생들에게 이리저리 끌려 다니다 못해 명함 쟁탈전마저 벌어졌던, 5년이 지난 지금도 그 인기가 전혀 녹슬지 않은 유명인사다.

그나저나 이렇게 졸업하고 몇 년 뒤의 동창회에서 열리는 명함 교환 이벤트를 보기는 오늘이 처음인데, 당시와 지금의 역학관계 변화와 업종에 따른 온도차가 여실히 드러나서 보기 괴로웠다. 『이야~ 외국계!』부터 『우와, 은행~!』, 『창업? 굉장하다!』, 『아하, 제조업~? 흐음~ 그래, 그렇구나~』 등등. 야, 너희들. 직업에는 귀천이 없다고. 알아?

외국계는 실적이 조금이라도 떨어지면 가차 없이 잘리고, 은행은 내부에서 서로 발목잡기를 한 끝에 좌천당하고, 창업은 개인파산의 최단 경로라니까? 직업에 귀는 없다고, 알아? 역시 전업주부가 최강인 거 아니냐?

하긴 그래도 『아, 난 석사 밟는 중이라~』라든가 『아직 졸업 안 했거든~』 같은 면죄부를 제시할 수 있는 경우는 제쳐두고, 그 이외의 『직함이 없는 분들』에 비하면…… 됐다. 이 화제는 이제 접어두자고.

"글쎄, 너처럼 적당히 지낸다고 하면 되려나?"

그렇게 나와 같은 생각에서 같은 결론에 이르렀는지는 알수 없지만, 아무튼 하야마는 내가 바라는 대로 신속하게 이 대화를 끝맺으려 했다.

"여전히 속내를 털어놓지 않는구만."

그렇게 분위기 파악에서만큼은 타의 추종을 불허하는…… 아니, 그것 말고도 여러모로 타의 추종을 불허해서 열 받는 놈이지만. 아무튼 그런 하야마의 예상을 벗어나지 않는 대답에 아주 약간의 그리움을 느끼며, 나는 쓴웃음을 머금고 너스레를 떨었다.

그러나…….

"그렇지. 너처럼."

"……덤으로 여전히 나한테만 시비조로 나오고 말이야."

이어진 하야마의 말은 내 예상을 아주 조금 뛰어넘어, 가시 돋친 느낌이 났다.

"반론할 수 있어? 옛날부터 넌 말로든 마음속으로든 중요한 이야기는 하나도 하지 않았잖아? 아니, 사실 그 시절에는 아무도 속이야기를 꺼내지 않았지."

"그야 뭐……."

그리하여 시답잖은 잡담으로 대충 시간을 때우려던 내 계획은 일찌감치 좌절되었고, 미묘하게 불편한 추억이 떠오르는 바람에 하야마도 나도 씁쓸한 표정이 되었다.

이게 다 미묘하게, 아니 노골적으로 말을 흐리면서 복잡하고 알기 힘든 감정을 더 짙은 안개 속으로 몰아넣어 고찰을 즐기는 독자들을 좋은 쪽으로든 나쁜 쪽으로든 자극하며 만족스럽게 미소 짓거나 적반하장 격으로 성질을 내는 원작자 탓이다.

하여간 이 작품은 골치 아프다니까.

"너는 변하지 않아⋯⋯. 거슬린다 싶을 정도로 변하지 않지."

"거슬린다 싶을 정도가 아니라 실제로 거슬리는 거 아니냐? 내가."

흡연실에 감도는 연기가, 정확히는 그 희뿌연 빛을 띤 공기가 무겁게 가라앉아갔다.

고독을 따라 다다른 곳에서 이토록 깊고, 농밀하고, 구역질나는 인간관계를 구축하게 되다니. 그야말로 최악의 오산이었다.

죽겠구만. 이런 전개가 기다릴 줄 알더라면 밖으로 피신하지 말 걸 그랬다.

아아, 동창회가 시작되고 30분 정도는 행복했더랬지⋯⋯. 피크 타임이 너무 짧은 거 아니냐?

누가 뭐래도 건배할 때는 내 옆에 천사가⋯⋯ 고등학교 때와 얼굴도 체형도 목소리도 변하지 않은, 무엇보다도 수염이 거뭇거뭇해지지 않은 토츠카가 있었으니까. 그러나 내가 잠깐 음료수를 가지러 자리를 떴다가 돌아와 보니, 토츠카는 여자들에게 둘러싸인 것도 모자라서『와, 옛날이랑 똑같아~』,『귀여워~』하고 덥석덥석 끌어안기는 중이라 접근하기도 어려운 상태가 되어 있었다.

몇 년 만에 어렵사리 이룬 재회다. 쌓인 이야기를 나누다가 자연스레 옛날의 뜨거운 감정이 되살아나 『있잖아, 하치만······ 둘이서만 나갈래?』 하고 손에 손을 맞잡고 조용히 가게를 빠져나갔어야 하는데, 어째서······?

"걱정 마라. 나도 네가 거슬리기는 마찬가지니까. 옛날부터 그 사실만큼은 피차 인정했던 거 아니었냐?"

그런 부조리한 분노의 기억이 내 표정과 말투를 다시 험악하게 일그러뜨렸다.

그런 내 반감에 반응했는지, 하야마도 고등학교 때 내가 아닌 다른 사람에게는 절대 보이지 않았던 그 표정으로 되돌아갔다.

그렇게 우리가 일촉즉발이라 하기에 손색이 없을, 격렬하게 충돌하는 대신 차갑게 저미는 영역으로 돌입하나 싶었던 순간······.

"좋아, 좋아! 바로 이거야! 몇 년 만의 재회, 쌓인 이야기를 나누다 자연스레 옛날의 사랑과 증오와 쾌락과 고통이 되살아나, 정제되지 않은 감정을 드러내는 두 사람! 하야하치 리턴즈!"

"······왔냐?"

"······히나."

무심코 불꽃을 튀겨버린 것을 뼈저리게 후회하게 해주는 흥분에 가득 찬 음성이 우리 뒤에서 날아들었다.

"음~ 역시 학생들의 싱그러운 관계도 좋지만, 어른이 된 후의 성숙한 관계도 좋은걸? 골격도 다부지고 야성미도 강하고. 개인적인 욕심으로는 넥타이 정장 차림으로 임해주길 바랐지만. 왜냐면 넥타이를 끌어당겨 강제로 키스하는 거, 최고잖아?"

"……최고는 무슨."

"아하하……."

"농담이야. 헬로헬로~. 히키가야, 잘 지냈어?"

"……어, 뭐 그냥저냥."

그렇게 5년 전과 한 치도 변한 게 없는…… 아니, 커버 가능 영역이 보이즈에서 아재즈까지 확대됨으로써 더욱 숙성이 진행된 것으로 보이는 에비나 양이 만면의 미소를 머금고 우리를 바라보고 있었다.

"그, 그런데 히나 넌 왜 나왔어?"

"아, 실은 술과 사람에 취한 느낌이라 잠깐 바람이나 쐴까 싶었거든. 앗, 이거 봐. 코피까지 나잖아."

그렇게 말하며 에비나 양은 컨디션이 나쁨을 어필하듯 얼굴을 손수건으로 눌렀다. 야, 근데 아무리 봐도 그 코피 방금 막 난 거 아니냐?

"그래서 애들이 하야토가 없다고 수선을 피우길래, 겸사겸사 찾으러 왔는데……."

"아, 그래? 벌써 그렇게 시간이 흘렀나? 그럼 난……."

"하지만 괜찮아! 내 주옥같은…… 아니, 너희들의 소중한 시간을 빼앗다니, 난 그런 짓 못 해!"

"아니, 저기……."

게다가 컨디션 저하를 어필한 게 무색하리만큼 씩씩하게 하야마를 제지하고 휴대폰을 꺼내드는가 싶더니, 우리를 파인더에 담고 찰칵찰칵 마구 셔터를 눌러댔다.

"걱정 마. 인사불성으로 취한 히키가야가 밖에서 웩웩대며 게워내는 중이라 하야토가 옆에서 돌보는 중이라는 설정으로 나갈 테니까. 그러면 다들 나와 볼 마음이 싹 사라지겠지."

"아니, 그러니까……."

걱정 말라뇨? 걱정돼서 미치겠거든요? 애써 이만큼 존재감을 없앴는데, 또 고등학교 때처럼 모두의 증오를 한 몸에 받게 되게 될 거 아닙니까?

"그러니까 계속 즐거운 시간 보내~! 앞으로 30분은 절대 아무도 못 나오게 할 테니까. 그럼 난 이만~!"

"앗……."

"앗……."

그렇게 폭풍 같은 착각(이자 본인 안에서는 진실)을 고이 가슴에 품은 채, 에비나 양은 술집 미닫이문을 열고 미끄러지듯 그 안으로 모습을 감추었다.

"……."

"……."

그 후에는 당혹감과 겸연쩍음에 사로잡혀 우두커니 서 있는 두 남자만 남았다.

이 분위기 어떡할 거냐고. 정말이지 5년이 흘렀는데도 에비나 양은 변함없이 지독하게 NG인 그녀구만. 응원할 수 있느냐고 물어봐도 못 한다니까.

뭐가 시원찮은 그녀를 프로듀스냐고. 애초에 시원찮은 인간이 아이돌이나 히로인으로 변신할 리 없잖아. 띠지에 추천사 쓴 놈[37] 누구냐고.

× × ×

"……너도 피울래?"

"아니, 사양하마. 피워본 적도 없고."

"그래? 그럼 나도 슬슬 그만 피울까?"

"난 딱히 상관없다만."

"괜찮아. 원래 많이는 안 피우니까."

"그러냐……?"

말하지 않아도 마음과 마음이 통할 리 없는 사이인지라 계속 침묵 속에 멀뚱히 서 있을 수도 없는 노릇이어서, 우리는 하는 수 없이 일본인의 미덕에 따라 다시 의례적인 대화를 나누기 시작했다.

상대의 분위기를 살펴가며 조금씩 영양가 없는 화제를 꺼내어 서로의 거리를 벌리고, 가급적 신속하게 이 대화를 끝맺기 위한 흐름을 모색한다.

#37 띠지에 추천사 쓴 놈 와타리 와타루는 『NG인 그녀는 응원할 수 있나요?』라는 라이트노벨의 띠지에 추천사를 썼음. 이 단편을 쓴 마루토 후미아키는 『시원찮은 그녀를 위한 육성방법』의 작가이기도 함.

그러려면 아까 같은 시비나 반격은 금물이다. 또 험악한 무드가 조성되면 귀찮아진다.

"그러고 보니 에비나, 어느새 내 이름을 히키가야라고 정확하게 부르게 됐구만."

"응? 전에도 그렇게 부르지 않았던가?"

"아냐. 옛날에는 히키타니라고…… 너도 처음에는 그렇게 부르지 않았냐?"

"아, 그거……?"

그래서 나는 이게 마지막 담소라는 듯 내 뇌세포를 총동원해서 회심의 시답잖은 화젯거리를 꺼냈다.

"애초에 히키타니란 거, 아마 네가 퍼뜨렸을걸? 정작 말 꺼낸 사람은 제대로 바로잡았는데, 딴 애들은 그 호칭이 정착되어버리는 바람에……."

그것은 예전부터 아주 조금 마음에 걸렸지만…… 너무 조금이라 지금에 와서는 모두가 가볍게 웃어넘길 만한 부담 없는 에피소드나, 아무도 기억 못하는 실없는 소리에 불과할 테니까…….

"하긴 내 성은 한자만 봐서는 읽기 힘드니까, 어쩔 수 없……."

"일부러 그런 게 당연하잖아."

"……야."

그러나 내가 『아주 조금일지언정 마음에 걸렸던』게 화근이 되었다.

"알잖아? 내가 남의 이름을 잘못 부를 리 없다는 거."

"아니, 지금이라면 또 모르겠다만, 그때 그런 걸 알았을 리가……."

"그래도 지금은 알잖아?"

"그야……."

그렇다. 하야마 하야토가 하야마 하야토로 존재하기 위해서는 그런 사소한 실수조차 용납되지 않는다. 설령 그 사람이 하야마에게는 어찌되든 상관없는 인간일지라도.

……아니, 그 말은 약간 어폐가 있다. 어찌되든 상관없는 인간일수록 그런 사소한 실수조차 용납되지 않는다.

왜냐하면 하야마의 인생은『이 지상의 모든 생명에게 사랑과 자비와 평등을』이라는 표어 그 자체니까.

"히키타니는 별명이 아니야. 애정이나 친근함은 전혀 담겨 있지 않고, 그저 무신경하게 잘못 부른 것뿐이니까. 다들 내 영향으로 덩달아 그렇게 불러댔지만, 그건 자각 없는 괴롭힘이지. 네가 괴롭힘을 당했다고 주장하면 틀림없이 인정될걸?"

"됐어. 아직까지 그런 걸 신경 쓸 리 없잖아."

"당시에는 신경 썼어? 아주 조금이라도."

"야, 너 오늘 좀 이상하다……?"

이래서야 평소와…… 아니, 5년 전과 입장이 반대이지 않은가.

……아니, 그렇지도 않나? 특히나 저 녀석의 집안 문제가 표면화된 뒤로는.

"다시 한 번 말하지. 나는 일부러 그랬어. 다른 애들도 똑같이 부를 걸 알면서 한 짓이었고. 인정해. 명확한 악의가 있었다는 걸."

"그만하라니까. 또 앞으로는 술도 끊으라고. 그리고 오늘 일은 깨끗이 잊어버려라. 나도 잊을 테니까."

"아니, 난 잊지 않아⋯⋯. 술이라면 대학교 때 충분히 단련됐으니까."

단련되기는 뭐가 단련됐다는 거냐고, 이 질척거림은 위험하다고. 이 녀석 대학교 때『절대 술 먹이면 안 되는 선배 리스트』에 올라갔을 게 분명하다니까? 심지어 혼자만 술자리 연락을 못 받을 정도다.

뭣보다 이런 건 괴롭힌 놈은 싹 까먹고『어라~? 그랬던가~? 에헷♪』하고 나불대서 분노를 사는 게 보통 아닌가? 어째서 일일이 상세하게 기억하고 있는 건데?

"하야마, 너 대체 뭘 바라는 거냐? 내가 때려주길 바라냐?"

그래놓고 막상 내가 여러 대 패면『누가 그렇게 많이 때리래?!』하고 도리어 버럭 화를 내며 반격해와서 격하게 몸싸움을 벌이다가 갑자기 동시에 피식 웃고, 막판에는 어깨동무를 한 채 폭소하는 청춘 드라마와 트렌디 드라마의 중간쯤 되는 전개를 노리는 건가? 근데 그거 완전 20세기 아니냐? 벌써 21세기하고도 20년이 지났거든?

"아니, 그냥 한마디 하지 않고서는 직성이 안 풀릴 뿐이야⋯⋯."

그러나 하야마는 역시 밀레니엄 세대답게 그런 폭력적인 수단으로 도피하지 않고, 주먹 대신 강한 눈빛만을 보내왔다.

"나는 그때의 네가 진심으로 싫었다고 말이지."

예전에 내 앞에서『하야마 하야토를 계속 연기해나가겠다』고 선언했던 이 녀석은……

왠지 내 앞에서만은 내가 상대하기 편한 하야마 하야토를 연기해줄 것 같지 않았다.

"그러니까 그만하라고 했잖아……. 아무리 나라도 그렇게 노골적인 악의를 완전히 무시할 수 있는 건 아니라고."

그야 분명 그 시절의 나는 각종 결단이 요구되는 상황에서 일부러 남의 악의를 받아들이고, 그러면서도 허세를 부리며 앞을 바라보았다.

하지만 그때는 뚜렷한 목적이 있었으니까…….

"그래, 알지. 넌 남들이 생각하는 것보다 섬세하고, 겁도 많고, 호인이고……."

"그럼……."

"그렇지만 아무리 상처 입어도 굴하지 않는다는 것도 알지. 자기 힘으로 극복해낸다는 것도. 다시 앞을 향해 나아간다는 것도……."

그러니까 그건, 목적을 위해서라며 필사적으로 이를 악물고…….

"소중한 것을, 소중한 사람을 지키기 위해서 말이야."

"……그게 잘못은 아니잖아?"

"잘못이라고 한 적은 없어. 그냥 싫을 뿐이지."

그러고 보면 전에도 하야마가 비슷한 형태의 분노를 표출한 적이 있었다.

당시에 하야마는 『어째서 그런 식으로밖에 해결하지 못하는 거냐』며 나를 질타했었다.

"왜냐하면 그건 다른 누구도…… 아니, 적어도 나는 절대 할 수 없었던 일이니까."

그 반응은 내 치졸한 행동에 대한 순수한 부정이라고만 생각했는데…….

"……그거, 해석하기에 따라서는 단순한 질투 아니냐?"

"그래, 맞아."

"맞다니…… 너 정말 그 하야마 하야토 맞냐?"

"실제로 너는 나를 질투하지 않잖아? 내가 부럽다고 생각한 적은 한 번도 없지?"

그러나 아무리 술에 떡이 됐다고 할지라도. 아무리 해묵은 감상이 잘못된 방향으로 증폭됐다 할지라도.

"하지만 난 학교에서 겉도는 네가, 그 사실을 받아들일 수 있는 너를 보는 게 싫었어. 내가 되고 싶었지만 결코 될 수 없었던 인간의 가능성을 보여주는 것 같아서, 구역질이 났으니까."

저 말과 감정에 한 점의 진실도 담겨 있지 않다면, 나는 앞으로 절대 남을 믿을 수 없을 것 같은 기분이 들었다.

× × ×

"야, 역시 나도 한 대 주라."

"안 피운다며?"

"그딴 바보 같은 이야기, 술 정도로 지워버릴 수 있겠냐?"

노려보는 듯한 내 시선에도 위축되지 않고, 하야마가 호주머니에서 꺼낸 담뱃갑을 이쪽으로 내밀었다.

그리고 내가 한 개비 뽑아들자, 자연스럽게 라이터 불을 켜서 내게로 향했다.

그 행동에서만큼은 하야마 하야토다운 배려가 느껴졌다. 하지만 애초에 하야마와 같이 담배를 피우는 상황이 벌어질 줄은 꿈에도 몰랐던 탓에, 가슴속에서 기묘한 술렁임이 교차했다.

뭐지? 이게 대체 뭐냐고?

"웃…… 푸하."

"폐까지 들이마시지 마. 처음이라며?"

"시끄러."

자기도 한 대 입에 물고 불을 붙이며, 하야마는 내 볼썽사나운 첫 흡연을 흥미로움과 걱정스러움의 중간쯤 되는 표정으로 지켜보았다.

가슴 가득 차오른 연기가 내 기관지를 가차 없이 간질였지만, 여기서 쿨럭쿨럭 기침을 해대는 건 너무 진부할 것 같아 필사적으로 연기를 삼켰다가 단숨에 토해냈다.

……이거 분명히 옷에 냄새 배겠구만. 걔가 눈치채겠는데.

"너도 한심한 놈이 다 됐구나."

"그런가?"

마침내 연기가 폐로 스며들면서 점차 마음이 차분해졌다.

하지만 막상 이성을 되찾자, 내가 당한 부당한 처사에 대한 냉정한 분노가 당혹감으로 변해 내 머릿속을 지배하기 시작했다.

"오랜만에 만난 동창한테 불합리한 옛이야기를 들이대며 시비조로 훈계나 늘어놓고 말이야. 그것도 술자리에서……. 그래서야 그냥 엿 같은 아저씨 아니냐? 거기다 탈모까지 오면 완벽하겠다만."

"그거 기쁜걸……? 난 평범한 아저씨가 돼서 매몰되어가는 게 꿈이었거든."

하야마도 니코틴 기운이 돌면서 조금 진정되었는지, 그전에는 감정적이었던 말투가 다소 이성적으로…… 아니, 빈정거리는 뉘앙스로 바뀌어갔다.

뭐야? 이 녀석, 역시 나한테 적대적인 태도는 조금도 바꿀 마음이 없잖아?

"적당히 결혼해서 적당히 일하고, 골프를 배우고, 애 운동회에서는 쉴 새 없이 동영상을 찍어대고, 아내에게 구박당하며 베란다에서 담배 피우고, 회식자리에서는 부하에게 시비를 걸지만 자식 이야기만 나왔다 하면 갑자기 팔불출이 되는…… 그런 사람이 되고 싶어."

하야마가 말하는 미래에는 나도 어느 정도 공감이 갔다. ……물론 일할 필요가 없다는 전제 하에서 그렇다는 거지만.

그래도…….

"그럼 표현을 좀 바꾸마. ……넌 예나 지금이나 한심한 놈이야."

차갑게 타오르기 시작한 내 분노를 그렇게 간단히 꺼트릴 마음은 없다고.

"전혀 성장하지도 않았고, 전혀 달관하지도 못했어. 대체 언제까지, 어디까지 잘난 척할 작정인데? 왜 결혼해서 애가 있다는 게 전제인 거냐? 왜 회식자리에서 시비 거는 상대가 부하인 건데? 어느새 출세한 거냐고, 상사 행세 하지 마, 이 자식아!"

속으로 『으아, 나까지 한심해졌잖아!』라는 수치심에 몸부림 쳤지만, 그럼에도 일단 입 밖으로 흘러나온 말은 도로 들어가 주지 않았다.

"예나 지금이나 넌 원하는 인간이 될 수 있어. 네가 진심이라면 따분한 아저씨도 될 수 있을 게 분명하다고."

설상가상으로 흘러나와 버린 말에 뒤이은 말조차 삼키지 못하고, 미팅에서 진탕 퍼마신 대학생처럼 줄줄이 토해내고 말았다.

"하지만 진짜로 될 마음이 없으니까 아무것도 못 되는 거야. 시답잖은 변명을 늘어놓으면서 전부 포기해버리니까."

그러나 하야마는 그렇게 넘쳐흐르는 내 말을 가로막으려는 기색도 없이, 그저 냉정하게 말이 끝나기를 기다렸다.

"내가 보장하마. 넌 죽어도 따분한 아저씨는 못 될 거다. 네가 그렇게 멀쩡한 인간이 될 수 있을 리 없으니까."

아니, 이제 와서 생각해보면 하야마는 아무래도 내가 이렇게 되기를 내내 기다렸던 게 아닌가 싶다.

"아까 내가 널 질투 안 한다고 했지? 할 리가 있겠냐? 그딴 못난 인간을 질투할 리 없잖아. 예나 지금이나."

한마디로 난 함정에 빠진 셈인가……?

"넌 정말…… 정말로 한심하기 짝이 없는 놈이야."

"구체적으로 어떤 면에서?"

"네가 분위기를 파악하는 방식부터가 이상하다고. 주위 사람들이 상처 입지 않게, 아무것도 망가지지 않게 하겠다는 이유로 현상유지에 지나치게 집착하는 거 아니냐?"

"현상유지가 그렇게 나쁜 건가?"

"그것 때문에 스스로를 억누르는 거야. 네 자유다만, 너는 남까지 억누르잖아. 토베라든가, 또 미우라도……."

"아, 하긴 그런 일도 있었지……."

"게다가 그래놓고 후회하거나 사과하는 게 더 한심해. 넌 선인도 악인도 되지 못하는 사이코 같은 자식이라고."

술기운이 돈 걸까, 니코틴이 돈 걸까, 최악의 분위기가 온몸을 돌아버린 걸까…….

하야마가 부추기는 대로 나는 녀석과 똑같은 설교쟁이 아저씨로 전락해갔다.

"아하하, 그거 좋은데……? 맞아, 네 말대로 난 어중간한 사이코 자식인지도 모르지."

정작 매도당하는 장본인은 그런 내 폭주를 어딘가 즐거운 얼굴로 바라보며, 쾌활하게 악담을 이어가게끔 유도했다.

……역시 난 함정에 빠진 건가?

"너 말이야, 대체 뭐가 좋아서 그러고 사냐? 부자에 미남이면 더 탐욕스럽게 굴라고. 카스트 최상위면 그에 맞게 추악한 본성을 보여줘야 할 거 아냐? 대학교에서 캠퍼스 킹으로 뽑혀놓고 성범죄로 체포당해야 워너지."

평소 같으면 독백으로 끝내고 결코 입 밖에 내지 않았을 말이 참으려 해도 잇달아 흘러나와, 내심 찔끔 쌀 뻔했다. 폭언 갱장해앳~!

"그럼 히키가야……. 난 어떻게 했어야 했을까?"

겉으로는 처참하게 무너진 것처럼 보이지만 아마도 마음 속 깊은 곳에서는 전혀 다른 표정을 지은 채로, 하야마는 처연하게 눈을 돌리고 새 담배에 불을 붙였다.

"아니…… 어떻게 해야 할까?"

"몰라. 알아서 생각하라고, 평생."

"그래, 그렇지. 너는 그런 녀석이니까."

그렇게 시대에 한참 뒤떨어진 올드한 포즈조차도 조금은 그림이 된다고 생각하게 만드는 게 이 녀석의 평생 용서 못 할 부분이다.

"예전에 내가 이야기한 적 있었지? 우리가 초등학생일 때 네가 같은 반이었더라면 『그녀』는 어떻게 됐을까 하고."

"엉? 어라, 그랬던가……?"

"……."

"농담이라고! 기억한다고! 번번이 청승 좀 떨지 마!"

……몰랐는데, 담배란 말없이 고개를 들고 연기를 내뿜는 것만으로도 무언의 압력을 가할 수 있는 편리한 아이템이구만.

"만약 그랬더라면 『그녀』는 달라지지 않았을까, 구원받지 않았을까 하고……. 하긴 이제는 그렇게 생각하는 것도 실례일지 모르지. 왜냐하면 그런 인생을 살아왔기에, 지금의……."

"자꾸 본론에서 벗어나면서까지 내 인내심을 시험하지 말아주겠냐?"

정확히는 최종권에서 나올지도 모르는 설정을 언급하지 말아줬으면 좋겠다만. 이래서 완결이 나기도 전에 마감(이하 생략)…….

"하지만 만약 그랬다 할지라도 우리는 결국 아무것도 달라지지 않았을지 모른다고…… 그렇게 생각해본 적은 없어?"

"생각할 리 있겠냐? 하여간 성가신 놈일세."

"내가 내 소신을 굽히지 않고 주위를 바꾸지 않아도, 네가 네 소신을 굽히지 않고 주위를 바꿔나가도……. 내가 많은 사람들의 마음을 무시해도, 네가 특별한 사람에게서만 특별한 감정을 얻어도……. 결국 우리 둘만은 지금처럼 한심한 꼴로 남지 않았을까 싶어서."

"……이번에는 또 무슨 소리를 하려는 건데?"

"우리는 서로의 세상에 있든 없든 상관없는 사람이라는 거지."

"그걸 말이라고 하냐? 난 너한테 관심 없어."

"면전에서 그런 소리를 들으면 열 받지 않아?"

"야, 애초에 이 이야기를 꺼낸 사람은 너거든?!"

아아, 젠장……. 진짜 돌겠구만. 이 녀석, 오늘따라 진짜 성가시다고.

솔직히 회사생활에 적응을 못한 거 아닌가 싶을 만큼 5월병[#38] 느낌이 난다만, 괜찮은 거냐?

좌절을 모르고 살아온 인간은 시련이 닥치면 확 약해진다고들 하는데, 부탁이니 나중에 내가 『그게 그 녀석과 나눈 마지막 대화였지……』라고 독백하는 일이 없게 해다오.

×　×　×

"자, 캔 맥주."

"아, 미안……."

가까운 편의점에서 사온 캔 맥주를 건네주자, 하야마는 조금 멋쩍은 표정을 지었지만 순순히 받아들였다.

캔을 따자 탄산이 새는 상쾌한 소리가 울려 퍼졌고, 뒤이어 캔을 맞부딪치는 둔탁한 소리와 맥주가 목으로 넘어가는 호쾌한 소리가 났다. 그리고 마지막으로 푸하~ 하고 역시나 아

#38 5월병 신입생이나 신입사원 등이 새로운 환경에 적응하지 못해 어려움을 겪는 현상.

저씨 같은 탄성이 우리의 입에서 흘러나왔다.

그나저나 술집 앞에서 캔 맥주를 마시다니 영업방해가 따로 없구만. 게다가 길거리에 서서 캔 맥주를 드링킹하며 떠들어 대는 건 아무리 봐도 20대의 행태가 아니잖아. 이게 대체 뭐 하는 짓거리냐고.

"나한테 상관 말고 들어가도 돼."

"됐어. 그래봤자 뻘쭘하기만 할 뿐이고."

아까부터 우리의 대화에서는 알맹이도 생산성도 찾아볼 수 없었다. 단순히 꼴사납게 서로를 부정하다가 쌍욕 배틀로 흐르기 일보 직전에 되돌아가는 치킨 게임을 하염없이 반복하는 데 불과했다.

"과연 그럴까? 사실 너하고 이야기하고 싶어 하는 사람은 꽤 많을걸? 특히 일부 여자애들에게는……."

"그렇게 따지면 너한테는 나하고는 비교가 안 되는 수요가 있을 거 아냐? 들어가고 싶으면 네가 들어가."

"지금은 좀……. 평소의 나로 돌아오려면 시간이 좀 걸릴 것 같거든."

"그럼 그러든가."

그럼에도 이 디스전을 얼른 끝내지 못하는 까닭은 지금 내 눈앞에 있는 『처량하고 삐뚤어진 하야마 하야토』가 영 신기해서랄까…… 그냥 내버려둘 수 없는 분위기를 풍겨서랄까.

그렇다. 결코 안에 들어가서 다수의 옛 동급생과 접촉해버리면 설정오류가 발생할 위험성이 커지기 때문은 아니다. 근데 그 이야기, 이제 그만 하는 게 어떠냐?

"근데 냉정하게 되돌아보면 지금의 우리 너무 궁상맞은 거 아니냐……? 이런 게 어울리는 건 시즈카짱 정도라고."

"아, 히라츠카 선생님한테도 연락은 했는데, 운 나쁘게 날짜가 친구 결혼식하고 겹친 모양이더라고."

또 친구한테 추월당했냐고, 그것도 이 시점에서. 그야말로 마라톤 대회에서 같이 골인하자고 약속한 친구에게 느닷없이 라스트 스퍼트를 당한 꼴…… 아니, 같이 죽을 때까지 골인하지 말자고 약속했던 친구인가? 하긴 어느 쪽이든 문제될 건 없나? 아니, 어느 쪽이든 문제구만.

"그러고 보니 선생님, 여전히 널 염려하시는 것 같더라. 참고로 선생님의 근황은……."

"됐어. 더 이상 말하지 마."

왜냐하면 들어버렸다가는 선생님이 행복하든 불행하든 충격으로 재기불능이 돼버릴 것 같은 기분이 들거든. ……뭐야, 그렇게 말하니까 꼭 옛날 여친 같잖아? 5년 만에 재회하고 화르륵 불타올라서 가족도 친구도 연인도 다 버리고 함께 해외로 도피하는 스토리의 히로인이냐고.

그 순간 날씨 탓인지 생각 탓인지 갑자기 등골이 오싹해지는 바람에 나는 잠시 대화를 끊고 휴대폰을 꺼내서 메시지를 보냈다.

하야마도 그런 내 도피 행동을 묵인하듯 본인의 휴대폰 화면으로 시선을 향했다.

× × ×

그 후 우리는 한동안 묵묵히 휴대폰을 들여다보며 노닥거렸다. 내게는 천국까지는 아니어도 어떤 의미에서는 나다운 시간이었다.

다만 예전과 달라진 점이라면 실제로 늘 휴대폰 너머에 대화 상대가 있다는 것이다. 그것도 늘 똑같은 상대가……

"……그녀는 잘 지내?"

슬슬 싫증이 났는지, 화면에 집중한 상태일 터인 옆에서 화면에 집중한 상태일 터인 내게로 불쑥 미묘하게 치명적인 질문이 날아들었다.

"그게 실은, 요즘 코마치가 최강의 여동생 노릇에 불이 붙다 못해서 이제는 아예 전 국민의 여동생으로 취임할 기세다만, 평생 오빠만의 여동생으로 남겠다며 5년 30억 제의를 걷어차고 잔류를 선언……."

"난 네 그런 식의 도피에 장단을 맞춰줄 생각은 없어. 이야기하기 싫으면 그냥 그렇게 말해."

"까불지 마 이 자식 콱 ○○버린다."

코마치가 이대로 순조롭게 대학생활을 해나가다 보면 친구의 추천으로 본의 아니게 캠퍼스 퀸 대회에 나가게 되는 바람에 당연하다는 듯 우승해버릴 거라고. 그래서 본인은 치바TV 입사를 희망하지만 도쿄에 있는 주요 방송국이 가만두지 않아서, 기상 캐스터와 아침 정보 프로그램 간판 아나운서를 거쳐 히키팡[#39]으로 불리다가 결국 프로야구 선수와 결혼한다는 악몽 같은 미래가 기다리는 판이건만, 이 자식은⋯⋯.

그나마 치바 마린즈 선수라면 용서할 수⋯⋯ 아니, 이 오빠는 역시 용서하기 싫다만. 이 일을 어쩌면 좋겠냐고.

"하긴 그렇게 동창회에 와서도 연락을 주고받을 정도면 순조로운 거겠지. 미안, 괜히 물어볼 필요도 없는 걸 물어본 꼴이 돼버렸네."

"순조로운지 아닌지는 모르겠다만, 난 지금 죽어라 너에 대한 불평만 늘어놓는 중이라고."

"그래? 걔 반응은 어떤데?"

"⋯⋯투샷 보내란다. 아무래도 요즘 배꼽 빠지게 웃을 일이 없는 모양이야."

"찍을까?"

"찍겠냐!"

그런 내 고뇌를 아는지 모르는지 분위기를 정확하게 파악하고 예리하게 놀려먹다니, 하여간 이 자식은⋯⋯.

이럴 바에는 차라리 넓은 홀의 떠들썩한 소음에 매몰된 외톨이로 남는 게 훨씬 속 편했겠구만.

"그나저나 오래 전부터 너한테 물어보고 싶었던 게 있다만⋯⋯."

[#39] 히키팡 후지TV를 비롯한 일본 공중파 인기 여자 아나운서에게는 『ㅇㅇ팡』이라는 애칭이 붙는 경우가 많음.

"그녀는 잘 지내. 누구 이야기를 하려는 거든."

놀림감이 된 채로 끝내는 것도 배알이 뒤틀리니까…….

"너 말이야, 결국 언니랑 동생 어느 쪽이 진짜였던 거냐?"

"……."

나도 정확하게 분위기를 파악해서 딱 한 번밖에 쓸 수 없고, 써먹으면 그것으로 시합 종료인 최종병기를 투입했다.

이제 한동안은 얌전해지겠지. 영원히 입을 다물어버릴 가능성도 있기는 하지만.

"…………."

하야마는 우선 가슴속 깊이 연기를 들이마시고, 긴 시간을 들여 그 연기를 도로 토해냈다.

"……………."

그리고 이번에는 캔 밑바닥에 남은 맥주를 마찬가지로 긴 시간을 들여 홀짝홀짝 들이켰다.

"왜 말이 없냐? 설마 사실은 엄마였다고 하려는 건 아니지?"

"………………."

결국 담배와 맥주가 떨어져버리자, 하야마는 담배를 하나 더 꺼내려다가 담뱃갑이 비었음을 깨닫고 짜증 난 기색으로 꽉 구겨버렸다. 그리고 한동안 딱히 할 게 없는 상태로 전전긍긍한 끝에…….

"넌 여전히 상스럽기 그지없구나!"

"칭찬해주시니 황공하기 이를 데 없나이다~."

유례를 찾아볼 수 없을 만큼 당황한 기색이 역력한 그 목소리는…….

　내 목구멍으로 넘어가는 이미 미지근해져버린 맥주의 맛을 무척이나 감미롭게 해주었다.

×　　×　　×

　"그러니까아, 역시 난 널 인정할 수 없다고…… 알겠어허?"

　"야, 너 오늘따라 왜 이래애~? 지금 하는 일이 너하고 안 맞냐아~?"

　"아~니, 천만에~! 난 말야아, 지금의 내 인생을 즐기고 있거드은~? 근데 너랑 얘기하다 보면, 해묵은 상처가 떠올라서…… 죽도록 기분이 더러워지는 것뿐이라고호~."

　"네가 자꾸 시비를 거니까아, 나까지 속이 뒤집히는 거 아니냐고~. 작작 좀 하라고오, 이 ●● 자식아~!"

　술집 앞에서 발치에 빈 캔을 잔뜩 늘어놓은 채 주절주절 말다툼을 벌이는 남자 두 명이라니, 이쯤 되면 완전무결한 영업방해 그 자체다. 그 증거로 아까부터 손님이 한 명도 안 오잖아. 참, 오늘은 우리가 전세 낸 거였나? 근데 그럼 우린 뭐 하는 거였지? 아, 맞다. 동창회였던가?

　그나저나 처음에 마시던 건 분명히 350짜리 맥주였던 것 같은데, 지금 발치에 굴러다니는 건 아무리 봐도 500짜리 도수 높은 츄하이 캔이잖아? 여기서 소주 하이볼로 넘어가버리면 운전 못하게 된다고. 사실은 한참 전부터 못 하게 돼버렸다만.

"애초에 내가 훨얼~씬 더 널 싫어하는데헤, 왜 그딴 불합리한 소리를 들어야 되는 거냐고오~? 사실 나도 너한테 할 말, 많거드은~?"

"아니, 애초에 그것부터가 불합리하잖아. 난 누구하고나 잘 지내고 싶고오, 실제로도 그렇게 살아왔어. 근데 넌 왜 처음부터, 날 싫어했던 건데……?"

"좋아하는 게 더 이상한 거 아니냐~? 협조성이니 뭐니 하는 망할 독선을 무기처럼 휘두르며 남을 조종하려 드는 위선자의 어디에 좋아할 구석이 있단 거냐고오~? 아, 그리고 그 얼굴도 싫어. 그『난 딸딸이 같은 거 쳐본 적 없어♪』라고 주장하는 것 같은 얼굴이!"

"이야, 히키가야, 너 변했구나~! 고등학교 땐 그런 천박한 말만은 안 했으면서허!"

"난 친구가 없으니까 못했을 뿐이거드은~? 넌 친구도 많은 주제에 안 했잖아? 그렇게 점잔 빼는 꼬라지도 아~주 밥맛이었다고!"

"뭐야, 그럼 내심 하고 싶었던 거였어허? 오케이, 그럼 물어봐주지! 넌 요새 일주일에 몇 번 딸딸이 쳐어?"

"아~아, 여러부훈~! 안티 성희롱 사회인 지금, 딸딸이라는 단어를 연발하는 미남이 있답니다~!"

"너라면『※단 미남 한정[40]』의 용법은 알 거 아냐~? 한마디

#40 단 미남 한정 과거 2ch에서 나온 말로, 잘생기면 뭘 하든 용서되는 분위기를 단적으로 표현한 말.

로 그런 거지이~."

"야, 그건 우리 고등학교 때 쓰던 말이잖아~! 한물 간 드립을 치면서 으스대다니, 아재냐!"

그야말로 동정 고등학생이나 업소 죽돌이 아저씨나 할 법한…… 그야 난 전자이기는 했지만, 그래도 여태껏 하지 않던 유치한 이야기를, 놀랍게도 평생 절대 하지 않을 것 같은 녀석과, 그것도 서로의 담배 연기가 닿을 듯한 거리에서 나누고 있는 이 상황은 이제 양쪽 다 만취한 상태였다는 변명 정도로 넘어갈 수 있는 문제가 아니라는 생각이 들었다.

그럼 뭐지? 나하고 하야마가 어느새 흉금을 터놓고 이야기할 수 있는 관계가 됐다는 건가? 아니면 둘 다 동정 고등학생이거나 업소 죽돌이 아저씨인가? 헉, 뭐야. 저 녀석 고등학교 때 동정이었어?

그나저나 아까부터 화제가 미묘하게 도돌이표를 찍는 것 같다만? 아닌가? 맞나?

×　　×　　×

"아, 젠장~. 난 역시 들어갈래. 이런 데 더는 못 있겠다고~!"

"아까는 그래봤자 뻘쭘하기만 하다며허~?"

"적어도 여기보다는 덜 뻘쭘할 거다!"

그렇게 벌써 몇 번째인지 모를 성질을 내고, 나는 비척비척 일어서서…… 어라, 서서 마신 줄 알았더니만 둘 다 어느새 땅바닥에 주저앉아 있었잖아? 완전히 막장이구만.

"그래? 그럼 오늘은 이 정도로 넘어가주지."

"오늘만이 아냐. 너하고는 이제 죽어도 안 마셔……. 내가 동창회에 다시 나오면 성을 간다."

『네가 일방적으로 깨졌거든?!』이라고 받아치지 못할 만큼은 무승부에 가까운 결과를 감안해, 나는 그렇게 구차한 대사를 내뱉고 휘청대는 다리로 오른쪽으로 돌아섰다.

이렇게 거나하게 취한 상태로 돌아가 봤자 아무도 상대해주지 않을 테니, 이제 구석에 드러누워서 어느새 모임이 끝나고 점원이 깨우러 오기만을 기다리면 된다.

어쩐지 무진장 찌질하고 한심하고, 술자리에서 보이는 추태 중에서도 최악의 부류에 속하는 느낌이 들기도 하지만 어쩔 수 없다.

"아니, 동창회뿐만이 아냐. 앞으로는 나를 쓸데없는 행사에 끌어들이지 말라고. 예를 들면 반 애들 결혼식 피로연이라든가."

"……그거라면 넌 초대받는 입장이 아니라 주최……."

"그러니까 바로 그런 게 쓸데없는 참견이라는 거야! 난 죽어도 참석 안 할 거고, 주최도 안 할 거라고!"

따지고 보면 애초에 이 녀석과 단둘이 있게 되어버린 게 모든 문제의 시작이니까, 그 원인을 제거하는 수밖에 없다.

즉 앞으로 이 녀석과 절대 얽히지 않으면 되는 거다.

"……그럼 이게 우리의 마지막 대화가 되는 셈인가?"

땅바닥에 주저앉아 고개를 떨군 채, 하야마가 나직하게 중얼거렸다.

그 말투와 몸짓에서 일종의 쓸쓸함이 묻어나지 않는 것은 아니었지만, 그냥 지독하게 취했을 뿐이라고 볼 수도 있었기에 나는 하야마의 본심을 추측하기를 포기했다.

"그렇겠지……. 아참, 그래도 네 장례식에는 참석해줄 수도 있다만. 그러면 대화하지 않아도 되니까. 거기서 30년 만에 재회하는 걸로 하자고."

"30년 만이라니…… 내 수명이 너무 짧잖아."

"그럼 100년 후로 하자고."

"뭐야, 넌 몇 살까지 살 작정인데?"

"난 전업주부니까 스트레스가 없어서 장수할 거다만."

평소처럼…… 거의 만나지도 않은 데다 줄곧 맞지도 않았던 우리의 마지막답게, 끝까지 서로 인정하는 일 없이, 그대로.

"……넌 정말 끝까지 재수 없는 녀석이구나."

"피차일반 아니냐?"

"그래……. 그럼 100년 후에 보자."

"그래, 잘 있어라."

그리하여 우리는 이번에야말로 마지막 인사를 나누고, 서로의 연결고리를 끊었다.

나는 하야마에게 등을 돌리고, 왁자지껄한 동창회장으로 향했다.

하야마도 곧 나처럼 가게로 돌아올 테지만, 그때는 이미 우리가 나눌 대화도 시선도 존재하지 않는다.

하야마는 진탕 취했어도 오기로 평소와 다름없는 리더를 연기할 테고.

나는 아무리 외로워도 오기로 길바닥에 굴러다니는 돌 행세를 하겠지.

그리하여 동창회는 하야마의 마무리 멘트로 경사스럽게 끝을 맺고.

하야마는 추종자들에게 붙들려 2차로 끌려가고, 나는 곧장 ……이 기다리는 곳으로…….

"자, 그럼 1차는 여기서 마친드아~!"

"두고 가는 거 없는지 잘 봐."

"2차 갈 사람, 이쪽으로 붙어."

"엇?"

"엇?"

내가 술집 문 쪽으로 손을 뻗은 순간, 갑자기 문이 열리며 안에서 왁자지껄한 목소리와 함께 사람들이 우르르 쏟아져 나왔다.

"어랍쇼, 하야토잖어? 히키가야도 여기 있었네?"

"담배타임 한번 길다 했더니……. 그나저나 이 빈 깡통들은 뭐야? 곤드레만드레 취했잖아."

"하야토가 하도 안 오길래 우리가 먼저 정리했는데."

그 무리 속에서 일동을 진두지휘하던 세 사람이 길바닥에 주저앉아 있는 하야마를 발견하고 이쪽으로 다가왔다.

그들은 5년 전, 하야마 그룹에서도 무채(無彩)를 띠었던 바보 삼총사 차드와 야마토, 오오오카…… 아차, 실수했다. 차드가 아니라 토베였지?

"정리했다고? 벌써?"

"벌써라니…… 하야토, 지금이 몇 신 줄은 알어? 슬슬 날짜 바뀔 시간이걸랑?"

"엉? 뭐라고? 말도 안 돼!"

의아함 가득한 토베의 태도와 말에 부랴부랴 휴대폰을 확인하자, 바로 그 순간 시계가 0:00을 가리켰다.

헉, 뭐야? 그럼 내가 이 주정뱅이하고 네 시간 가까이 단둘이서 떠들었단 소리야? 설마 나도 주정뱅이인 건가? 아니 뭐 주정뱅이는 맞지만.

그럼 『× × ×』 사이에 인터벌이 얼마나 되는 거냐고. 미수록 대화를 죄다 집어넣으면 대체 몇 페이지로 불어나는 거냐, 이 소설.

"토벳치, 걔네 챙겨라. 난 다른 애들을 2차 장소로 데려갈 테니까."

"난 걔들 짐 가져올게. 부탁한다."

"뜨어, 넘하잖어~. 주정뱅이 둘을 나한테 떠넘기고 늬들은 쏠랑 내빼기냐~."

그런 삼총사의 무성의하지만 빠릿빠릿한 일처리를 하야마와 나는 멍하니 바라보았다.

고등학교 때는 하야마 없이는 무엇 하나 결정하지 못했던 세 사람은 어느덧 이 동창회를…… 아니, 최소한 마무리와 2차로의 연결은 완벽히 주도했고, 하야마(덤으로 나)를 보살필 정도로 성장했다.

그 낯선 광경이 5년이라는 세월을 실감하게 했다.

그 바람에 하야마와 나는 마치 손자의 성장을 감개무량한 심정으로 바라보는 치매 노인 같은 표정을 짓고 말았다. 치매니까 금방 까먹을 게 분명하다만.

"하야토, 일어날 수는 있는겨?"

"그, 그래……"

반면에 토베의 부축을 받으며 비틀비틀 일어서는 하야마의 한심함이란…… 그래, 5년이라는 세월의 무게는 잔인하구나.

"으쌰……. 히키가야, 넌 혼자 걸을 수 있지?"

"그, 그래. 난 아직 버틸 만하다만."

"그럼 하야토를 반대쪽에서 부축……."

"그건 사양하마."

"아항, 그랬지~? 그런 놈이었지~?"

그렇게 혼자 남겨진 토베는 궁시렁거리면서도 『어쩔 수 없구만』 같은 형님 포스를 발산하며 싹싹하게 하야마를 돌보았고, 나를 챙기는 것도 잊지 않았다.

뭐 결과적으로 하야마가 몰락한 느낌이 점점 더 강해지는 것 같다만.

"것보다 늬들, 올해도 꽤나 재밌게 놀았나벼?"

"……그럴 리 있겠냐?"

"……끔찍한 시간이었지."

신경 써준 건지도 모르지만 오히려 반감을 부추기는 토베의 말에, 우리는 똑같이 씁쓸한 표정으로 대꾸했다.

덤으로 목구멍 안쪽에서 올라오는 시금털털한 액체도 억지로 삼켰다. 얼른 편의점에 들러서 숙취 해소제를 공급하지 않으면 위험할 것 같다. 아니 지금 숙취를 걱정할 때가 아니라고 이 정도면 이미 긴급 상황이라고.

"이제 와서 뭐래? 늬들 지난 5년간 매번 이 짓거리를 해왔잖어."

"……그런 기억은 없는데."

"……나도."

그렇게 내가 밀려오는 위액이라는 이름의 적과 『여기는 내게 맡기고 먼저 ㄱ…… 구웨에에엑』하고 멋지게 혈투를 벌이는 와중에 분위기 파악 못하기는 예나 지금이나 마찬가지인 토베가 재차 구역질나는 화제를 꺼냈다.

"그치만 늬들, 매년 동창회 때마다 꼭 둘이서 사라지잖어? 그리고 매번 황당한 이유로 대판 싸우고."

"…………기억 못한다고 했잖어."

"…………그만 입 다물지 그래?"

"그래서 하야토한테 내년엔 동창회 하지 말까? 하고 물어봐도 절대 그만두려고는 안 하잖어. 히키가야도 싫으면 안 오면 될 텐데 매번 꼬박꼬박 참석하고 말이지. 니네가 무슨 견우랑

직녀냐고."

"나나나난 그냥 사방에서 압력이 들어와서……."

자칫 에비나 양이 들어버리기라도 했다가는 『그래서 누가 직녀인데?!』하고 달려들 것 같은 농담을 후다닥 가로막았다.

"정말? 내가 빠져나갈 구멍을 막은 건 처음 2년뿐이었는데?"

"너까지 왜 이제 와서 그런 소리를 하냐고!"

하지만 만취 상태일 하야마는 변함없이 적개심을 드러내며 나를 도발해왔다. 그래그래 이건 적개심이니까 오해하지 말라고!

그보다 어디로 보나 2학년 때 반 모임을, 그것도 매년 열다니 운영진이 이상한 거 아니냐고. 즉 견우 쪽이…… 아냐, 관두자.

덤으로 방금 전봇대 뒤에서 안경 같은 게 번쩍 빛난 느낌이 들었지만, 그것도 잘못 본 걸로 치자.

"늬들이 자꾸 그러니까, 올해는 하야토한테도 여자애들 아무도 접근 안 하게 돼버렸잖어."

"……그냥 이 녀석이 날파리 퇴치용으로 날 이용해먹는 것뿐 아니냐?"

"너도 딴 여자가 관심을 보이면 곤란할 텐데? 그녀에게 항상 감시당하는 모양이니까."

"아니거든? 내가 멋대로 연락하는 것뿐이거든?"

"모르나 본데, 그런 타입은 오래 사귈수록 점점 질투가 심해지고 피곤하게……."

"자자, 그만그만! 나머지는 2차에서 하든가!"

언제 끝날지 모르는 언쟁에 질려버린 토베가 강제로 우리 사이로 비집고 들어왔다.

참고로 매년 이 상태로 아침까지 쭉 이어지고는 한다. 2차 노래방에서 3차 사이제까지…….

일 년에 364일은 얼굴 볼 일 없는 우리의 단 하루의 반목.

비록 언제까지 계속될지는 모르지만…… 아니, 계속되기를 바라는 마음은 추호도 없지만.

그래도 계속되는 이상, 나는 이 녀석에게만큼은 죽어도 질 수 없다.

"하야마, 너 사실은 날 엄청 좋아하는 거 아니냐? 맞지?"

"여기서 내가 『사실은……』이라고 하면 질색할 거잖아? 그러니까 그런 질문은 하지 마."

"야, 하지 말라고 하지 말고 부정하라고!"

× × ×

마지막까지 누차 변명해보자면, 이건 완결이 나기 전에 쓴 이야기다.

그러므로 이 시점에서 관계성이 확정되지 않은 사람들은 나오지 않는다.

그런 와중에 이것은 이랬으면 좋겠다는 바람을 담은 가능성이다.

『그』가 누구를 선택하든.
『그 녀석』이 어떤 길로 나아가든.

그것과는 상관없이 『내』가 마음속에 그려본 가능성.

읽어주셔서 감사합니다.

(끝)

역시 여동생만 있으면 돼.

와타리 와타루

복도 창문이 바람에 흔들렸다.

부실로 향하던 발길을 잠시 멈추고 바깥을 내다보니, 뒤늦게 핀 벚꽃이 봄의 끝을 아쉬워하듯 하늘하늘 작별의 춤을 선보였다.

벌써 4월도 중순을 넘어 훈풍이 부는 계절을 맞이했다.

이제 곧 고등학생으로 보내는 마지막 봄이 끝난다. 아니, 비단 봄뿐만 아니라 많은 것이 끝을 맞이하려 하고 있었다. 앞으로 일 년이 채 못 되어 나는 고등학교를 졸업하게 된다.

대입 시즌까지 열 달도 남지 않았다. 대학입학 공통 테스트[#41]를 기준으로 하면 아홉 달 남았다. 엇, 뭐야. 장난 아니잖아? 대놓고 빠듯하잖아? 완전 위험하다고.

입시를 생각하면 촉박하다 못해 까딱하면 피박일 정도다.

지금 당장이라도 공부에 착수해야 한다는 걸 머리로는 알지만, 몸은 도통 말을 듣지 않았다. 후후훗, 입으로는 싫다면서 몸은 정직하구만…… 분해! 움찔움찔!

하지만 아무리 내 몸이 한없이 정직한 통제 불능 바디일지

#41 대학입학 공통 테스트 일본의 전국적인 대입 시험으로, 국공립 대학을 지망할 경우 필수로 치러야 함.

라도 그냥 가만히 손 놓고 있기도 뭐하다. 갑자기 본격적으로 입시 공부를 시작하기는 힘들 테지만, 그래도 준비 정도는 해 둬야 마땅하겠지.

그래서 수업이 끝나고 부실로 가기 전에 진로 지도실에 들러서 학원 팸플릿을 대충 긁어모아왔다.

어차피 봉사부는 무진장 한가해서 생각할 시간은 차고도 넘친다. 심지어 심심함을 달래기에 딱 좋을 정도다. ……그 시간에 공부를 하는 게 낫지 않냐?

한순간 정상적인 생각이 뇌리를 스쳐갔지만, 그것을 떨쳐내고 나는 부실 문으로 손을 뻗었다.

드르륵 문을 열자, 눈에 익은 풍경이 펼쳐졌다.

정갈한 손놀림으로 홍차를 우리는 유키노시타 유키노, 가방에서 전병 과자를 꺼내서 접시에 좌르륵 담는 유이가하마 유이가 보였다. 그리고 그 맞은편에 앉아 턱을 괸 채 휴대폰을 들여다보는 사람은 부원도 아닌데 왠지 부실에 죽치고 있는 잇시키 이로하였다. 잇시키의 존재는 다소 가변적이지만, 그래도 자주 보아온 모습이었다.

여태까지와 명확한 차이가 있다면 단 하나, 잇시키 옆에 내 동생 히키가야 코마치가 있다는 점뿐이었다.

코마치는 따끈따끈한 새 교복 차림으로 콧노래를 흥얼거리며 테이블을 쓱쓱 닦았다. 그리고 유키노시타와 유이가하마의 컵을 늘어놓고 새로 종이컵을 꺼내는 등 바지런히 움직였다.

보아하니 신임 부장의 지휘 하에 봉사부는 새로운 체제로 돌아가기 시작한 눈치였다. 언젠가 이 홍차 향기도 대물림되어 코마치가 홍차를 타는 날이 올지도 모른다. 그나저나 잇시키 양은 뭐하고 계신다니? 차 마시러 온 손님이신가?

그때 문소리를 들었는지 잇시키가 이쪽을 돌아보았다.

"아, 선배님. 늦어요~."

영악하고 깜찍하게 볼록 뺨을 부풀리는 잇시키에게 그래그래 잘못했다 건성으로 반응해주고 내 지정석으로 향했다.

"힛키, 야헬롱!"

"왔니?"

유이가하마는 살랑살랑 가볍게 손을 흔들었고 유키노시타는 내 찻종지에 홍차를 따라주었다. 두 사람의 인사에 나는 「어, 그래」 하고 짤막하게 대꾸하고 의자를 빼냈다.

그러자 유키노시타가 내 앞에 김이 모락모락 피어오르는 찻종지를 내려놓았다……고 생각한 순간.

"아, 유키노 언니. 잠깐만요."

코마치가 제동을 걸었다.

"응? 왜, 왜 그러니?"

뜬금없는 제지에 당혹스러워하는 유키노시타에게 코마치가 조금 미안한 듯한 미소를 지으며 말했다.

"오빠한테는 아직 좀 이르지 않나 해서요."

"그, 그러니……? 그야 히키가야는 아직 홍차의 풍미를 이해하기는 어려울지도 모르지만……. 그렇다고 혼자만 찻잎 등급을 낮추기도 좀……."

그렇게 말하며 유키노시타가 흘끔흘끔 찻잎을 보관해둔 곳을 곁눈질했다.

"음…… 아무리 봐도 오빠용으로 싼 찻잎을 마련해둔 것 같네……."

코마치는 과연 유키노 언니……라고 말하듯 미묘한 표정을 지었다. 실제로 난 홍차 맛을 잘 모르므로 유키노시타의 대비는 합리적이다. 오히려 내 몫을 따로 챙겨두다니, 그 배려에 살짝 감동해버렸을 정도라니까?

"……맛이 아니라 온도 이야기였는데요, 아하하……."

"온도……? 아……."

유이가하마는 입을 헤 벌리고 고개를 갸웃했지만, 곧이어 뭔가 깨달았는지 나직하게 탄성을 질렀다. 그리고 유키노시타도 거의 동시에 고개를 끄덕였다.

"그렇구나. 뜨거운 걸 잘 못 먹으니까."

"딩동댕~! 두 분 다 정답입니다~!"

코마치는 생긋 웃으며 짝짝 박수를 치는가 싶더니, 이내 진지하게 그지없는 얼굴로 손가락을 좌우로 흔들며 설명을 덧붙였다.

"우리 집 식구들은 다 뜨거운 걸 잘 못 먹어서 홍차는 약간 식은 게 입맛에 맞아요. 그리고 홍차는 스트레이트일 경우 다과는 단 걸 추천해요. 기억해주시면 코마치 기준으로 포인트가 높다고나 할까요?"

"그, 그러니……? 다음부터는 주의할게…… 아니, 주의하겠습니다."

"갑자기 존댓말이 됐잖아?! 그치만 그렇게 되는 심정두 좀 알 거 같아!"

유키노시타가 면목 없다는 듯 쟁반을 품에 안고 고개를 끄덕이자, 유이가하마도 얼른 자세를 바로 했다.

한편 맞은편에 앉은 잇시키는 질려버린 기색이었다.

"장난 아니네, 오코메. 완전히 시누이가 따로 없잖아······. 그런 거 엄청 성가셔서 싫거든요······?"

"칫······ 근데 이로하 선배는 굳이 기억할 필요 없는 거 아니에요? 우리 식구들, 시판 페트병 홍차는 딱히 안 가리니까 어디 거든 상관없거든요! 잘됐네요!"

"저기, 아무리 그래도 차 정도는 탈 줄 알거든? 아, 유키노 선배님, 사약 있나요? 오코메한테 쓴맛을 보여주고 싶어서요."

"거기 든 건 그냥 끓는 물이라고요! 코마치 뜨거운 거 못 먹으니까 하지 마요!"

잇시키가 전기 포트로 손을 뻗자, 코마치가 필사적으로 막았다.

그렇게 아옹다옹하는 모습을 곁눈질하며, 나는 여전히 김이 피어오르는 찻종지 쪽으로 손을 뻗었다.

딱히 차가 뜨겁든 말든, 다과가 뭐든 상관없다.

집은 집이고 부실은 부실이다. 여기서만 맛볼 수 있는 것도 있는 법이다.

나는 뜨거운 홍차에 후후 입김을 불어 홀짝홀짝 마시며 전

병을 와삭와삭 씹었다.

"음, 맛있구만. 차도 다과도 뭐든 다 맛있으니까, 뭐든 상관 없어."

후우 나직하게 한숨을 쉬며 혼잣말처럼 중얼거리자, 일렬로 앉은 유키노시타와 유이가하마가 얼굴을 마주보더니 후훗, 입가에 미소를 머금었다.

"……뭐든 상관없다는 게 가장 까다롭지만 말이야."

"응, 맞아."

둘이서 쿡쿡 작은 미소를 주고받는 사이, 맞은편에 앉은 두 사람이 뭔가 수군거리기 시작했습니다요.

"나왔다. 약아빠진 대사……."

"뭐 오빠는 늘 저런 식이니까요……."

방금 전까지만 해도 티격태격 말다툼을 벌인 주제에 비밀스러운 대화라도 나누듯 떫은 얼굴을 맞대고 귓속말을 주고받는가 싶더니, 내게 차가운 눈길을 보내왔다. 그 반응에 몹시 마음이 불편해져서, 나는 신문을 펼치는 옛날 아버지들처럼 학원 팸플릿을 부스럭 펼쳤다.

"힛키, 그건 뭐야?"

"진로 지도실에서 가져온 거다만. 보고 싶냐?"

신기한 듯 바라보는 유이가하마에게 팸플릿을 몇 개 건네 주자, 유이가하마는 그것을 주섬주섬 펼쳐 책상에 늘어놓았다. 그러자 유키노시타도 유이가하마 옆에서 흠흠, 고개를 끄덕이더니 그 내용을 눈으로 훑어나가기 시작했다.

이런 종류의 자료나 팸플릿은 요새는 인터넷에서도 얼마든지 찾아볼 수 있지만, 다른 사람과 같이 보거나 팔랑팔랑 넘기며 비교해보기에는 여전히 인쇄물 형태가 편하다.

뒤이어 잇시키와 코마치가 맞은편에서 우리도 보여달라는 듯 손을 내밀었기에 책상 위로 쓱 밀어주었다. 그것을 흘끗 본 잇시키가 김빠진 목소리로 중얼거렸다.

"어휴, 벌써부터 입시 준비예요? 힘드시겠네요~."

"대놓고 남의 일 취급하기냐……. 너도 내년에는 고민하게 될 거라고."

내 말에 옆에서 무진장 우울한 목소리가 들려왔다.

"맞아, 나두 지금 엄청 고민돼……."

옆을 휙 돌아보자, 유이가하마가 어둡게 그늘진 표정으로 팸플릿에 시선을 떨구었다. 그리고 땅이 꺼져라 한숨을 쉬었다.

"……난 뭘 하구 싶은 걸까?"

"심각하구만……."

하지만 그래도 진지하게 따져보는 자세는 유이가하마다웠다. 난 그냥 합격하는 데 갈까 하는 생각 정도밖에 없다만…….

인상을 쓰고 끙끙대며 팸플릿을 비교해보는 유이가하마가 보기 안쓰러웠는지, 유키노시타가 다정하게 말을 걸었다.

"대학 선택이 반드시 훗날의 진로와 직결되는 건 아니니까, 그 정도로 심각해질 필요는 없지 않겠니?"

"그, 그치……? 그렇긴 한데…… 그래두 역시 고민돼."

유이가하마는 우앙~ 하고 유키노시타를 와락 끌어안았다.

그러자 유키노시타는 「답답해……」 하고 불평하면서도 노트북을 꺼내서 타닥타닥 조사하기 시작했다.

"우선 유이가하마, 네가 가고 싶은 대학과 학부에 관해 조사하는 것부터 시작해보자."

유키노시타와 유이가하마가 어깨를 맞대고 고심에 고심을 거듭하며 대학에 관한 정보를 검색해나가자, 그 모습을 흐뭇하게 바라보던 코마치가 갑자기 잇시키를 돌아보았다.

"이로하 선배는 가고 싶은 데 있어요?"

"음…… 역시 유명대학? 아오가쿠나 조치나 릿쿄#42 같은 데?"

"이야, 굉장해! 대답에서는 무식한 느낌이 나는데 유식한 대학을 노리네요!"

"뭐? 어차피 대학에서는 공부 안 하는데 유식한 게 무슨 상관이야? 세련되고 귀여운 게 중요하지."

"우, 우와……. 코마치, 이로하 선배를 좀 얕잡아봤나 봐요……. 이쯤 되면 오히려 멋지잖아? 이 선배……."

자신만만하게 선언하는 잇시키를 보고 코마치가 전율했다. 사실 나도 좀 쫄았다. 하여간 이로하스도 참, 감탄스러울 만큼 이미지만 가지고 결론을 내리는구만…….

그래도 발상 자체는 딱히 틀리지 않았다는 생각도 든다. 나도 패밀리 마트에서 매장 내 광고 방송을 들을 때마다 테이쿄 헤이세이 대학에 갈까 하는 생각이 들고, 면허는 합숙면허

#42 아오가쿠나 조치나 릿쿄 「아오야마가쿠인 대학」, 「조치 대학」, 「릿쿄 대학」 세 학교 모두 기독교 이념을 기반으로 설립된 최상위권 종합 사립대학이다.

WAO!!에서 따야겠다고 결심해버리는걸⋯⋯. 근데 그 광고,[#43] 진짜 도무지 머릿속을 떠나지 않는단 말이야⋯⋯. 이 정도면 각인효과랄까, 서브리미널[#44] 수준으로 반쯤은 세뇌나 다름없다.

그리고 내 옆에서는 또 다른 세뇌가 이루어지는 중이었다.

"지명도, 유명 대학, 세련⋯⋯."

"유이가하마, 현혹되지 마. 건실하게 고르자. 안 돼, 인컬리나 올라[#45] 같은 뜻 모를 말을 검색하지 말아주겠니? 왠지 무척 불안해지니까."

그리고 유키노시타는 유이가하마에게서 노트북을 뺏어서 내게 넘겼다. 오케이, 잘했어 유키노시타. 저도 유이가하마의 장래가 어쩐지 무진장 불안해지는 느낌이니까 열었던 탭을 잽싸게 닫아버리도록 하지요!

쓸데없는 소리 하지 말라고 째릿 노려보자, 잇시키는 딴청을 피우듯 흠흠 헛기침을 하고 냉큼 코마치에게로 화제를 돌렸다.

"오코메는 어때? 대학 어디 갈지 생각해봤어?"

"코마치는 오빠의 실패를 보고 나서 정하려고요!"

"뭐냐고, 내가 실패하는 게 전제냐고⋯⋯."

코마치는 생긋 울트라 스마일과 함께 씩씩하게 승리 포즈를 취했다. 너무나 힘찬 선언에 내 어깨가 힘없이 처졌다. 하지만

#43 그 광고 일본의 패밀리 마트 내에서는 『테이코 헤이세이 대학』이나 『합숙면허 WAO!!』의 광고 및 나레이션이 자주 반복된다.
#44 서브리미널 인간이 인지하지 못하는 자극을 주어서 잠재의식에 영향을 미치는 기법.
#45 인컬리나 올라 인컬리는 인터컬리지(intercollege)의 줄임말로 대학 간 연합 동아리를 뜻하며, 올라는 올라운드 서클의 줄임말로 다양한 활동을 하는 사교 목적 동아리를 말함.

손위형제의 실패를 보고 배우는 건 동생의 특권이다. 하다못해 유익한 실패를 하자고.

"뭐 코마치야 아직 시간이 있으니 어떻게든 될 거다만……."

내가 피식 쓴웃음을 지으며 말하자, 옆에서 들었는지 유이가하마와 유키노시타가 고개를 끄덕였다.

"맞아, 코마치는 아직 1학년이잖아. 당분간은 실컷 놀아도 돼!"

"그보다는 공부하라고 권하는 편이 좋지 않겠니……?"

유이가하마가 가슴 앞에서 두 주먹을 불끈 움켜쥐고 훅훅 거친 콧김을 내뿜자, 유키노시타가 조금 지친 기색으로 한숨을 쉬었다.

"코마치는 그렇다 치고, 잇시키는 어때? 성적은 괜찮냐?"

"저요? 아, 네 뭐…… 전 지정교 추천#46으로 갈 생각이어서요."

"아하, 지정교 추천! 그거 좋네요!"

코마치가 대단하다며 짝짝 박수를 치자, 잇시키가 에헴 가슴을 폈다.

"후훗, 이래봬도 겉멋으로 학생회장을 하는 게 아니니까요. 참, 오코메도 추천을 노려보는 게 어때? 머리 나빠 보이는데."

"으아 뭐래는 거야 이 사람, 진짜 심하네……. 그래도 지정교 추천이라는 제도는 매력적이니 코마치도 학생회장을 목표로 해볼까 싶네요. 그러니까 올해 선거에서 박살내드리죠."

"하핫, 질 거란 생각이 눈곱만큼도 안 드는데?"

#46 지정교 추천 대학에서 특정 고등학교를 지정하고 거기서 추천하는 학생을 선발하는 제도. 일반 입시에 비해 입학이 수월함.

"올해 선거가 기대되네요. 후훗."

잇시키가 코웃음을 치자, 코마치가 생긋 의미심장한 미소를 지었다. 그리고 한동안 둘이서 조용히 눈싸움을 벌이는가 싶더니, 불현듯 잇시키의 미소가 어두워졌다.

"……저기, 잠깐만. 진짜 선거에 나올 생각은 아니지? 선배들이 오코메를 응원하면 나 좌절해버릴 것 같은데……."

"글쎄요, 어떠려나요? 어때? 오빠."

"어떤가요? 선배님……."

코마치가 애교스러운 음성과 녹아내릴 듯한 미소로 나를 부르자, 잇시키도 불안으로 떨리는 목소리와 간절한 눈빛을 보내왔다.

"오빠아~♪"

코마치의 앳되고 해맑은 음성은 통통 튀듯 경쾌했고, 초롱초롱 빛나는 눈망울에는 전폭적인 신뢰가 가득했다. 비스듬히 기울인 고개는 아기 고양이가 머리를 비벼오는 몸짓을 닮아서, 그 기대를 저버릴 수 없다는 마음을 불러일으켰다.

"선배……님……."

잇시키는 도톰하고 고운 입술을 벌려 뜨거운 숨결을 닮은 음성으로 띄엄띄엄 호소하며, 촉촉한 눈동자를 살짝 들어 나를 올려다보았다. 애절하게 교복 블라우스를 꼭 움켜쥔 그 모습은 마치 기도하는 것 같았고, 가늘고 나긋나긋한 손가락은 희미하게 떨렸다.

동생과 후배의 『누구 편을 들 거야?』라는 무언의 추궁은 어느새 압박으로 변했다.

이윽고 앞에서 밀려오는 사랑스러운 압박감과는 또 다른 압력이 옆에서도 느껴지기 시작했다.

흘낏 곁눈질로 살피자, 차디찬 눈빛으로 나를 쏘아보는 유키노시타와 유이가하마가 시야에 들어왔다.

"……."

"……."

저기, 침묵하지 말아주겠냐? 삿포로 눈 축제에 전시된 얼음 조각상도 그토록 차가운 표정은 아닐 거라고.

여기서 어떤 대답을 하든 좋은 꼴은 못 볼 게 뻔했기에, 나는 「아하하……」 하고 의미 없는, 오로지 공백을 메우기 위한 억지웃음만을 지어 보였다.

그 상태로 몇 초가 흘렀을까. 어쩌면 영겁의 시간이 흘렀는지도 모른다.

열정과 냉정 사이에서 쌍소멸할 위기에 처했을 때, 마침내 종말의 순간이 찾아왔다.

똑똑.

참으로 오랜만에 부실 문을 두드리는 소리가 들려온 것이다.

×　　×　　×

노크 소리에 모두가 화들짝 놀라 정신을 차리고 서로 얼굴을 마주보았다. 그리고 문 쪽으로 시선을 향했다.

그 틈에 나는 도허어어어 커다랗게 한숨을 쉬었다. 큰일 날 뻔했다…… 진짜 숨 막혀 죽는 줄 알았다고…… 그나저나 내 생명의 은인은 누구인가 싶어, 감사의 마음을 담아 문을 바라보았다.

하지만 아무리 기다려도 문이 열릴 기미는 없었다. 의아함에 고개를 갸우뚱한 순간, 문 너머에서 재차 똑, 똑…… 하고 약간의 망설임이 섞인 노크 소리가 들려왔다.

그러자 유이가하마가 불현듯 뭔가를 깨닫고 코마치에게 말했다.

"코마치, 대답해야지."

"아, 네! 들어오세요! 열려 있어요!"

코마치가 낭랑하게 외치자, 방문객이 머뭇머뭇 문을 열었다.

"시, 실례합니다……."

소심한 목소리로 인사하며 슬그머니 모습을 드러낸 사람은 푸르스름한 흑발의 남학생이었다.

카와 어쩌고 양의 동생, 카와사키 타이시다.

부실 안을 둘러본 타이시는 한순간 주춤했다. 보아하니 여성 비율이 높아서 당황한 눈치였다. 들어오기를 주저하며 쩔쩔매는 타이시에게 유이가하마가 살랑살랑 손을 흔들어주며 소탈하게 인사를 건넸다.

"아, 타이시다. 오랜만이야."

"어서 들어오렴."

유키노시타의 권유에 타이시는 쑥스러운 기색으로 머리와

뺨을 긁적이고는 굽실굽실 머리를 조아리며 헤헷 겸연쩍은 미소를 지었다.

"아, 감사합니다 죄송해요 고맙습니다."

으음, 그야 뭐 예쁜 선배가 친근하게 손을 흔들어주면 저절로 저런 반응이 나오기 마련이지. 이해한다.

이해한다만, 그것과는 별개로…….

뭐가 좋다고 실실 쪼개고 난리야, 이 자식. 누나한테 이른다? 근데 생각해보니 카와 어쩌고 양한테 말 걸기가 무진장 껄끄럽구만. 어쩔 수 없지, 너그러이 봐주마. 내 부족한 사회성과 네 누나의 무서움에 감사하라고.

나는 그렇게 넘어가주기로 했지만, 그 점을 짚고 넘어가기로 한 사람이 있었다.

"누구예요?"

미심쩍은 표정으로 타이시를 흘끗 곁눈질한 잇시키가 곧장 내게로 시선을 돌려 수상하다는 듯 물어왔다.

"카와사키 타이시라고, 카와사키 동생이다만."

"아하……. 근데 카와사키는 또 누구예요?"

관심 없다는 듯 심드렁한 목소리로 대꾸하기는 했지만, 잇시키는 여전히 전혀 감을 못 잡는 눈치였다.

"너도 몇 번 봤을 거다만……. 프롬 때도 의상 관련으로 도움을 받았고."

"아, 그 뭔가 무서운……."

누군지 알아차린 잇시키는 후다닥 의자를 움직여 타이시와의 거리를 벌렸다. 하기야 군자는 위험을 가까이하지 않는다는 옛말도 있으니까. 제법 현명한 판단이다. 카와 어쩌고 양은 자기 동생을 까면 비교적 진심으로 화내거든!

그리하여 빈 공간에 코마치가 영차꿍차 접이식 의자를 날라왔다.

"아무튼 일단 앉아."

의자 좌판을 탁탁 치며 앉기를 권하고, 코마치는 다시 자기 자리로 돌아갔다.

"고마워, 히키가야……"

타이시는 헤벌쭉 황홀한 표정으로 답했지만, 이내 뭔가를 깨달았는지 헉, 하고 몸을 쑥 내밀더니 득달같이 물었다.

"아, 남매가 다 있으니까 히키가야라고 부르면 헷갈리겠네. 호칭을 좀 바꾸는 편이 낫겠지? 맞지? 그렇지?"

그러나 코마치는 뜬금없이 무슨 소리냐는 듯 고개를 갸웃했다.

"응? 아냐아냐 전혀 문제없어 다 알아들으니까. 하나도 안 헷갈려. 이대로도 충분할 정도야. 게다가 타이시, 오빠를 형님이라고 부르잖아?"

"……그러네요."

타이시는 허물어지듯 털썩 의자에 주저앉더니 그대로 어깨를 축 늘어뜨리고 내일의 죠 최종회처럼 새하얗게 불타버렸다.

유이가하마는 그 모습을 안쓰럽게 바라보며 「웃……」 하고 신음했고, 유키노시타는 「……이름으로 부르는 것 말이구나」

하고 나직하게 중얼거리며 소리 없이 눈을 내리깔았다. 그 반응에서는 어딘가 동정과 공감의 빛이 묻어났다.

하지만 타이시 주제에 감히 코마치를 이름으로 부르겠다니 천년은 이르다고. 프리큐어만 해도 8화가 걸릴 정도였으니까. 음, 그 뭐랄까 이것저것 절차를 거쳐야 하는 법이거든요. 근데 진짜 어떤 타이밍에서 이름으로 넘어가면 되는 걸까요? 어떡하면 좋을 것 같냐고?

그렇게 자신을 돌아보는 나는 안중에도 없이 잇시키가 스슥 의자를 코마치 옆으로 붙이더니, 미심쩍은 얼굴로 귓속말을 건넸다.

"오코메, 그거 진심으로 하는 소리야?"

그 말에 코마치는 한순간 어리둥절한 기색이었지만, 곧 피식 당돌한 미소를 지으며 엄지를 척 치켜세웠다.

"후훗, 물론이죠."

"하핫, 어느 쪽인지 모르겠어."

잇시키의 메마른 웃음에 우리도 쓴웃음을 지을 수밖에 없었다. 하여튼 코마치 양은 가끔 속을 모르겠단 말이지…….

"코마치, 우선 자세한 이야기를 들어보는 게 어떻겠니?"

"아, 그러네요."

유키노시타의 지적에 코마치는 얼른 타이시 쪽으로 몸을 돌렸다. 그리고 거창하게 헛기침을 하더니, 겐도 포즈로 손깍지를 끼고 유별나게 엄숙한 목소리로 입을 열었다.

"크흠. ……그럼 용건을 말해주시죠."

"아, 그게 별거 아니라고 할까, 막 심각하게 고민되는 건 아니지만, 그냥 이야기를 좀 들어줬으면 해서……."

타이시는 수줍수줍 꼼질꼼질하면서 흘끔흘끔 코마치의 반응을 살피며 운을 뗐다. 하지만 그 바람에 도무지 이야기가 진행될 기미가 없었다.

코마치는 흠흠 진지하기 그지없는 모습으로 귀를 기울였지만, 나는 조금 답답해졌다. 유키노시타와 유이가하마도 얌전히 듣고 있었지만, 나는 참다못해 다리를 달달 떨고 말았다. 게다가 잇시키는 아예 대화에서 쏙 빠져서 따분한 기색으로 휴대폰을 만지작대는 중이었다. 이따금 웃는가 싶더니 SNS나 들여다보고 있고……. 꼭 망한 미팅에 나온 재수 없는 여자 같구만.

"사실은 어느 동아리에 들어가는 게 좋을지 고민돼서요……. 혹시 조언을 좀 받을 수 있을까 하고요……. 꽤, 괜찮을까요……?"

얼른 말 못하냐……? 그렇게 생각하며 벌레 씹은 얼굴로 노려보고 있자니, 마침내 타이시의 이야기가 본론으로 접어들었다.

"아, 그러냐? 야구부 들어가라, 야구부. 됐으니까 야구하자고. 오케이, 결정이다."

"즉답이잖아?! 게다가 엄청 무성의해!!"

"하다못해 고민하는 이유만이라도 들어주는 게 어떠니……?"

유이가하마는 경악했고, 유키노시타는 어처구니없어했다. 하지만 나도 되는 대로 주워섬긴 건 아니다.

진지하게 생각한 끝에 조언한 거다.

프로야구 선수가 되면 성우와 결혼할 수 있다. 라이트노벨 작가보다 훨씬 확률이 높다. 아니, 이 정도면 라이트노벨 작가가 가장 인연이 없는 거 아니냐? 라디오 구성작가도 성우하고 결혼했고. 나도 연말에 발표[47]하고 싶다만?

내가 머릿속으로 드래프트 회의용 프로 지원서를 제출하는 사이, 유일하게 진지한 자세로 들어주던 코마치가 흠흠 고개를 끄덕였다.

"견학은 해봤어?"

"그게, 견학을 해봐도 감이 안 잡혀서……. 물어봐도 제대로 대답을 안 해주잖아요? 말이야 우리는 여유롭게 활동한다고 그러는데, 실제로는 어떤지 모르겠고……."

타이시는 난감한 얼굴로 웃으며 이쪽으로 시선을 돌렸다. 코마치와 직접 대화하자니 아무래도 긴장되는 눈치였다. 그래, 그 마음 알다마다…….

"누나가 학원에 다녀야 하니까 제가 케이카를 챙겨야 할 것 같아서요. 그러려면 엄격한 동아리가 아닌 편이 낫잖아요? 융통성 있는 데가 좋다고나 할까……."

"……그렇구만."

타이시가 나를 보며 말했으므로, 결과적으로 내가 맞장구를 쳐야 하는 처지가 되고 말았다.

#47 연말에 발표 성우 스자키 아야가 2019년 12월 31일에 블로그로 라디오 구성작가와의 결혼 소식을 발표했음. 그 외에도 다수의 일본 여성 성우들이 2019년 연말부터 2020년 1월 1일까지 결혼 발표를 했음.

하기는 사춘기 소년이 호감 가는 여자애와 상급생 미소녀들 앞에서 긴장하는 거야 당연하다. 도움을 청하는 눈빛으로 바라보면 나도 무시하기 힘들다.

하지만 아까도 말했다시피 사춘기 소년 아닌가. 아무래도 간접적으로나마 자기 어필을 하고 싶어지기 마련이지요!

"저도 이제 고등학생이잖아요? 집안일도 신경 쓰는 게 좋지 않을까 싶어서요."

덧붙이며 타이시는 흘끔흘끔 코마치 쪽을 곁눈질했다. 자, 어때요? 저 이래봬도 꽤나 생각이 깊다니까요? 하고 분위기로 열변을 토하는 느낌이 났다.

그렇게 소박하지만 몹시 눈물겨운 어필을 당사자인 코마치는 흠흠 고개를 끄덕이며 들어주었지만, 이내 한층 힘차게 고개를 끄덕이고 빙글 내 쪽으로 돌아앉았다.

"오빠, 이거 그거지?"

"그거구만."

둘이서 힘주어 고개를 끄덕이고, 눈과 눈으로 소통하며[48] ☆MUEO·N.

타이시와 유키노시타, 유이가하마가 고개를 갸웃하는 데도 아랑곳없이 남매끼리 멋대로 이심전심 놀이를 하고 있자니, 그 모습이 수상쩍게 비쳤는지 마침내 잇시키가 아리송한 표정으로 물었다.

"그거라니요?"

---

[48] 눈과 눈으로 소통하며 쿠도 시즈카의 노래 「MUGO・ん(무언(無言))…요염하게」의 가사.

""4월병.""

코마치와 나는 한 치의 오차도 없이 이구동성으로 대답했다. 그러자 유이가하마는 황당함이 섞인 쓴웃음을 지었고, 유키노시타는 관자놀이에 손을 얹고 한숨을 쉬었다.

"그런 병명, 처음 들어……."

"너희 집만 『가정 의학』[49]이 유독 두꺼울 것 같구나……."

잇시키는 아예 「아, 네에~. 그래요?」 하고 건성으로 대꾸한 것을 끝으로 다시 대놓고 무시하기 모드에 들어갔다.

유일하게 타이시만이 어안이 벙벙한 기색으로 멍하니 앉아 있었다. 하는 수 없구만. 설명해줄까……?

"4월병이란 중학생, 고등학생, 대학생 또는 사회인이 새로운 환경에 지나치게 의욕적이 돼서 쓸데없는 짓을 시작하는 병을 가리키는 거라고. 『나도 이제 어른이고……』라는 식으로 어중간하게 의식 개혁이 이루어진 결과, 영어회화를 배운다거나 일기를 쓴다거나 헬스장에 등록하는 등 쓸데없는 짓을 벌이는 거지."

차근차근 또박또박 설명해주자, 유이가하마가 난감한 기색으로 우음~ 하고 인상을 썼다.

"딱히 나쁜 건 아니지 싶은데……."

"4월이니 시작해보자는 물러터진 사고방식을 가진 놈들이잖아. 그딴 게 오래 갈 리 있겠냐? 결과적으로 치는 사람 없는 기타와 먹다 만 프로틴만 양산되는 거라고……."

#49 가정 의학 각종 질병의 증상과 치료법을 담은 책. 일본에는 집집마다 있다고 해도 과언이 아닐 만큼 대중적임.

4월병의 무서움은 지효성의 독처럼 먼 훗날까지 은근하게 타격을 준다는 점이다. 대청소를 할 때 기타나 프로틴 같은 이른바 꿈의 잔해를 목격해버리면 『나는 뭘 해도 안 되는구나……』라는 자괴감이 밀려든다. 어중간한 꿈 한 조각이 불쑥 자신을 상처 입힌다.[50] 그중에서도 특히 일기는 타격이 크다. 아이…… 카츠……. 내 일기는 그렇게 끝을 맺는다.

그러나 끝나지 않는 게 4월병의 후유증이다.

"떠벌리지 않고 조용히 알아서 하면 별 상관은 없는데요. 『시작했다 자랑』이랄까, 으스대는 게 짜증나니까 가족 입장에서는 좀 성가셔요."

코마치가 대놓고 정색을 하며 평가했다. 이럴 수가…… 코마치, 그렇게 생각했던 거니……? 좀 충격이다만…….

"아, 아뇨, 저는…… 그런 게 아니라요……. 그 뭐랄까, 동아리 활동도 했었고요……. 막 아주 열심히 한 건 아니지만요……."

띄엄띄엄 이어지는 목소리에 시선을 향하자, 얼굴이 확 붉어진 타이시가 보였다.

음, 그래. 남자라면 한두 번은 그런 경험이 있는 법이지. 괜히 치부를 까발려서 미안하구나. 속죄의 의미는 아니지만, 좀 더 진지하게 이야기를 들어줘야겠다.

"중학교 때는 뭘 했는데?"

아까 한 말로 미루어볼 때 뭔가 동아리 활동을 했다는 건

#50 어중간한~상처 입힌다 일본 그룹 CHEMISTRY의 노래 『PIECES OF A DREAM』의 가사 패러디.

분명하다. 일부러 언급한 걸 보면 타이시도 거기에 애착이 있는 거겠지. 그렇게 짐작하고 묻자, 타이시가 번쩍 고개를 들더니 환한 얼굴로 대답했다.

"소프트 테니스요! 현 대회에도 나갔어요!"

덤으로 흘끗 코마치를 보며 어때요? 하고 어필하는 것도 잊지 않았다. 그러자 코마치는 오오~ 하고 적당히 박수를 쳐주었다. 어쨌거나 타이시가 기운을 차렸으니 됐다. 참으로 잘된 일이다. 다만 마음에 걸리는 단어가 하나 있었다.

"……그러냐? 그럼 테니스부는 후보에서 제외해야겠구만."

"네?! 왜요?!"

타이시는 영문을 모르겠다는 듯 고개를 좌우로 꼬았다. 그러나 의아해하는 사람은 타이시뿐이었다. 나머지는 하나같이 알 만하다는 듯 고개를 끄덕였다.

"아하, 토츠카 선배……."

"토츠카 오빠군요……."

"사이라면 어쩔 수 없지……."

잇시키는 신물 난다는 얼굴로 중얼거렸다. 코마치는 깊은 감회에 젖었고, 유이가하마는 반쯤 해탈의 경지에 이른 눈치였다. 어쩜 좋아 나 포기당해 버렸나 봐……. 하지만 쟤들이 어떻게 생각하든 나는 타이시처럼 경박한 녀석이 신성한 테니스부에 들어가게 놔둘 수 없다. 지키고 싶다, 그 미소…….

하지만 그 와중에 유일하게 의아해하지도, 고개를 끄덕이지도 않은 사람이 있었다.

유키노시타는 어깨에 내려앉은 머리카락을 사락 쓸어 넘기며 의기양양한 미소를 지었다.

"토츠카는 신입부원이 늘어나면 기뻐하지 않겠니?"

"큭, 하, 하긴 그럴지도 모른다만……."

역시 대단하다니까……. 내 약점을 정확하게 찌르다니……. 그러고도 모자란지, 유키노시타는 공세를 늦추지 않았다.

"너 때문에 신입부원을 얻을 기회가 무산되었다는 사실을 알면 슬퍼하겠지……."

몹시 비통하게 말하며 유키노시타는 살포시 눈을 내리깔았다. 작위적이고 과장된 몸짓이지만 그래도 유키노시타 같은 미인이 하면 그림이 되니 탈이다.

게다가 유키노시타의 말은 정론이다. 이렇게 되면 나로서는 손쓸 재간이 없다. 그래도 입은 놀릴 거지만요!

"그건 걱정 안 해도 된다고. 타이밍을 봐서 내가 테니스부에 들어가면 플러스마이너스 제로, 본전치기에 쌤쌤인 셈이니……."

하지만 그 입도 끝까지 놀리지는 못했다.

"히키가야."

유키노시타가 나를 똑바로 응시했다.

볼은 은은하게 상기되었고, 입가에는 부드러운 미소가 어렸다. 고운 연분홍빛 입술이 살며시 벌어졌다.

그리고 화사하게, 따스하게, 꽃이 흐드러지게 피어나듯 선언했다.

"기각."

네, 그렇겠지요. 압니다, 그냥 말해본 것뿐이라고요. 오히려 기각해주지 않으면 어쩌나 고민했다니까요?

"……뭐 토츠카한테 의논해보는 것도 하나의 방법이겠지. 그러기는 죽어도 싫다만."

내가 패배를 인정하자, 타이시가 조용히 손을 들었다. 네, 타이시 군. 뭔가요?

"저기, 테니스부는 바쁜가요?"

"우움, 글쎄? 연습은 꽤 열심히 하는 느낌이긴 한데. 사이는 점심시간에두 연습하구."

"그래, 무진장 열심이지. 내가 놀러가자고 해도 바쁘다면서 못 갈 때가 많다고."

특히 요즘은 견학에 신입생 모집까지 겹쳐 눈코 뜰 새 없이 바쁜지, 좀처럼 놀러가지 못하는 실정이다. 일만 없어도 토츠카와 신나게 놀 수 있으련만……! 밉다. 일이 밉다. 마감이 밉다. 다 일 때문이라니까? 난 잘못 없어, 일이 잘못이라고.

그런데 왜 이로하스는 흐음…… 하고 고개를 갸웃하는 거랍니까? 「과연 그럴까요~? 아닌 것 같은데요~?」라는 반응, 이상하지 않습니까?

그렇게 생각했을 때, 잇시키가 제풀에 납득한 기색으로 입을 열었다.

"하긴 관심 없는 사람이 놀자고 하면 대개는 그런 식으로 둘러대죠. 여유가 생기면 보자든가, 지금은 경황이 없어서 힘들다든가, 자느라 확인 못 했어 학교에서 봐~ 라든가."

"너나 그렇겠지⋯⋯."

마지막 건 뭐냐고⋯⋯. 저녁 여덟 시쯤에 읽씹당하고 다음 날 아침에 날아오는 라인이냐⋯⋯? 이쪽은 질문 형태로 보냈는데 그 내용은 전혀 언급하지 않고, 구색 맞추기 식의 이모티콘과 함께 보내오는 바람에 핑퐁 종료를 넘어 다시는 라인 안 하게 되는 패턴이잖아.

그건 너만 그런 거거든⋯⋯? 그렇게 생각했으나, 슬쩍 주위를 둘러보니 모두 착잡한 얼굴로 으음~ 하고 신음하는 중이었다.

"뭐야⋯⋯. 왜 조용해지는데⋯⋯?"

"다른 일이 있다, 선약이 있다⋯⋯ 같은 표현을 쓰기는 해⋯⋯. 정말 선약이 있어서 그렇게 거절하는 거지만⋯⋯."

유키노시타가 입가에 손을 얹으며 고민스러운 기색으로 말하자, 유이가하마도 난감한 미소를 지으며 당고머리를 꼬물꼬물 만지작거렸다.

"나, 난 그런 말은 잘 안 하지만, 만나자구 하면 『그래~! 다음에 다 같이 보자~!』라구 하기는 하는데⋯⋯."

"아, 그 말 많이 쓰죠."

코마치는 웃는 얼굴로 맞아맞아~ 하고 힘주어 고개를 끄덕였지만, 타이시와 나는 차마 웃을 마음이 나지 않았다.

"앞으로는 저런 말 들으면 진심으로 좌절할 거 같네요⋯⋯."

"그러게. 차라리 딱 잘라 거절해주는 편이 낫지."

그 순간, 난생 처음으로 타이시와 나 사이에 공감대가 형성되었다. 이걸 유대라고 부르도록 하자꾸나⋯⋯.

아름다운 남자의 우정에 전율하는데, 거기에 찬물을 끼얹는 음성이 날아들었다.

"너도 툭하면 『갈 수 있으면 가마』라고 하잖니."

"맞아……. 그거 오는 건지 마는 건지 헷갈려서 진짜 난감하다구……."

시선을 향하자, 유키노시타뿐만 아니라 유이가하마도 못마땅한 기색으로 입을 삐죽 내밀었다. 둘이 합쳐지니 싸늘함도 곱절이 되어, 찬물은 약과고 액체질소를 방불케 했다.

"선약도 없으면서 일단 거절하고 본다는 점이 고약하지."

"응, 그래놓구 어차피 올 거면서……."

유키노시타와 유이가하마는 얼굴을 마주보고 「그치?」 하고 고개를 살짝 기울여 동조했다.

그러다 이내 위화감을 느꼈는지 「……어라?」 하고 이번에는 반대쪽으로 고개를 꺾었다.

"……유이가하마, 그거 언제 이야기니?"

"아, 그건……."

질문을 받은 유이가하마는 시선을 위로 향하고 무언가 말하려 했다. 그러나 곧 입을 다물고 두 손을 앞으로 내밀더니 휘휘 손사래를 쳤다.

"아, 그냥. 진짜 아무것두 아니야. ……에헤헷."

유이가하마는 앞서 한 말을 번복하고 수줍게 미소 짓더니 얼버무리듯 당고머리를 매만졌다.

하하하, 뭐지? 뭔가 있는 걸까? 하지만 아무것도 아니라고

했으니까. 아니 근데 정말 뭐지? 뭐냐고? 언제의 뭘 말하는
건데……?

꺼림칙한 일도 없었거니와 짚이는 데도, 짐작 가는 구석도
없었지만, 손가락으로 입을 살짝 가리고 시선을 피하는 유이
가하마의 달뜬 표정과 고드름처럼 뾰족하면서도 물기 어린 유
키노시타의 눈빛에 위경련이 일어날 것 같았다.

어떻게든 수습해야 한다는 절박감에 나는 오장육부 깊은
곳에서 떠오르는 말들을 마구잡이로 늘어놓았다.

"아니, 오해라니까. 뭐가 오해인지는 모르겠다만 오해야. 나
는 약속을 잡아도 진심으로 가기 싫을 때가 있다고. 그리고
약속 당일이 되어서야 죽도록 가기 싫어질 때도 있고. 그래서
『갈 수 있으면 가마』라고 대답하는 거라니까? 요컨대 당일 아
침이 돼서 관측할 때까지 답을 알 수 없는 중첩 상태라고 할
수 있지. 그 사실은 슈뢰딩거의 고양이라 불리는 사고실험만
봐도 지극히 명백하다고."

"……슈레? 그게 뭐야?"

생소한 단어에 유이가하마가 웅? 하고 고개를 갸웃했고,
유키노시타는 시무룩하게 고개를 떨구었다.

"……그거, 왜 하필 고양이인 걸까? 무척 가슴이 아프구나."

"뭐 고양이는 상자에 들어가는 법이니까요."

코마치가 건성으로 위로하는 사이, 잇시키가 완전 깼다는
표정으로 나를 보았다.

"참 거창하게도 얼버무리시네요……."

"하하하 얘가 뭐래니 하하하."

식은땀을 삐질삐질 흘리면서 억지웃음을 짓는데, 잇시키가 으음~ 하고 팔짱을 끼더니 시선을 떨구고 생각에 잠겼다.

"그럼 지난번 그것도 비밀이겠네요. 알겠습니다~☆"

"하하하하하 얘가 뭐래니 하하하하하하 통 영문을 모르겠구만 하하하하 아니 근데 정말 무슨 소리냐고?"

잇시키는 찡긋☆ 윙크를 하고 깜찍하게 경례를 붙였다. 그리고 그 손을 쓱 내리더니 입 앞에 대고 검지를 세웠다. 그 입술에서 쉿~ 하고 실낱같은 숨결이 새어나왔고, 가늘어진 눈동자가 장난스럽게 흔들리며 여우같은 미소로 변했다.

……난감하구만. 정말 뭔가 있었던 것 같은 기분이 들잖아? 정말 난감하다. 아까부터 유키노시타와 유이가하마가 내게 의혹에 찬 눈길을 보내오는 게 난감하기 짝이 없다. 심지어 타이시마저도「이 자식 뭐야?」같은 표정으로 나를 보았다. 남자의 우정이란 부질없구만…….

내가 절망 속에서 허우적대는 사이, 맞은편에 앉은 코마치가 못 말리겠다는 듯 어휴, 한숨을 쉬었다. 그러다 활짝 미소 짓는가 싶더니 잇시키 쪽을 돌아보았다.

"테니스부는 알겠는데요. 축구부는 어때요? 바쁜가요?"

굿잡이다, 코마치! 나도 편승하는 수밖에 없겠군, 이 빅 웨이브에!#51 그렇게 생각하며 덩달아 잇시키 쪽을 돌아보자, 잇

#51 나도~빅 웨이브에 아이폰을 사기 위해 긴 줄을 선 시민이 뉴스 인터뷰에서 한 말이 밈이 됨.

시키는 천천히 생각을 더듬어가며 입을 열었다.

"연습량은 그렇게 많지는 않은데요. 상하관계라든가 선배하고 어울리는 게 조금 힘들지도 모르겠네요."

"진짜? 신기하다. 그런 거 없을 거 같은데……."

유이가하마는 의아한 듯 입을 헤 벌리고 놀란 표정을 지었지만, 나는 조금도 놀랍지 않았다.

"아니, 난 알 것 같다만. 그거지? 하야마가 자상한 척하며 『타이시, 너 그런 방식으로 정말 괜찮다고 생각해?』 같은 소리를 해대는 거. 그 녀석, 정답은 안 알려주면서 뭔가 멋진 말을 했다는 분위기로 잘난 척 훈계를 늘어놓는단 말이지. 그거 확실히 힘들겠구만……."

"편견이 지나쳐!"

"아냐. 경험담이라고."

유이가하마의 질타에 나는 담담하게 대꾸했다. 실제로 겪어보면 편견이라는 소리는 안 나올 거다만……. 씁쓸한 심경으로 기억을 곱씹는데, 유키노시타가 나직하게 중얼거렸다.

"……언니와 똑같은 논법이구나."

그래그래. 바로 그거라니까. 내가 말없이 고개를 끄덕이자, 그 모습을 본 잇시키가 오만상을 찌푸렸다.

"하야마 선배를 뭐로 보시는 거예요……? 하야마 선배 이야기가 아니에요. 토베 선배라고요."

"토벳치……? 토벳치는…… 응, 뭐, 하긴……."

짚이는 구석이 있는지, 유이가하마는 슬그머니 시선을 피하며 말을 흐렸다. 착하구나…….

"토베 선배, 선배 행세를 못해서 안달이라니까요……. 후배가 생기는 게 기쁜지 자꾸만 형님 노릇을 하려 든달까, 한껏 거들먹대며 정신적 마운팅을 해대거든요……."

그런데 이로하스는 왜 죄다 불어버리는 걸까요? 그것도 아주 치가 떨린다는 말투로 말이지요.

"아, 거들먹 마운틴 말이군요……."

코마치가 흠흠 상상이 간다는 얼굴로 고개를 끄덕이며 적당히 맞장구를 쳤다. 거들먹 마운틴이라니 뭐냐고, 디스티니 랜드의 새 놀이기구냐? 살 떨리게 무섭구만……. 보라고, 타이시도 쫄아서 쓴웃음만 짓잖아…….

"저는 그런 건 좀……."

하여간 요즘 애들은…… 하고 혀를 찼지만, 나도 그런 건 좀…… 이라는 타입이라, 단호하게 나가기는 힘들었다.

"운동부는 어디나 비슷하지 않겠니? 체육 계통은 아무래도 상하관계나 수직사회에서 자유로울 수 없으니까. ……그렇다면 문화부가 나으려나?"

유키노시타는 턱에 손을 얹고 흐음 생각에 잠겼다. 하지만 그 중얼거림에 잇시키가 후훗, 엷은 미소를 지었다.

"……그런 문제라면 문화부 쪽이 더 뿌리 깊지만요. 남녀가 함께 활동하는 경우도 많으니까 갈등도 더 심한 편이고요."

"뭐야 그거 경험담이냐? 어디 이야기인데?"

어딘가 실감이 묻어나는 목소리에 무서워진 나머지 반사적

으로 묻고 말았다. 그러나 잇시키는 생긋 웃기만 할 뿐 아무것
도 가르쳐주지 않았다. 뭐야……. 무진장 신경 쓰이잖아…….
혹시 내가 아는 동아리인가……?

　내가 열심히 머리를 굴리는 사이, 마찬가지로 생각을 거듭
하던 타이시가 불쑥 입을 열었다.

　"문화부라……. 저기 이, 있잖아. 히키가야는 봉사부에 들어
간 거야?"

　"응, 정확히는 코마치가 부장이야."

　"와, 그렇구나……. 아, 그럼……."

　타이시가 뭔가 말하려 했다. 그 내용은 구태여 듣지 않아도
짐작이 갔다.

　그랬기에 나는 타이시를 가로막았다.

　"뭐 아직 조급해할 시기는 아니니까, 조금 더 생각해보자고.
그럼 오늘은 이만 마칠까? 나는 잠깐 가서 볼일 좀 보고 오마."

　"응……?"

　모두가 갈팡질팡하는 와중에 나는 얼른 의자에서 일어나
어깨를 풀어주는 김에 타이시에게 쓱 턱짓을 해서 복도 쪽을
가리켰다. 내 의도가 정확하게 전달되었는지, 타이시도 부랴
부랴 몸을 일으켰다.

　"그, 그럼 저도 오늘은 이만……."

　"아, 응. 또 봐!"

　뒤에서 들려오는 코마치와 멤버들의 작별인사를 받으며 타
이시와 나는 부실을 나섰다. 신경 쓰이는 여자애 앞에서 나한

테 훈계를 듣고 싶지는 않을 테니 그 정도의 배려는 해주자고.

한동안 복도를 걸어 목소리가 부실에 들리지 않을 만한 위치까지 와서야 나는 타이시를 돌아보았다.

"너 정말 봉사부에 들어올 생각이냐?"

"……가능하면 그러고 싶기는 한데요. ……역시 형님 입장에서는 곤란한가요?"

타이시는 뒤통수를 긁적이며 쑥스러운 기색으로 헤헷 웃었다.

실제로 코마치에게 접근하는 남자에게 하고 싶은 말이 없는 건 아니다. 코마치를 노리고 봉사부에 들어오려 하다니, 용서할 수 없는 짓이다. 하지만 그 문제는 다른 기회에 이야기하도록 하자.

"……이건 코마치하고는 상관없이 오빠로서의 경험을 토대로 생각한 거다만……."

그렇게 전제를 달자, 헤실거리던 타이시의 표정이 달라졌다. 그 반응에 나는 확신했다. 이래서 시스콤은 믿을 수 있다. 지금부터 내가 하는 말을 정확하게 이해해줄 테지.

"……동생이 그런 식으로 배려하는 거, 너희 누나가 싫어하지 않겠냐?"

"하핫, 누나라면 진짜 싫어할 거 같네요."

타이시는 쾌활하게 웃었다. 그 미소에 쑥스러움은 없었고, 대신 깊은 애정이 느껴졌다.

"근데 그런 건 아니에요. 배려하는 게 아니라 그냥 제가 받은 만큼 갚고 싶을 뿐이거든요. ……게다가 누나도 봉사부라면 기뻐해줄 것 같은 느낌이 들고요."

"엉? 어째서?"

산뜻하기 그지없는 얼굴로 대답하는 타이시에게 나는 한껏 미심쩍은 시선을 보냈다. 그러자 타이시는 씨익, 음흉한 미소를 짓더니 장난스럽게 팔꿈치로 나를 쿡 찔렀다. 이 자식 짜증나게 구네…….

"에이~ 그걸 꼭 제 입으로 말해야겠어요? 형님."

"형님이라고 하지 말랬지? 죽고 싶냐 얼른 꺼져 다시 연락하마."

슬슬 상대하기도 귀찮아져서 나는 쯧 혀를 차고 손을 휙휙 내저어 타이시를 쫓아낸 다음 빙글 몸을 돌렸다. 화장실을 향해 성큼성큼 걸음을 옮기는 나를 향해 타이시가 큰 소리로 외쳤다.

"고맙습니다! 잘 부탁드려요!"

뒤에서 들려오는 서글서글한 인사에 나는 한 손을 들고 휙휙 내저어 보였다.

하여간 이래서 시스콤은 다루기 힘들다니까…….

× × ×

통보한 대로 볼일을 보고 부실로 돌아가자, 남은 멤버들은 화기애애하게 이야기꽃을 피우는 중이었다.

"근데 사실 타이시 말두 이해는 가. 나두 여동생이 있음 그런 생각 할 거 같구. 좋겠다……. 나두 오빠 갖구 싶었는데."

"아, 그 마음 알 거 같아요. 외동에게는 로망이죠."

유이가하마와 잇시키가 재잘재잘 주고받는 말에 흠흠 적당히 맞장구를 치면서 자리에 앉자, 코마치가 생글생글 웃으며 잔인한 소리를 했다.

"코마치는 오빠는 됐고요. 언니가 필요해요. 매우 절실하게요."

"아, 언니 좋지. 옷이랑 화장품두 공유하구, 같이 나가서 놀기두 하구."

"그거 좋네요~. 옷도 화장품도 실질적으로 반값인 셈이잖아요? 가성비 대박이네요."

"그런 뜻은 아니지 싶은데……."

이유는 제각각이지만, 모두가 언니에 대한 로망을 늘어놓는 가운데 일동 중 유일하게 언니가 있는 유키노시타만이 석연치 않은 기색을 내비쳤다.

"그럴까……? 언니가 있는 게 꼭 좋지만은 않다고 생각하는데."

"죄송하지만 유키노 선배님 댁은 참고가 안 되니까요. 좀 조용히 해주실래요?"

"그, 그러니……?"

잇시키의 일침에 유키노시타가 시무룩하게 고개를 떨구었다. 이로하스가 한 말 자체는 무진장 공감이 가는 데다 정론 그 자체지만, 같은 말을 해도 조금 더 예쁘게 할 수 없니? 예를 들면 이렇게 바꿔 말하면 된다고. 나는 그렇게 생각하며 헛기침을 하고, 모범답안을 제시했다.

"그야 얘네 언니는 좀 특이하달까, 이례적인 케이스니까……. 일반적이라고 하기는 어렵다만."

"맞아! 바로 그거야. 우리 언니는 좀 특이하지."

유키노시타가 냉큼 고개를 들더니 활짝 웃었다. 덤으로 왠지 에헴 뻐기는 기색이 느껴졌다. 하긴 얘도 언니를 꽤 좋아하지……? 언니도 동생을 좋아하고. 둘 다 애정 표현이 삐뚤어져서 통 이해가 안 가는 게 탈이다만…….

유키노시타 자매의 관계를 고찰해보던 내게 유이가하마가 물었다.

"힛키는? 형이나 누나가 있음 좋겠다구 생각한 적 없어?"

"없어. 내 형과 누나라고. 어디로 보나 좀 그럴 게 뻔하잖아."

"아무 말도 하지 않은 거나 다름없는데, 무서울 만큼 설득력이 느껴지는구나…….."

내 서슴없는 대답에 유키노시타가 어이없다는 듯 중얼거렸다. 애써 길게 설명하지 않아도 전해지다니, 편해서 좋구만.

"우움, 하긴 형이면 좀 그럴지두 모르지만……. 그래두 힛키, 누나가 있음 잘 지냈을 거 같은 느낌이 들어. ……사실 힛키는 누나 같은 타입하구는 궁합이 잘 맞을 거 같아."

유이가하마가 왠지 의기양양하게 가슴을 폈다. 아니 저기, 그렇게 온몸으로 누나 어필을 해봤자…….

그렇게 생각했을 때, 그 옆에서 유키노시타가 긴 머리카락을 사락 쓸어내리며 평소보다 한층 어른스러운 미소를 지었다.

"하기는 그렇구나. 네 글러먹은 면을 받아줄 수 있는 포용

력이 필요하기는 하겠지.”

“맞아맞아. 게다가 힛키, 우리 엄마 엄청 좋아하잖아! 연상
이랑 잘 맞는다구!”

“야 이 바보야 그걸 말이라고 해? 너희 엄마를 싫어하는 사
람은 이 세상에 한 명도 없다고. 모두가 좋아한다니까? 작작
좀 해라 진짜.”

“뭔가 알 수 없는 이유루 성질을 냈어?!”

성질 낼 만도 하잖아. 난 가하마마 무진장 좋아한다고. 너
무 좋아서 솔직해지지 못하고 괜히 틱틱댈 만큼은 좋아한단
말이다. 그렇게 또다시 열변을 토하려 한 순간, 시야 끄트머리
에서 유키노시타가 흐음, 알 만하다는 표정을 지었다.

“그런 의미에서는 우리 엄마하고도 잘 맞겠구나. 너는 엄마
에게 무척 사랑받고 있으니까.”

“수동태로 말하지 말아줄래? 그리고 처음 언급되는 정보를
여기서 공개하는 것도 삼가주면 안 되겠냐?”

난 지금도 하하농[52]이 무섭다고. 사실 하루농도 무섭고, 심
지어 요새는 역시 유키농도 무섭다는 사실을 재확인하는 중
이다. ……무섭다고 꼭 싫다는 것도 아니라는 게 복잡한 문제
이지만요. 만두 무서워 이론[53]인가?

이쯤에서 차 한 잔이 무서워지는걸……? 하고 찻종지로 손
을 뻗자, 그 타이밍을 노린 것처럼 잇시키가 후훗 나직하게 웃

#52 하하농 일본어에서는 어머니를 높여부를 때 「하하우에(母上)」라고 부른다.
#53 만두 무서워 이론 라쿠고 레퍼토리 중 하나로 주인공이 자신을 골탕 먹이려는 사람들에
게 만두가 무섭다고 해서 좋아하는 만두를 얻어먹고, 차가 무섭다고 해서 차까지 얻어 마시는 이야기.

었다.

"하지만 선배님, 연하 좋아하시잖아요?"

느긋하게 홍차를 홀짝이며 잇시키가 말하자, 유키노시타가 흐음 생각에 잠겼다.

"연상연하의 정의부터 따져봐야겠구나……."

"정의고 자시고, 나이가 위냐 아래냐밖에 더 있냐……?"

애가 지금 뭐래는 거니……? 의아해하는데, 유키노시타가 슬그머니 시선을 피하며 손으로 긴 머리를 빗어 내렸다. 그 머리카락이 마치 발을 드리운 것처럼 유키노시타의 얼굴을 가렸다. 하지만 그 틈새로 희미하게 물든 볼이 보였다.

"그, 그러니……? 생년월일을 기준으로 하면…… 일단 나도, 너보다는 연하인 셈인데……."

……연하 아니거든요?

부끄러움을 참는지 더듬거리는 목소리로 나를 떠보듯 유키노시타는 말했지만, 그런다고 그런 셈이 되지는 않습니다. 연상연하는 학년을 기준으로 하는 경우가 많거든요? 제아무리 귀엽게 말해도 댁은 제 동급생이거든요?

으아, 위험했다. 하마터면 그러게! 연하 맞네! 하고 생각해 버릴 뻔했다니까. 자칫하면 이성을 잃을 뻔했다고……. 그렇게 안도한 것도 잠시뿐, 이미 이성을 잃어버린 사람이 있었다.

"생일은 좀 그러니까, 정신연령! 정신연령은 어때? 그거면 내가 아래일 거 같은 느낌이 들어! 그럼 힛키가 오빠야!"

"잠깐, 그 논리는 좀 이상하다만……."

급히 지적했지만 내 목소리는 들리지 않는 눈치였다. 유이가하마는 자기가 한 말을 되새기듯 지그시 곱씹어보았다.

"오, 오빠…… 오빠란 말이지? ……좀 괜찮을지두."

낯간지러운 듯 그렇게 중얼거리더니, 연분홍빛 도는 당고머리를 꼼물꼼물 매만지며 행복하게 미소 지었다. 긴 속눈썹이 천천히 내려오며 보드라워 보이는 볼이 헤실 풀어지고, 윤기나는 입술은 계속해서 그 말을 되뇌었다.

패밀리 마트 방송 광고 뺨치는 후렴구에 「……어쩌면 내가 오빠인 게 맞을지도?」 하고 생각할 뻔했지만, 부랴부랴 고개를 휘휘 저어 떨쳐냈다. 아니, 아무리 봐도 정신연령은 유이가하마가 위다. 넌 엄청나게 어른이라고……. 아니면 그냥 내가 너무 애인 건지도 모르겠다.

얼마 못가 유이가하마도 위화감을 느꼈는지 퍼뜩 정신을 차리더니 눈을 동그랗게 떴다.

"아, 오빠면 안 될지두……."

무슨 뜻으로 한 말인지는 추측해볼 수밖에 없지만, 나는 의도적으로 해석을 피하고 그저 내 안의 원리원칙만을 내세웠다.

"어, 그러냐……? 그, 그렇지……. 나는 코마치 말고 다른 여동생은 필요 없으니까……."

땡큐, 마이 리틀 시스터. 네 덕분에 냉정을 유지할 수 있었다. 내가 더듬거리는 목소리로 이어나간 말에서는 그만큼 절절한 울림이 느껴졌던 모양이다.

맞은편에 앉은 코마치가 양손으로 입가를 누르며 눈가를

촉촉하게 적시더니 으흐흑, 감동의 눈물을 흘렸다.

"오빠⋯⋯. 우웃, 좀 상당히 징그럽지만, 고마워. 코마치도 오빠는 한 명이면 충분해. 오히려 벅차. 이제 한계입니다⋯⋯."

"오코메, 심하네⋯⋯."

신랄하기 그지없는 코마치의 논평에 천하의 잇시키도 내게 동정적인 반응을 보였다. 하지만 당사자인 코마치는 태연했다.

"그야 여동생에게 오빠란 그런 거니까요."

"하기는 그렇구나. 여동생에게 언니도 그런 걸지 모르지."

코마치와 유키노시타는 서로 얼굴을 마주하고 피식 웃었다. 어쩌면 그건 여동생만이 공감할 수 있는 부분일지도 모른다. 비밀을 공유하는 듯한 미소의 교환은 외부인이 쉽게 끼어들 수 없는 분위기를 자아냈다.

"역시 좋구나⋯⋯ 여동생⋯⋯."

"그런가요? 여동생이 있으면 저랑 캐릭터가 겹치잖아요? 연하 포지션 정체가 일어난다고요."

유이가하마는 동경심 가득한 눈빛으로 그 모습을 응시했고, 잇시키는 쓸데없는 걱정을 하며 바라보았다. 나 참, 정말이지 쓸데없는 걱정이구만⋯⋯. 괜찮아, 이로하스는 온리 원이니까⋯⋯. 참고로 우리 코마치는 여동생 캐릭터 넘버원이지만요(본인 조사)!

"아, 코마치 방금 좋은 생각이 났는데요, 말씀드려도 될까요?"

"물론이지. 부장은 너잖니, 코마치."

유키노시타가 신뢰를 담아 이름을 부르자, 코마치는 기쁜지 몸을 떨더니 여러 차례 힘주어 고개를 끄덕였다. 그때마다 바보털이 까닥까닥 흔들렸다.

"그럼 작전 회의를 시작할 테니까, 잠시 귀를 빌려주시면……."

그렇게 말하며 코마치는 손짓을 해서 우리를 더 가까이로 불러들였다. 이 부실에는 우리밖에 없건만, 속닥속닥 비밀스럽게 이야기하고 싶은 눈치였다. ……하긴 그 편이 작전 회의 같은 느낌이 살겠지만. 우리는 다 같이 얼굴을 마주보고 쓴웃음을 지은 후 몸을 내밀어 코마치가 말하는 작전에 귀를 기울였다.

그러나 전원이 밀착 상태가 되자 귓가를 스치는 숨결과 코끝을 간질이는 달콤한 향기에 싱숭생숭해져서, 정작 중요한 작전 설명은 반 정도밖에 머리에 들어오지 않았다.

전혀 집중하지 못하는 사이에 작전 회의는 끝나버리고 말았다.

일 났다, 괜찮으려나……? 불안한 심정으로 주위를 둘러보니 나 말고는 모두 똑똑히 이해한 눈치였다. 그럼 됐나? 다른 두 부원이 백업해줄 테니 노 프라블럼!

"……그렇구나. 코마치다운 방법이네."

유키노시타가 조용히 고개를 끄덕이자, 코마치는 조금 쑥스러운 기색으로 뺨을 긁었다.

"그런가요?"

"그래. 명쾌한 해결책은 아니지만, 조금 마음이 편해질 만한 따스한 방법이구나."

"응, 좋은 거 같아!"

유이가하마도 활짝 웃으면서 코마치의 머리를 쓰담쓰담 토닥토닥했다. 둘이 그렇게 말해주니 기쁘면서도 어딘가 낯간지러웠다.

"뭐 괜찮을 거 같네요. ……어차피 저는 부원도 아니니까 상관없지만요."

잇시키는 어딘가 토라진 기색으로 말했지만, 작전 자체에 불만이 있는 눈치는 아니었다. 흘끗 코마치와 내게 번갈아 시선을 주더니, 피식 웃었다.

"……역시 닮았네요, 선배님하고요."

"아뇨, 닮지는 않았고요."

코마치는 손을 휘휘 저으며 정색을 하고 대꾸했다.

으으…… 강경해……. 그냥 닮았다고 해도 되잖아…….

×　×　×

이튿날 수업이 끝나고 부실로 가기에 앞서 코마치와 나는 학교 정문 앞으로 향했다.

옆에는 의뢰인인 카와사키 타이시도 있었다. 타이시는 불안한 얼굴로 교문 밖을 기웃거리다가 틈만 나면 한숨을 쉬어댔다. 하지만 걱정하는 마음도 이해는 갔다.

왜냐하면 작전다운 작전을 세우지 않았으니까. 코마치가 짠 계획은 지극히 심플했다. 얼마나 심플하냐면 『THE 코마치』라는 제목으로 심플 시리즈[54]로 출시해도 될 정도다.

그런지라 실행에 필요한 인원은 최소한으로, 코마치와 나만 있으면 충분했다. 사람이 적어야 저쪽도 편하게 이야기할 수 있으리라는 계산 역시 작용했다. 우리가 지금부터 상대할 인물은 상당히 컨트롤하기 힘들고, 어떤 반응을 보일지도 예측하기 어려웠다. 적어도 내 능력으로는 협상다운 협상은 할 수 없을 테지.

그러나 협상을 담당할 코마치에게 딱히 불안해하는 기색은 없었다. 아직인가~ 언제 오려나~ 하고 콧노래를 흥얼거리며 바깥을 살피는 그 모습은 유유자적을 넘어 손꼽아 기다리는 것처럼 보이기까지 했다.

이윽고 협상 상대가 약속 장소에 모습을 드러냈다.

푸른빛 도는 긴 흑발을 헤어슈슈로 묶은 포니테일이 천천히 흔들렸고, 그보다 한 박자 늦게 양쪽으로 나눠 묶은 갈래머리가 찰랑찰랑 춤을 추었다.

카와사키 사키와 그 여동생 카와사키 케이카였다.

우리를 발견한 케이카는 힘차게 손을 흔들며 뽀르르 이쪽으로 달려왔다.

"코마치~!"

"케이카~!"

코마치는 케이카를 다정하게 끌어안고 머리를 쓰다듬어주었

#54 심플 시리즈 D3 퍼블리셔에서 발매하는 저가형 게임 시리즈. 제목이 THE ○○인 경우가 많음.

다. 간지러운 듯 배시시 웃는 케이카의 기분은 무척 좋아보였지만, 반면에 카와사키는 곤혹스럽기 이를 데 없는 눈치였다.

"부르니까 오긴 왔는데……. 대체 무슨 일이야?"

타이시가 사정을 제대로 설명해주지도 않고 불러낸 거겠지. 우리 셋을 의심스러운 눈빛으로 바라보던 카와사키의 눈썹 끝이 팔자로 처졌다. 상황이 이렇게 된 이상 설명부터 해주는 게 빠르겠지.

"아, 미안하다. 타이시가 동아리 선택 문제로 고민하길래. 그 왜 우리도 이것저것 복잡하잖아? 그래서……."

"앗~! 자, 잠깐만요, 형님! 무슨 소리를 하시는 거예요?!"

타이시는 내 말을 가로막으려고 팔을 마구 허우적거리며 카와사키와 나 사이로 끼어들었다. 그리고 내게 비난 어린 시선을 보내왔다. 아니 너 딱히 비밀로 해달란 말은 안 했잖아…….

게다가 십중팔구 따로 이야기할 필요조차 없는 문제일 터였다.

"……그런 거 신경 안 써도 되는데."

카와사키는 미간을 찌푸리고 입술을 삐죽 내밀었지만, 그 음성은 부드러웠다. 보아하니 내가 설명을 마치기도 전에 사정을 대강 짐작한 눈치였다.

"아니, 그래도……."

다정한, 어찌 보면 착잡한 느낌마저 나는 눈빛을 마주하자 타이시는 쩔쩔매며 횡설수설했고, 하려던 말도 쏙 들어가 버리고 말았다.

"……그래도 역시 신경 쓰이는 법이니까요. 동생 입장에서는요."

타이시가 못 다한 말을 이어간 사람은 코마치였다. 그러자 타이시는 힘차게 고개를 끄덕이며 동의했다.

"아, 응. 그건 알지만……. 그래도 내가 해야 할 일이니까……."

카와사키는 조금 난감한 기색으로 설명했지만, 코마치는 생긋 웃으며 그 대답을 받아넘겼다.

"……그래서 그런 동생의 마음을 존중해주고 싶다고 코마치는 생각하거든요."

말을 마친 코마치는 쪼그려 앉아 케이카와 눈높이를 맞추었다. 그러자 카와사키와 타이시가 동시에 고개를 갸웃했다. 하지만 의아할 것은 아무것도 없었다.

코마치의 협상 상대는 처음부터 카와사키 케이카였으니까.

"있잖아, 케이카. 사키 언니는 앞으로 좀 바빠져서, 종종 케이카를 데리러 오지 못하게 될지도 몰라. 집에 있을 때도 같이 보내는 시간이 줄어들지도 모른데."

아직 어린 케이카에게 갖은 말을 동원해서 설명해본들 어디까지 이해해 줄지는 알 수 없다.

하지만 그렇다고 해서 전하지 않아도 된다는 뜻은 아니다. 무엇보다도 단지 어리다는 이유로 그 의사를 무시해서는 안 된다.

코마치가 말을 고르며 이야기하자, 케이카는 눈을 두어 번 깜빡이더니 고개를 끄덕였다.

"그렇구나……."

케이카의 커다란 눈망울에 당혹감과 슬픔이 깃들었고, 이

내 서서히 눈물이 고이며 울먹하게 젖어들었다. 그 모습에 카와사키의 얼굴이 어두워지더니, 케이카를 안아주려고 팔을 뻗으려 했다.

그러나 그보다 먼저 코마치가 케이카를 꼭 껴안았다.

"하지만 언니 대신 타이시 오빠가 같이 있어줄지도 모른대!"

일부러 익살스럽게, 즐겁고 밝은 목소리로 말하자, 케이카도 에헤헤 웃었다. 그리고 누구 흉내인지 어른스러운 말투로 대답하며 에헴, 가슴을 폈다.

"타아 오빠가……? 응, 뭐 할 수 없지."

"뭐? 할 수 없다고……? 어라? ……케이카, 오빠 싫어?"

타이시가 떨리는 음성으로 묻자, 케이카는 그쪽을 흘끗 곁눈질하더니 쌀쌀맞게 대꾸했다.

"그냥 그래."

"그냥 그…… 그, 그래? 싫어하지 않으면 됐나……?"

"참 긍정적인 놈이구만……."

"아, 저기, 난 케이는 확실히 타이시를 좋아한다고 생각하는데……."

카와사키가 약간 당황한 기색으로 수습에 나서자, 그 말을 들은 코마치가 키득 웃었다.

"응, 하긴 그렇지. 오빠는 좋아한다고 말하기 껄끄러우니까. 글러먹은 부분도 많고."

"맞아! 코마치도 그래?"

"응, 그래. 청소는 죽어도 안 하고 뒷정리도 안 하면서 갑자기 즉흥적으로 카펫에 돌돌이를 문질러대고 그러는 거, 진짜 짜증나지."

"맞아, 남자들은 꼼꼼한 주제에 센스가 없다니까?"

코마치는 부드러운 목소리로 말했지만, 내용은 신랄하기 그지없었다. 반면 케이카의 응수는 마치 소꿉놀이 같은 말투였지만 정곡을 찔렀는지도 모른다. 카와사키도 말없이 동조하며 흠흠 고개를 끄덕였다.

그 후로도 두 사람의 험담은 끝을 모르고 이어졌다. 타이시와 내가 나란히 어깨를 축 늘어뜨리고 반성하는 사이, 불현듯 코마치의 음성이 따스해졌다.

"……그래도 가끔은 괜찮지, 오빠란 거. 우리 집에서는 같이 프리큐어 봐."

"아, 큐어 그레이스……."

"맞아맞아. 그래서 같이 흉내 내면서 놀기도 하고."

코마치의 말에 카와사키가 경악한 기색으로 나를 보았다.

"너 무슨 짓을 하는 거야……?"

"아니, 옛날에 그랬다는 거다만……."

내가 변명하듯 대꾸한 순간, 케이카의 힘찬 목소리가 울려 퍼졌다.

"우리 집에서도 해! 사아 언니랑! 그치?"

갑자기 화살이 자신에게 돌아오자 카와사키가 창피함을 못이겨 얼굴을 손으로 감쌌다. 아니 뭐 사정은 이해하니까 괜찮다만……. 넌 무진장 좋은 언니니까……. 당연히 프리큐어 흉내도 내겠지…….

훈훈한 심정으로 카와사키와 케이카를 바라보는데, 우리 집 프리큐어가 크흠, 작게 헛기침을 했다. 아차, 내 정신 좀 봐라. 작전을 까맣게 잊을 뻔했네. 나도 나직하게 헛기침을 해서 알겠다는 신호를 보냈다.

이것으로 마침내 대(大)승상 히키가야 코마치의 책략은 완성된다. It's Party Time![#55]

"우리 오빠, 꽤 대단하다? 공부도 가르쳐주고, 같이 요리도 해. 또 곤경에 처한 사람을 도와주기도 하고…… 꽤 멋져."

"케이카도! 케이카 오빠도 대단해! 있잖아, 타아 오빠, 테니스 진짜 잘해! 멋있어."

이것이야말로 병법 36계 중 하나인 『무중생유(無中生有)』, 다시 말해 오빠 자랑 대결이다.

있지도 않은 오빠의 장점을 마치 있는 것처럼 늘어놓음으로써 케이카도 오빠의 장점을 찾아내게끔 유도한다……. 이렇게 흥겨운 작전을 생각해 내다니, 코마치, 알고 보면 인싸 승상인 거 아냐?

"그렇구나, 좋겠다. 멋지잖아."

"응! 케이카, 멋있는 타아 오빠는 좋아해!"

코마치가 후훗 미소 지으며 이쪽을 보자, 케이카도 덩달아 우리를 돌아보았다. 세상에서 가장 사랑스러운 여동생의 웃

#55 It's Party Time 현대 일본에 환생한 제갈공명의 이야기를 그린 만화 『인싸 제갈공명(パリピ公明)』의 광고 문구.

는 얼굴이다. 그 모습은 마치 포개지는 두 송이의 꽃 같았다.

"아, 어, 어어……."

타이시는 감동으로 목이 메어 말도 잘 나오지 않는 눈치였다. 자, 여기서 쐐기를 박아주는 게 내 역할이다.

"……그렇댄다. 여동생에게 멋진 모습을 보여주는 것도 오빠의 듬직함이라고."

탁 하고 말 그대로 가볍게 등을 떠밀어주자, 타이시는 휘청거리며 케이카 옆으로 다가갔다. 그러나 끝까지 남은 실낱같은 이성이 타이시를 뒤돌아보게 만들었다.

"하, 하지만 그럼 누나한테 미안한데……."

흐음, 아직도 한끝 부족한가? ……좋아, 그럼 어디 마무리를 지어보실까?

"뭐 어떠냐, 너희 누나도 동생들에게 멋진 모습을 보여주려고 애쓰는 중일 텐데."

"자, 잠깐……!"

카와사키는 허둥지둥 내 어깨를 붙잡아 말리려 했다. 하지만 그 입에서 부정하는 말은 나오지 않았다. 누나의 그런 반응만으로도 충분했던 거겠지. 타이시는 콧잔등을 긁으며 헤헷 웃었다.

"……저요, 전국대회 나갈 겁니다."

쓸데없이 폼 나게 선언하고, 타이시는 케이카 쪽으로 뛰어갔다.

테니스부 일이라면 토츠카에게 의논하면 어떻게든 되겠지.

적절한 수준에서 타협점을 찾아줄 게 분명하다. 문제를 고스란히 떠넘기는 꼴이 되어 미안하지만, 일단은 임무 완료다.

결코 해결다운 해결은 못 된다. 문제도 사라졌다고 할 수는 없다.

그래도 코마치다운 접근법이라고 생각한다. 확실히 유키노시타의 말이 맞았다.

안도의 한숨을 쉬는 사이, 코마치가 쪼르르 다가오더니 카와사키에게 말을 걸었다.

"사키 언니, 혹시라도 동생들 문제로 고민이 생기면 코마치한테 맡겨주세요! 코마치는 프로 여동생이니까요. 언제든지 환영이에요! 솔직히 남의 가정사를 어디까지 책임질 수 있을지는 매우 의심스럽지만요!"

"뭐야, 너무 솔직하잖아. 그래도…… 알았어. 뭔가 고민이 생기면 부탁할게. ……고마워."

지나치게 꾸밈없는 코마치의 말에 카와사키는 쓴웃음을 머금었지만, 그 웃음은 이내 부드러운 미소로 변했다. 그럼 가볼게, 하고 작은 소리로 인사한 카와사키는 보일락 말락 손을 흔들어 보이고 타이시와 케이카 곁으로 다가갔다.

어깨를 나란히 한 채 멀어져가는 카와사키 남매의 뒷모습을 배웅하는데, 코마치가 불쑥 입을 열었다.

"……좋겠다. 멋진 오빠가 있어서. 좀 부러워."

"그렇게 말하니까 꼭 내가 멋지지 않다는 말처럼 들린다만……"

"그런 뜻 맞습니다만……? 어디에 멋진 요소가 존재한다는 건지요……?"

맥 빠진 표정이 된 코마치에게 나는 일부러 한껏 힘을 준 얼굴을 보여주었다.

"입 다물고 눈 감으면 그럭저럭 볼만한 얼굴 아니냐?"

코마치는 구석구석 열심히 뜯어보았지만, 결국 포기하고 어깨를 떨구었다.

"마음의 눈을 너무 과신하는 거 아니야……? 오죽하면 이 코마치의 눈으로도 꿰뚫어볼 수가 없잖아……."

"하하하, 수련이 부족하구만. ……내 수련이 말이지."

"동감이야……. 그럼 부실로 갈까?"

말을 마친 코마치는 빙글 발길을 돌려 학교 쪽으로 걸음을 옮겼다. 정문으로 들어설 즈음, 그 발걸음은 콧노래가 섞인 리드미컬한 느낌으로 변했다.

"……조만간 멋진 모습을 보여주마. 앞으로 일 년은 함께 있을 거니까."

현관으로 이어지는 높은 계단을 폴짝폴짝 뛰어올라가는 코마치의 뒷모습을 향해 말하며, 나는 그 뒤를 천천히 따라갔다.

서두르기는 아깝다. 누가 뭐래도 코마치와 내가 같은 학교에서 보내는 마지막 일 년 아닌가. 질리도록 만끽할 테다.

한 계단 한 계단 즈려밟은 끝에 마침내 따라잡자, 코마치가 층계 맨 위에서 치맛자락을 팔랑 나부끼며 이쪽으로 돌아섰다.

"앞으로 일 년이 아니라 평생이야. ……그러니까 계속 멋진 모습 보여줘야 돼."

그렇게 말하고 코마치는 바람에 휘날리는 머리카락을 누르며 어른스러운 미소를 지었다. 그 모습은 15년간 한 지붕 밑에서 살아온 나조차도 본 적 없을 만큼 아름다워서, 그만 넋을 잃고 쳐다보고 말았다.

"……속았지? 방금 그거, 코마치 기준으로 포인트 높았어!"

그런가 하면 양손으로 가로 브이를 그려 보이며 너스레를 떨고, 어린 시절과 똑같은 해맑은 미소를 보여준다.

질리도록 만끽하겠다고? 멍청한 소리를 해버렸다. 질릴 리가 없지 않은가. 만끽하기에는 내 인생이 턱없이 짧다. 평생을 쏟아 부어도 부족할 지경이다.

이러니까 역시 여동생만 있으면 돼…… 하고 생각하게 돼버리잖아?

끝

시라토리 시로
Shirou Shiratori

작가. 저서로 『래디컬 엘리먼트』 시리즈(GA 문고), 『농림』 시리즈 (GA 문고), 『용왕이 하는 일!』 시리즈(GA 문고) 등이 있다.

다나카 로미오
Romeo Tanaka

작가, 시나리오 라이터. 게임 『CROSS †CHANNEL』 등 다수의 각본을 맡았다. 저서로 『인류는 쇠퇴했습니다』 시리즈(가가가 문고), 『AURA ~마류인 코우가 최후의 싸움~』 (가가가 문고), 『마지널 파이트』 (KADOKAWA) 등이 있다.

다테 야스시
Yasushi Date

작가. 저서로 『루리색에 흐려진 일상』 시리즈(MF문고J), 『그래서 닌자랑 드래곤이랑 누가 더 센데?』 시리즈(MF문고J), 『친구 캐릭터는 어렵습니까?』 시리즈(가가가 문고) 등이 있다.

텐신 무카이
Mukai tenshin

개그맨, 작가. 저서로 『개그맨 데스티네이션』 시리즈(가가가 문고), 『쓰레기와 천사의 2회차 생활』 시리즈 (가가가 문고) 등이 있다.

마 루 토 후 미 아 키
Fumiaki Maruto

작가, 시나리오 라이터. 게임『이
푸른 하늘에 약속을』,『세상에서
가장 NG인 사랑』등 다수의 각본
을 맡았다. 저서로『시원찮은 그녀
를 위한 육성방법』시리즈(후지미
판타지아 문고) 등이 있다.

와 타 리 와 타 루
Wataru Watari

작가. 저서로『요괴 이야기』시리
즈(가가가 문고),『역시 내 청춘
러브코메디는 잘못됐다.』시리즈
(가가가 문고) 등이 있으며,『프로
젝트 퀼리디아』에서는 작품 집필
과 애니메이션 각본도 맡고 있다.

■작가 후기(다테 야스시)

여러분, 안녕하세요. 다테 야스시라고 합니다.

이번에 『역시 내 청춘 러브코메디는 잘못됐다.』 앤솔로지에서 자이모쿠자 에피소드를 맡게 되었습니다.

제가 참여할 수 있을 줄은 몰랐기에 영광이면서도 긴장되었습니다. 어떤 의미에서는 제 작품보다도 더 기합을 넣고 작업에 임했습니다만…… 어떻게 읽으셨나요?

작업을 할 때는 본작의 자이모쿠자가 나오는 페이지에 포스트잇을 붙이고, 그 부분을 중점적으로 복습하면서 자이모쿠자 요시테루에 대한 이해의 깊이를 더해갔습니다. 포스트잇이라니, 교과서나 참고서에도 붙인 적이 없었는데 말입니다.

조금이나마 독자 여러분께 즐거움을 선사해드렸다면 더 바랄 나위가 없겠습니다.

특히 자이모쿠자 팬 여러분께서 「내 자이모쿠자는 이렇지 않아!」, 「자이모쿠자 쿵을 모독하지 마!」, 「이런 자이모, 인정 못해!」 하고 노여워하지 않으시기만을 바랄 뿐입니다.

끝으로 『역내청』 시리즈 완결, 정말 고생 많으셨습니다.

훌륭한 대작을 선물해주신 와타리 와타루 선생님께 진심으로 경의를 표하며.

다테 야스시

■ 작가 후기(다나카 로미오)

오레하마치(제 전용 약칭)[56] 완결을 축하드립니다.

본편 완결 후의 단편집이란 좋은 것이지요. 완결을 축하하는 의미로 저도 단편 두 개를 기고했습니다. 앤솔로지 단편집이 네 권 나올 예정이라니 하나씩 다른 권에 실리려나요? 즐겁게 읽어주시면 감사하겠습니다.

각설하고, 본작의 주인공인 하치만은 상당한 라면 마니아입니다만, 저는 그와 맞먹는 정열로 정식을 사랑합니다.

개인이 운영하는 가게를 개척하는 것도 좋지만, 입지 관계상 프랜차이즈 정식집 야요이켄(やよい軒)을 자주 이용합니다. 코엔지(高円寺) 근처의 세련된 카페에서 종종 나오는, 큰 접시에 빵과 양상추와 피클 등의 재료가 담겨 있어 셀프로 조합해 먹는 타입의 버거를 보면 「처음부터 완성품을 내놓으라고!」 하고 분개하는 까칠한 40대 남성인 저에게 정식이란 그야말로 완전무결한 단골 외식 메뉴입니다.

야요이켄의 추천 메뉴는 「가지 된장볶음과 생선구이 정식」 원픽입니다.

가지 된장볶음만으로도 충분한데 생선구이와 양념장을 끼

#56 오레하마치(제 전용 약칭) 일본에서 주로 쓰는 「역시 내 청춘 러브코메디는 잘못됐다」의 약칭은 「오레가이루」와 「하마치」임.

없은 냉두부가 딸려 나오고, 무료로 제공되는 채소 절임까지 있다 보니 밥도둑이 따로 없을 지경입니다. 다행스럽게도 야요이켄은 밥이 무한 리필입니다. 밥을 많이 먹으면 식곤증에 시달리는 저를 대신해서 여러분은 최소 세 공기는 더 먹도록 하십시오(여자도). 걱정 마세요, 반찬은 충분하니까.

야요이켄에 열 번 들르면 아홉 번은 가지 된장볶음을 주문하는 저에게 야요이켄은 실질적으로 『가지 된장볶음과 생선구이 정식켄』인 셈입니다.

■ 작가 후기(텐신 무카이)

안녕하세요, 텐신 무카이입니다. 이번에 『역내청 앤솔로지』에 참여할 기회를 얻게 되어 매우 기쁩니다. 읽어주셔서 감사합니다.

이 앤솔로지 제안이 들어왔을 때, 가장 먼저 쓰고 싶다고 생각했던 게 바로 이 히라츠카 선생님과 하치만 이야기였습니다. 좋아하거든요, 히라츠카 선생님. 터져나갈 정도로 좋아합니다. 그러다 보니 쓰면 쓸수록 즐거워져서, 막판에는 「나는 텐신 무카이가 아니다. 히키가야 하치만이다. 그리고 하치만의 진정한 해피엔딩은 히라츠카 선생님과 맺어지는 것이다」하고 중얼중얼 혼잣말을 해댔을 정도였습니다. 이야, 아주 위험인물이 따로 없구만.

그래서라고 하기는 뭣하지만, 제가 쓴 히라츠카 선생님은 이랬으면 좋겠다는 개인적인 희망사항이 담겨 있으므로 본편의 히라츠카 선생님답지 않은 장면이 있을지도 모릅니다. 그렇다면 죄송합니다. 용서해주세요. 그래도 희망사항이니까 용서해주세요.

그 밖에 『유키노시타 유키노 편』과 『카와사키 사키 편』도 썼습니다. 두 편 모두 즐거운 마음으로 썼으니, 모쪼록 그쪽도 읽어주시면 감사하겠습니다.

이런 기회를 주신 가가가 문고 편집자 여러분, 그리고 무엇보다도 와타리 와타루 선생님께 정말 감사드립니다.

텐신 무카이

■작가 후기(마루토 후미아키)

안녕하세요, 마루토 후미아키라고 합니다.

와타리 와타루 선생님과는 어느 애니메이션의 특전 앤솔로지 소설에서 함께 하게 된 인연으로 이번에 이런 영광을 누리게 되어…… 라고 하기에는 맨 처음 의뢰를 받았을 때 "그렇지만 네 작품은 팬이 무섭…… 대단히 문학적 소양이 넘치는 분들뿐이라서 저처럼 대중 친화적인 각본가는 뒷걸음질 치게 되거든요!" 하고 읍소했습니다만 용서해주지 않았고, 끝내 말석에 이름을 올리게 되었습니다.

다만 그렇게 통사정을 한 덕분인지 어찌어찌 주요 캐릭터의 선택권을 얻어내는 데 성공했고, 그 결과 이처럼 과연 누가 원할지 심히 의심스러운 작품이 탄생하게 되었습니다.

사실 저는 1권을 읽었을 때부터 가장 주목했던 캐릭터가 이번에 메인을 담당한 하야마 하야토라는 (남자로서는) 대단히 매너 없는 독자여서요. 그런지라 4권의 그것도, 6권의 그것도 몹시 설레는 마음으로 읽어 내려갔지만…… 그 후로는 오히려 지나치게 핵심에 근접한 입장에 서게 된 탓인지, 작가도 이것저것 배려한 듯 그의 발언이 매우 두루뭉술하고 알쏭달쏭해져서 쓸데없이 제 망상을 부추기는 바람에 고통으로 혼절하는 악순환에 빠져들고 말았거든요……. 뭐 하지만 그런 건 중요하지 않아 누가 뭐래도 원작자보다 일 년이나 빨리 마감했으니까(금지된 발언).

덕분에 교정 볼 때 『21세기하고도 20년이 다 되어가거든?』이라는 문장을 수정해야 했다고. 이 일을 어쩔 거냐고.

■ 감사의 말(와타리 와타루)

시라토리 시로 님, 다테 야스시 님, 다나카 로미오 님, 텐신 무카이 님, 마루토 후미아키 님. 감사합니다. 여러분이 써주신 작품을 읽으며 만감이 교차했습니다. 한마디로 표현하자면 황홀경에 가까웠습니다. 러브&피스로 합법 뽕에 취했습니다. 다시 정식으로 감사 인사를 드리고 싶습니다.

우카미 님, 시라비 님, 베니오 님, 토베 스나호 님. 일러스트를 배알할 때마다 콩닥콩닥 두근두근해서 심쿵하게 애절하고 감미로운 행복에 휩싸였습니다. 이 마음은 이미 설렘을 넘어섰습니다. 사랑이라는 말로도 부족할 만큼 무한한 감사와 감정이 온퍼레이드 했습니다. 진심으로 감사드립니다.

풍칸⑧ 신. 고마워요 풍갓. 땡큐 풍갓. 감사 풍갓. 잘 부탁해요 풍갓.

호시노 담당 편집자님. 감사합니다! 에이, 다음에야말로 껌이라니까요! 크하핫!

가가가 편집부 여러분, 그리고 협력해주신 여러 회사 분들. 여러 작가 분들과 일러스트레이터 분들께 컨택해주시고 편집에 도움을 주셔서 정말 고맙습니다. 진심으로 감사드립니다.

끝으로 독자 여러분. 이 앤솔로지 기획처럼 역내청의 세계가 지금도 계속 확장되고 계속되어가는 것은 모두 여러분의 성원 덕분입니다. 당신이 읽어주시는 덕분에 저는 지금도 글을 쓰고 있습니다. 감사한 나머지 가슴이 벅차오릅니다. 감사합니다. 그대가 있기에 내가 있다!#57

그럼 『역시 내 청춘 러브코메디는 잘못됐다. 앤솔로지 3 유이 side』로 다시 만나요!

2월 모일, 글자 수 MAX 페이지 MAX 캔 커피도 MAX를 마시며

와타리 와타루

#57 내가 있다 『역시 내 청춘 러브코메디는 잘못됐다.』의 일본 공식 약칭인 『오레가이루』는 「내가 있다」는 뜻이기도 함.

역시 내 청춘 러브코메디는 잘못됐다. 앤솔로지 2
온 퍼레이드

1판 1쇄 발행 2021년 1월 10일
1판 2쇄 발행 2021년 2월 16일

지은이_ 와타리 와타루 외
옮긴이_ 박정원
일본판 오리지널 디자인_ numata rina

발행인_ 신현호
편집부장_ 윤영천
편집진행_ 김기준 · 김승신 · 원현선 · 권세라 · 유재슬
편집디자인_ 양우연
관리 · 영업_ 김민원 · 조인희

펴낸곳_ (주)디앤씨미디어
등록_ 2002년 4월 25일 제20-260호
주소_ 서울시 구로구 디지털로 26길 111 JnK디지털타워 503호
전화_ 02-333-2513(대표)
팩시밀리_ 02-333-2514
이메일_ lnovelpiya@naver.com
ㄴ노벨 공식 카페_ http://cafe.naver.com/lnovel11

ISBN 979-11-278-5804-9 04830
ISBN 979-11-278-5802-5 (세트)

값 8,000원

중고라도 사랑이 하고 싶어! 1~13권(완결)

타오 노리타케 지음 | ReDrop 일러스트 | 이진주 옮김

"웃기지 마! 이 비처녀가!" 고등학생 아라미야 세이이치는
교내에서 제일가는 불량 학생 아야메 코토코의 말썽에 휘말린 사건을 계기로
아야메 코토코가 끈덕지게 따라다니는 상황에 처하게 되고, 심지어 고백까지 받는다.
그러나 세이이치는 신념에 따라 그것을 거절한다.
"야겜의 히로인 말고는 흥미 없어." 미인이지만 중고라는 소문이 도는
코토코는 아예 논외였다. 그것으로 포기하리라고 생각했건만…….
"반드시 네 이상이 돼주겠어."
그렇게 선언한 코토코는 게임의 히로인과 같은 트윈테일 미소녀로 변신!
이건 대체 무슨 야겜? 인가 싶을 만큼 억지스러운 방법으로 세이이치에게 접근한다!!
불량소녀와 오타쿠.
얽힐 일이 없을 터였던 두 사람의 이야기는 어디로 향할 것인가?!

「소설가가 되자」에서 화제가 된,
「사실은 일편단심 순정 소녀」계 러브코미디!!

프리 라이프 이세계 해결사 분투기 1~5권

키가츠케바 케다마 지음 | 카니빔 일러스트 | 이경인 옮김

이세계 생활 3년째인 사야마 타카히로는
해결사 사무소《프리 라이프》의 빈둥빈둥 점주.
하지만 사실은, 신조차도 쓰러트릴 수 있는
세계 최강 레벨의 실력자였다!
게으름뱅이지만 곤란한 사람을 내버려 둘 수 없는 타카히로는
못된 권력자를 혼내주거나,
전설급 몬스터에게서 도시를 구하는 등 대활약.
사실은 눈에 띄고 싶지 않은데
개성적인 여자아이들에게도 차례차례 흥미를 끌게 되고?!

대폭 가필 & 새 이야기 추가로 따끈따끈 지수 120%!
이세계 슬로우 라이프의 금자탑이 문고화!!

라이트노벨의 새로운 빛! L노벨의 신간은 매월 10일에 발매됩니다. http://cafe.naver.com/lnovel11